अल्लाह मियाँ का कारख़ाना

अल्लाह मियाँ का कारख़ाना

मोहसिन ख़ान

अनुवादः सईद अहमद

rekhta
publications

रेख़्ता पब्लिकेशंस
बी-37, सेक्टर - 1, नोएडा
उत्तर प्रदेश - 201301

contact@rekhta.org | www.rekhtabooks.com

तृतीय संस्करण : 2025

ISBN : 978-93-94494-26-8
मूल्य : ₹ 399

अल्लाह मियाँ का कारख़ाना
मोहसिन ख़ान

अनुवाद : सईद अहमद

कवर डिज़ाइन एवं लेआउट
रेख़्ता

मुद्रक : मणिपाल टेक्नोलॉजीज़ लिमिटेड

अल्लाह मियाँ के नाम

हम तेज़ धूप और सख़्त सर्दियों के मौसम में कटी हुई पतंगों के पीछे दौड़ते-फिरते हैं। ये कभी तो हमें मिल जाती हैं और कभी ऊँचे दरख़्तों की शाख़ों में उलझ कर फट जाती हैं या तेज़ हवा के साथ ख़ूब ऊँचाई पर जा कर हमारी नज़रों से ओझल हो जाती हैं।

ये दुनिया एक तमाशागाह है
यहाँ कोई तमाशा दिखा रहा है
तो कोई तमाशा देख रहा है

वो जुमे की सुब्ह थी। मैं ख़्वाब देख रहा था कि एक ख़ूबसूरत पतंग की लम्बी डोर का सिरा मेरे हाथ लग गया है। मैं उसे ले कर घर की तरफ़ बे-तहाशा भागा चला जा रहा हूँ और मेरे तेज़ दौड़ने से पतंग तन कर ख़ूब ऊँची होती जा रही है। ख़्वाब इतना उजला था कि सुर्ख़ रंग की वो पतंग मुझे साफ़ दिखाई दे रही थी और उसके काग़ज़ से निकलने वाली फड़फड़ाहट सुनाई दे रही थी। अभी मैं पतंग को ले कर घर पहुँचा भी नहीं था कि अब्बा की आवाज़ मेरे कानों में आई। वो कह रहे थे "जिब्रान, नुसरत उठो, नमाज़ का वक़्त हो गया है।"

मेरी आँख खुल गई और मैंने देखा नुसरत पहले से ही उठ कर बैठ चुकी थी। ठण्ड बहुत थी। लिहाफ़ से निकलने का जी नहीं चाह रहा था। ख़्वाब टूटने का भी अफ़सोस हो रहा था मगर जब दोबारा अब्बा की आवाज़ आई तो सर्दी से काँपता हुआ आँगन में गया। अम्माँ वज़ू के लिए पानी गर्म कर चुकी थीं। उससे वुज़ू किया, नमाज़ पढ़ी, उसके बाद सिपारा पढ़ने बैठ गया।

सिपारा पढ़ते वक़्त बार-बार ये ख़याल आ रहा था कि आज नहाना पड़ेगा। जुमे का दिन मुझे अच्छा भी लगता था और बुरा भी। अच्छा इसलिए लगता था कि उस दिन मदरसे नहीं जाना पड़ता था और बुरा इसलिए लगता था कि जुमे की नमाज़ के लिए नहाना पड़ता था। गर्मियों की तो ख़ैर कोई बात नहीं थी मगर जाड़े के दिनों में जब जनवरी और

फ़रवरी की सर्दी से बदन काँप रहा होता तो नहाने के ख़याल से ही पसीने छूटने लगते। हमारा ग़ुस्लख़ाना भी कुछ अच्छा नहीं था। दरवाज़े की जगह टाट का पर्दा डाल दिया गया था, कच्ची दीवार एक तरफ़ से दरक गई थी जिससे रौशनी और हवा अन्दर आती थी। रौशनी की तो ख़ैर कोई बात नहीं थी मगर जब नहाते वक़्त दरार से ठण्डी हवा अन्दर आती तो दाँत कटकटाने और बदन कपकपाने लगता था। बाद में अब्बा ने वो दरार बन्द कर दी थी क्योंकि मोहल्ले के लड़के उससे झाँकने लगे थे।

जाड़ों में नहाते वक़्त मैं सोचा करता था अल्लाह मियाँ को तो ये बात मालूम ही होगी कि जाड़े के दिनों में बच्चों को नहाते वक़्त कितनी सर्दी लगती है तो फिर उन्होंने जुमे का दिन सर्दियों में क्यों रखा, वो तो उसे गर्मियों में भी रख सकते थे। अगर ये नहीं करना था तो जुमे के दिन गर्मी ही कर दिया करें।

फ़ज्र की नमाज़ और सिपारा पढ़ते-पढ़ते रौशनी हो चुकी थी। हमने अपने सिपारे जुज़्दानों में रखे, नाश्ता तैयार होने के इन्तिज़ार में दरबे से मुर्ग़ियों को बाहर निकाला उसके बाद दाना डाल कर अपनी-अपनी पटरियों पर बैठ गए और उनकी की देख-रेख करने लगे।

नाश्ता तैयार करने के बाद अम्माँ ने कहा "अब तुम लोग मुर्ग़ियों को दरबे में बन्द करो और नाश्ता कर के नहाने-धोने की फ़िक्र करो।"

जाड़े के दिनों में ज़रा सी देर में सुब्ह से दोपहर, दोपहर से शाम और शाम से रात हो जाती थी। हम न ज़्यादा खेल पाते थे न पतंग उड़ा पाते थे। पाँच वक़्त की नमाज़ों में और वक़्त चला जाता था। मैं सोचा करता था कि ये दिन ज़रा और लम्बे हो जाते तो कितना अच्छा होता मगर ऐसा कहाँ हो सकता था। अल्लाह मियाँ ने दिन और रातें जैसी बनाई हैं वैसी ही रहेंगी। इन्हें घटाया जा सकता है और न बढ़ाया जा सकता है। ख़ैर... उस दिन भी किसी तरह जल्दी-जल्दी सर को भिगो कर, बदन पर पानी डाल कर जल्दी से कपड़े पहने और चूल्हे के पास जा कर आग के सामने बैठ गया। इसके बाद नुसरत को नहाना था। उसने मेरे थरथराते हुए बदन और

कटकटाते हुए दाँत देख कर झुरझुरी लेते हुए कहा "भैया मुझे तो नहाने से बड़ा डर लग रहा है।"

अम्माँ ने कहा "अल्लाह तुम लोगों को इन इबादतों का बड़ा इनाम देगा।"

* * *

बचपन की बातें ज़िन्दगी भर इंसान के ज़ेहन में पागुर होती रहती है।

हमारे घर में दो मुर्ग़ियाँ थीं। एक सफ़ेद और एक काली। सफ़ेद मुर्ग़ी के परों पर कहीं-कहीं काले निशान थे जैसे किसी ने पेन से उसके परों पर स्याही छिड़क दी हो। इसलिए अम्माँ ने काले निशान वाली सफ़ेद मुर्ग़ी का नाम चितकबरी और काले परों वाली का नाम कल्लो रख दिया था। हम लोग इसी पहचान के साथ उन्हें बुलाते और उनकी बातें करते थे। कल्लो संजीदा थी। वो पढ़े-लिखे लोगों की तरह क़ायदे से आहिस्ता-आहिस्ता चलती थी। ज़्यादा कें कें कें कें भी नहीं करती थी। खाने-पीने के मामले में भी दोनों के मिज़ाज में फ़र्क़ था। दाना डाला जाता तो चितकबरी बे-हवास होकर मरभुक्कों की तरह दाने की तरफ़ दौड़ कर जल्दी-जल्दी चुगने लगती थी मगर कल्लो को कोई जल्दी नहीं होती थी। वो बड़े इत्मीनान से चुगती थी जैसे समझती हो कि जितना क़िस्मत में होगा मिल ही जाएगा। कल्लो को देख कर ये लगता था कि वो हर वक़्त कुछ सोचती रहती है। अम्माँ कहती थीं कल्लो बड़ी सब्र वाली और समझदार मुर्ग़ी है।

कल्लो चितकबरी की तरह लड़ाका भी नहीं थी मगर चितकबरी बड़ी कंकाला थी। जब दोनों पास-पास दाना चुग रही होतीं तो चितकबरी कें की आवाज़ के साथ उचक कर कल्लो का मुँह नोच लेती। कल्लो जान छुड़ा कर दरबे की तरफ़ भाग खड़ी होती। किसी-किसी वक़्त दरबे से भी उनके लड़ने की आवाज़ें आतीं तो अम्माँ कहतीं कमबख़्त चितकबरी कल्लो को परेशान कर रही है।

चितकबरी मलारें भी बहुत गाती थी। जब देखो तब आँगन में टहल-

टहल कर गाती फिरती। अक्सर दरबे से भी उसके मलारने की आवाज़ आती रहती और जब दरबे से निकलती तो परों को जहाज़ की तरह फैला कर सीधे दरवाज़े की तरफ़ भागती। अगर दरवाज़ा खुला होता तो घूरे पर पहुँच जाती मगर कल्लो ड्योढ़ी में रुक कर इस तरह कटाक-कटाक की आवाज़ें निकलती जैसे अम्माँ से बाहर जाने की इजाज़त माँग रही हो। पहले तो दोनों आज़ाद घूमती रहती थीं मगर जबसे बिल्ली लागू हो गई थी, हम लोग उन्हें बाहर नहीं जाने देते थे। आँगन में दाना डाल कर उनकी निगहबानी के लिए बैठ जाते थे।

हमारी ये मुर्ग़ियाँ एक साथ अण्डे नहीं देती थीं। कल्लो अण्डे देती थी तो चितकबरी कुड़क हो जाती थी और चितकबरी अण्डे देने लगती तो कल्लो कुड़क हो जाती। चितकबरी में एक अच्छी बात ये थी कि उसका अण्डा कल्लो के अण्डे से बड़ा होता था।

अम्माँ कहती थीं - "इसमें बस यही एक अच्छाई है कि इसका अण्डा बड़ा होता है।"

मुर्ग़ी के ये अण्डे अब्बा तलवा के नाश्ते में या फिर किसी-किसी दिन उबलवा के खाते थे। अब्बा तबलीग़ के लिए चले जाते या किसी वजह से नहीं खाते तो अम्माँ आधा अण्डा मुझे और और आधा नुसरत को दे दिया करती थीं, ख़ुद नहीं खाती थीं। कहती थीं इसकी बदबू से, जो हम लोगों को ख़ुशबू लगती थी, उबकाई आती है। और दिनों में हम लोग चाय के साथ रोटी खाते थे।

एक दिन शाम के वक़्त नुसरत और मैं रोज़ाना की तरह अपनी-अपनी पटरियों पर बैठे सिपारे पढ़ रहे थे। अम्माँ चाय बना रही थीं। मुर्ग़ियाँ आँगन में दाना चुग रही थीं। हम लोग सिपारा पढ़ते जाते थे और निगाह उठा कर ये भी देखते जाते कि कहीं बिल्ली चुपके से आकर हमारी मुर्ग़ियों को न उठा ले जाए। और वही हुआ जिसका डर था, बिल्ली दीवार से कूदी और कल्लो को मुँह में दबोच कर पलक झपकते ही दीवार पर चढ़ गई। नुसरत और मैं समझ ही नहीं पाए कि हमें क्या करना चाहिए। बस हवन्नक़ों की

तरह उस मनहूस बिल्ली के मुँह में दबी हुई अपनी कल्लो को देखते और उसकी दर्दनाक आवाज़ें सुनते रहे। अम्माँ ने फुर्ती से आँगन में आकर इस तरह इधर-उधर देखा जैसे बिल्ली को मारने के लिए कोई चीज़ ढूँढ रही हों। कुछ समझ में नहीं आया तो उन्होंने झाड़ू उठाकर बिल्ली को मारने की कोशिश की मगर बिल्ली तो बिल्ली ही होती है। झाड़ू से बच कर ज़रा सी देर में हमारी नज़रों से ओझल हो गई। कुछ देर तक कल्लो की आवाज़ें हमें सुनाई देती रहीं, फिर वो आवाज़ें धीरे-धीरे दूर चली गईं।

चितकबरी चालाक थी ही उसका तो पता ही नहीं लगा कि कहाँ गई। हमने झाँक कर दरबे में देखा तो वो वहाँ छुपी बैठी थी।

अम्माँ ने हम लोगों से कहा कि तुम लोग आँखें बन्द किए बैठे रहे और बिल्ली मुर्ग़ी को ले कर चली गई। वो हमें देर तक डाँटती रहीं। बाद में उन्होंने कहा - "अब्बा से न बता देना कि मुर्ग़ी को बिल्ली ले गई। वरना तुम लोगों की ख़बर तो लेंगे ही मेरे दिमाग़ के भी कीड़े गिरा देंगे।" उसके बाद हमसे कहा - "जाओ बाहर से झाड़ू उठा कर लाओ।"

मैं और नुसरत दौड़ते हुए बाहर गए और झाड़ू की बिखरी हुई तीलियाँ समेट कर घर लाए। अम्माँ ने तीलियों को सुतली से बाँध कर झाड़ू बनाई और वहीं पर रख दी जहाँ रखी रहती थी।

मुझे और नुसरत को कल्लो के जाने का बहुत दुख था। खाना भी अच्छा नहीं लगा। बस उठते-बैठते उसी का ख़याल आ रहा था। अम्माँ भी ख़ामोश और दुखी थीं।

रात को मैंने नुसरत से पूछा- "अल्लाह मियाँ ने मुर्ग़ी बनाई थी तो बिल्ली क्यों बनाई?"

नुसरत ने कहा - "मालूम नहीं, कुछ सोच कर ही बनाई होगी।"

उस रात नुसरत ने किताब पढ़ी न मैंने डोर सुलझाई। हम लोग सोने से पहले तक बस अपनी कल्लो की बातें करते रहे।

उस दिन जब मैं सोया तो मैंने ख़्वाब में देखा कि हमारे घर का

दरवाज़ा तेज़ आवाज़ के साथ खुला और अल्लाह मियाँ घर में दाख़िल हुए। हम ने बड़ी हैरत से उन्हें देखा वो ख़ूब लम्बे-चौड़े थे। उनका चेहरा चाँद जैसा था। मुँह नाक और आँखें नहीं थीं। कपड़े बर्फ़ के से सफ़ेद थे। वो आकर अब्बा की पटरी पर आराम से बैठ गए और हमारे सरों पर अपना रूई जैसा नर्म हाथ फेर कर पूछा- "तुम लोग क्या पढ़ रहे हो।"

मैंने कहा आप का सिपारा पढ़ रहे हैं तो उन्होंने कहा - "ख़ुशी-ख़ुशी क्यों नहीं पढ़ते?"

मैंने उन्हें बताया कि मेरी काली मुर्ग़ी को जिसे आपने बनाया था, बिल्ली ले कर चली गई इसीलिए हम लोग ख़ुश नहीं हैं। अल्लाह मियाँ ने हँस कर कहा - "मैं तुम्हारी मुर्ग़ी को फिर बनाए देता हूँ।" और अपनी बड़ी-बड़ी जेबों से बहुत सारे काले पर निकाल कर हवा में उछाले तो हमारी काली मुर्ग़ी पर फैला कर उड़ती हुई बड़े इत्मीनान से आँगन में उतर कर दाना चुगने और खटा-खट अण्डे देने लगी। ज़रा सी देर में उसने इतने अण्डे दे दिए कि सफ़ेद अण्डों से मेरे घर का आँगन छुप गया।

* * *

अल्लाह मियाँ ने मुर्ग़ी के साथ बिल्ली क्यों बनाई है, ये तो अल्लाह मियाँ ही बता सकते हैं।

फ़ज्र की नमाज़ के बाद जब मैं सिपारा पढ़ रहा था, अम्माँ ने मुझे पैसे दे कर कहा - "जा कर देखो अगर कल्लू की दुकान खुल गई हो तो दो अण्डे ले आओ, वरना अब्बा मस्जिद से आएँगे तो नाश्ते में उन्हें क्या दूँगी।"

मैं दौड़ता हुआ कल्लू चचा की दुकान पर गया। दुकान खुली हुई थी। दो अण्डे ले कर जल्दी से घर आया तो देखा नुसरत मेरी पटरी पर बैठी हुई थी। मैंने पटरी उसके नीचे से खींची तो वो पीछे की तरफ़ गिर गई।

अम्माँ ने मेरी पीठ पर चिमटा मार कर कहा - "सहूलत से नहीं ले सकते थे?"

नुसरत के सर में चोट लग गई थी। उसने सर सहलाते हुए रूहाँसी आवाज़ में कहा - "किसी दिन मेरी पटरी पर बैठेगा तो मैं भी इसी तरह खींचूँगी।"

हमारे घर में चार पटरियाँ थीं। ये पटरियाँ अब्बा ने गूलर के उस दरख़्त की लकड़ी से बनाई थीं, जो हमारे घर के आँगन में लगा हुआ था। अब्बा ने उसे इसलिए काट दिया था कि लड़के गूलर तोड़ने के लिए उस पर बाहर से ढेले मारते थे जो मेरे घर में आ कर गिरते थे। अब्बा बढ़ई तो थे नहीं जो सब पटरियाँ सुडौल और एक जैसी बना पाते। बस लकड़ी को जैसे-तैसे काट-पीट के कीलें ठोंक दीं और पटरियाँ बन गईं। अम्माँ ने निशान लगाए बग़ैर सब की पटरियाँ अलग कर दीं। जो पटरी ज़रा ऊँची

और चौड़ी थी, वो अब्बा के हिस्से में आई। जो अब्बा की पटरी से ज़रा नीची मगर सुडौल थी, मुझे मिल गई। नुसरत को जो पटरी मिली, उसके दोनों किनारे कुछ पतले थे और वो छोटी कश्ती जैसी लगती थी। अम्माँ की पटरी सबसे निराली थी। वो एक तरफ़ से ऊँची और एक तरफ़ से नीची थी। उस पर बैठ कर अम्माँ कुछ टेढ़ी हो जाती थीं। अब्बा की पटरी अब्बा के इन्तिज़ार में ख़ाली रहती थी। हाँ जब कभी अब्बा जमाअत के साथ बाहर चले जाते थे तो मैं उचक कर उस पर बैठ जाया करता था। अब्बा की पटरी पर बैठने में बड़ा मज़ा आता था, ये लगता था कि मैं बड़ा हो गया हूँ। कभी नुसरत को मौक़ा मिल जाता तो मुझे चिढ़ाने के लिए उचक कर अब्बा की पटरी पर बैठ जाती। जब मैं आँखें दिखाता तो जल्दी से हट जाती। अम्माँ अपनी ही पटरी पर बैठती थीं। कहती थीं मुझे इस पर बैठने की आदत पड़ गई है।

* * *

उस रात मैं सोया तो ख़्वाब में देखा, मैं एक ग़ार के पास इस इन्तिज़ार में बैठा हूँ कि रौशनी हो जाए तो अन्दर जाऊँ उसी वक़्त किसी ने पीछे से धक्का दे दिया और मैं ग़ार में गिरता चला गया। ख़्वाब इतना डरावना था कि मेरे मुँह से घुटी घुटी आवाज़ें निकलने लगीं, मैं जल्दी से उठ कर बैठ गया। कोठरी में बहुत अंधेरा था। नुसरत भी उठ कर बैठ गई। शायद वो भी मेरी आवाज़ से डर गई थी। मेरे कन्धे पर हाथ रख कर उसने पूछा- "क्या हुआ भाई, क्या हुआ?"

मैं उसे कुछ बता नहीं सका। मेरा जी चाह रहा था जल्दी से रौशनी हो जाए मैंने कहा - "चराग़ जला दो।"

नुसरत को सब पता होता था कि चराग़ कहाँ है और माचिस कहाँ है। वो अंधेरे में भी सब कुछ ढूँढ लिया करती थी उस ने जल्दी से उठ कर चराग़ जला दिया और उसे मेरे चेहरे के क़रीब कर के ग़ौर से देखते हुए पूछा "भाई क्या तुमको कुछ दिखाई दिया था?"

मैंने उसे ख़्वाब सुनाया तो उसने हँसते हुए कहा - "पतंगे लूटने के लिए ऊँची-नीची जगहों पर कूदते-फिरते हो वही सब ख़्वाब में आ जाता है कलमा पढ़ के सो जाओ।"

नुसरत चराग़ बुझाने लगी तो मैंने कहा - "जलने दो।"

नुसरत ने कहा - "सुब्ह तक सब तेल ख़त्म हो जाएगा।"

"चराग़ बुझा दोगी तो अंधेरा हो जाएगा और मैं फिर डरावना ख़्वाब देखने लगूँगा।" मैंने झुँझला के कहा तो नुसरत ने जलता हुआ चराग़ ताक़ में रख दिया और मेरी तरफ़ चेहरा कर के लेट गई।

मैं बाहर कान लगा के कुछ देर तक ये आहट सुनने की कोशिश करता रहा कि शायद किसी के चलने या खँखारने की आवाज़ आ जाए मगर कोई आवाज़ नहीं आई। डरते-डरते लेट गया और कलमा पढ़ते-पढ़ते सो गया।

उस दन रात को दोबारा नींद तो आ गई मगर वैसी नहीं आई जैसी आती थी। सुब्ह अब्बा की आवाज़ से आँख तो खुल गई थी मगर उठा नहीं जा रहा था। अब्बा के बार-बार आवाज़ देने से उठ गया। नमाज़ और सिपारा पढ़ते वक़्त नींद के झोंके आ रहे थे और जी चाह रहा था अम्माँ से तबीअत की ख़राबी का बहाना कर के फिर सो जाऊँ मगर उसमें ये डर था कि बाहर जाने और पतंग उड़ाने को नहीं मिल पाएगा। अम्माँ यही कहेंगी कि तबीअत ख़राब है तो बाहर जाने की ज़रूरत नहीं चुपचाप पड़े रहो या बैठ कर सिपारा पढ़ो इसलिए नहा-धो कर जुमे की नमाज़ की तैयारी करने लगा और उस दिन नींद ने मुझे बहुत रुलाया। हुआ ये कि मैं जुमे की नमाज़ की नीयत बाँधे आबिद चचा के पीछे खड़ा था उसी वक़्त नींद का झोंका आया और मैं रुकू के साथ आबिद चचा के ऊपर औंध गया। आबिद चचा का तवाज़ुन बिगड़ गया और वो ख़ालिक़ दादा के ऊपर औंध गए। आबिद चचा ने मुड़ कर मेरी तरफ़ देखा और एक ज़ोर का कण्टाप मेरी कनपटी पर मार दिया। जो नमाज़ी सलाम फेर चुके थे,

हमारी तरफ़ देखने लगे। अब्बा भी सलाम फेर चुके थे। जल्दी से मेरे पास आकर उन्होंने आबिद चचा से पूछा- "क्या बात है? तुमने इसे क्यों मारा?"

"आप इसी से पूछ लीजिए।" आबिद चचा ने कहा।

सब नमाज़ी हम लोगों को घेर के खड़े हो गए। दो-एक मुँह छिपा-छिपा के हँस भी रहे थे। इमाम साहब भी आ गए।

"निहायत बदतमीज़ लड़का है आप का। क्या आपने इसे यही तहज़ीब सिखाई है?" आबिद चचा ने अब्बा से कहा।

अब्बा ने कहा - "आख़िर हुआ क्या है कुछ बताइए तो।"

आबिद चचा ने बड़े ग़ुस्से के साथ कहा - "अजी हुआ ये कि मैं जैसे ही रुकू में गया, इस नालायक़ ने मुझे धक्का दे दिया और मैं ख़ालिक़ चचा के ऊपर औंध गया। ये कहिए के मैंने उन्हें सँभाल लिया वरना इस बुढ़ापे में उनकी हड्डी टूट जाती।"

आबिद चचा के ये कहते ही अब्बा ने आबिद चचा के कण्टाप से भी ज़्यादा ज़ोर से कई कण्टाप मार दिए। मेरा सर चकरा गया और मैंने रोते हुए कहा "मैंने जान-बूझ कर धक्का नहीं दिया था।"

अब्बा ने मेरा कान पकड़ कर इतनी ज़ोर से खींचा कि कान सुन्न हो गया। उसके बाद एक और कण्टाप मार के कहा - "घर पहुँचो वहाँ आ कर अभी और ख़बर लेता हूँ।"

जिस वक़्त मैं घर पहुँचा, अम्माँ और नुसरत खाना खा रही थीं। अम्माँ ने मुझसे कहा आओ तुम भी खालो। मैं कुछ नहीं बोला और जा कर कोठरी में लेट गया। ज़रा देर के बाद अब्बा की आवाज़ आई- "कहाँ है तुम्हारा लाडला?"

"क्या हुआ?" अम्माँ ने पूछा।

अब्बा ने अम्माँ को सब माजरा बताया और कहा - "इस पर तुम्हारी तरबियत का कोई असर हो रहा है और न मदरसे की तालीम का। गली

मोहल्ले में भी नहीं, मस्जिद में नमाज़ के दौरान अपने बुज़ुर्गों को धक्के दे रहा है। अब तुम्हीं बताओ मैं क्या मुँह ले कर मस्जिद जाऊँगा लोग कहेंगे बाप जमाअती और बेटा लानती।"

अम्माँ खाना छोड़ कर कोठरी में आईं और कुछ पूछे बग़ैर मुझे मारना शुरू कर दिया। इतना मारा कि थक कर हाँफने और रोने लगीं। फिर ये कहती हुई चली गईं कि अब तुझे दो दिन तक खाने को तरसा दूँगी।

नुसरत दरवाज़े के पास खड़ी देख रही थी। मैंने कनखियों से उसकी तरफ़ देख कर सोचा कि अभी नुसरत भी मुझे नसीहतें करेगी। मैं लेट गया तो वो आकर मेरे पास बैठ गई। कुछ देर तक ख़ामोशी से मुझे देखने के बाद उसने कहा - "भाई मैं चुपके से एक प्लेट में दाल-चावल ले आऊँ तुम तख़्त की आड़ में बैठ कर खा लेना।"

मुझे भूख तो लग रही थी मगर खाने को जी नहीं चाह रहा था।

"मैं नहीं खाऊँगा।" मैंने कहा।

"अगर अम्माँ ने दो दिन तक खाना नहीं दिया तो क्या होगा? खा लो वरना भूख से मर जाओगे। मैं जा कर देखती हूँ अगर अम्माँ अपने कमरे में होंगीं तो चुपके से ले आऊँगी।" ये कह कर नुसरत गई और ज़रा सी देर में दाल-चावल की प्लेट ला कर मेरे पास रखते हुए कहा - "तुम खाओ मैं दरवाज़े के पास खड़ी रहूँगी अगर अम्माँ आने लगेंगी तो इशारा कर दूँगी तुम जल्दी से प्लेट तख़्त के नीचे रख कर लेट जाना। मैं अम्माँ से कह दूँगी भाई सो गया।"

नुसरत के बार-बार कहने पर मैं दाल-चावल खा के लेट गया। जब हम सोने लगे तो नुसरत ने पूछा- "भाई तुमने आबिद चचा को धक्का क्यों दिया था?"

मैंने कहा - "धक्का नहीं दिया था मुझे नींद आ गई मैं उनके ऊपर गिर पड़ा और वो समझे कि मैंने धक्का दे दिया है।"

नुसरत ने कहा - "अब्बा बहुत नाराज़ हो रहे थे। कह रहे थे अगर यही हरकतें करता रहा तो इसे किसी दूर के मदरसे में भेज दूँगा।"

मैंने नुसरत की बात का कोई जवाब नहीं दिया। ये सोचा कि अगर अब्बा ने दूर के किसी मदरसे में भेज दिया और वहाँ के हाफ़ी जी मरखन्ने हुए तो मदरसा छोड़ कर बम्बई भाग जाऊँगा और फ़िल्मों में हीरो बन जाऊँगा।

* * *

दूर से देखोगे तो चीज़ें वैसी दिखाई नहीं देंगी जैसी क़रीब से दिखाई देती हैं।

जिस दिन हाफ़ी जी के सर और पाँव में दर्द होता था, वो कमर में तकिए की टेक लगा के पाँव फैला देते थे। जिस वक़्त हम लोग मदरसे पहुँचे, उनके दर्द हो रहा था। नसरीन उस वक़्त तक नहीं आई थी। ज़रा देर में वो भी आ गई। उसने बस्ते से सिपारा निकाला ही था कि हाफ़ी जी ने कहा - "चलो भई अल्लाह मियाँ को ख़ुश करने के लिए आ जाओ।"

(हाफ़ी जी ने हम लोगों को बताया था कि वालिदैन और उस्ताद की ख़िदमत करने से अल्लाह मियाँ ख़ुश होते हैं।)

नसरीन ने सिपारा रेहल पर रखा और जा कर हाफ़ी जी का सर दबाने लगी।

"जिब्रान तुम भी आ जाओ।" हाफ़ी जी ने कहा तो मैं जल्दी से जा कर उनके पाँव दबाने लगा।

हाफ़ी जी सर तो ज़्यादातर नसरीन से दबवाते थे, मगर पाँव किसी भी लड़के से दबवा लेते थे। हम लोगों को हाफ़ी जी की ख़िदमत कर के बड़ी ख़ुशी का एहसास होता था। सर और पाँव दबवाते वक़्त हाफ़ी जी की आँखें उस जानवर या परिन्दे की तरह बन्द हो जाती थीं जिसका सर सहलाया जा रहा हो, मुँह इस तरह टेढ़ा हो जाता था जैसे लकवा हो गया हो और टेढ़े मुँह से भाँत-भाँत के ख़र्राटे निकलने लगते थे। कभी फटफटी की सी आवाज़ें निकलतीं और कभी ये लगता कि जैसे साइकिल का टायर

पंक्चर हो गया हो। उस वक़्त बच्चे हिल-हिल कर सिपारे पढ़ते जाते और हाफ़ी जी की तरफ़ देख-देख कर और मुँह छुपा-छुपा के हँसते रहते। नासिर अपना मुँह टेढ़ा कर के हाफ़ी जी की तरह ख़र्राटे लेने लगता। एक दिन हाफ़ी जी ने उसकी ये हरकत देख ली और उसे अपने पास बुला कर देर तक मुर्ग़ा बनाए रखा।

हाफ़ी जी ने हम लोगों को ये ताकीद कर दी थी तुम लोग सर और पाँव दबाने की बात अपने घरों में न बताना। ये भी कहा था कि अगर किसी ने बताया तो इबरत की छड़ी से उसकी ख़बर ली जाएगी। वो जिस गीली छड़ी से हम लोगों को मारते थे, उसके उन्होंने तीन नाम रखे थे। कभी उसे अल्लाह मियाँ की छड़ी कहते थे, कभी हिदायत की छड़ी और कभी इबरत की छड़ी।

नसरीन को हाफ़ी जी से डर नहीं लगता था। उसके ज़ेहन में कोई सवाल आता था तो उनसे पूछ लिया करती। उस दिन जब हाफ़ी जी आँखें बंद करके अल्लाह मियां की अज़मत बयान कर रहे थे तो उसने पूछा - "अल्लाह मियाँ कहाँ रहते हैं?"

हाफ़ी जी ने कहा - "ज़मीनों में, आसमानों में, पहाड़ों और नदियों में, हमारे तुम्हारे दिलों में, और वो सब जगह रहते हैं।"

"तो फिर वो हमको दिखलाई क्यों नहीं देते।" नसरीन ने पूछा।

हाफ़ी जी ने कहा– "इसलिए कि अल्लाह मियाँ नूर का एक ऐसा हाला हैं जिसे देखने की इंसान में ताब नहीं।"

कुछ देर सोचने के बाद नसरीन ने पूछा - "और अल्लाह मियाँ ने ये दुनिया बनाई क्यों है?"

हाफ़ी जी ने कहा - "बस ऐसे ही एक दिन ख़याल आया कि आसमानों में मेरी इबादत करने वाले तो बहुत हैं, क्यों न ज़मीन पर एक दुनिया बनाई जाए जहाँ मख़लूक़ हमारी इबादत करे। लिहाज़ा उसने कहा रौशनी हो जा और रौशनी हो गई, फिर उसने अंधेरा बनाया और दोनों को अलग कर

के रात और दिन बना दिए, फिर उसने जानवरों और परिन्दों को पैदा कर के उनकी शक्लें अलग कीं ताकि उन्हें पहचाना जा सके। समुन्दर बनाए, सहरा और जंगल बनाए, जड़ी-बूटियाँ बनाईं। दरख़्तों में फल लगाए। इंसान बनाया। मख़लूक़ात बनाईं जो हमें दिखाई देती हैं और बहुत सी ऐसी मख़लूक़ात भी बनाईं जो हमें दिखाई नहीं देतीं। और ये सब कुछ अल्लाह मियाँ ने छः दिन में बना दिया।"

नसरीन ने पूछा– "छः दिन क्यों लगाए अल्लाह मियाँ तो एक दिन में भी बना सकते थे।"

हाफ़ी जी ने कहा - "एक दिन क्या, पलक झपकते बना सकते थे मगर अल्लाह मियाँ अपने बन्दों को ये दिखाना चाहते थे कि हर काम सोच समझ कर और इत्मीनान के साथ किया जाना चाहिए। अल्लाह मियाँ को जल्दबाज़ी पसन्द नहीं।"

जब हाफ़ी जी ये बातें बता चुके तो मैंने पूछा - "बिल्ली और मुर्ग़ी भी तो अल्लाह मियाँ ने बनाई है?"

"चुप बेवक़ूफ़ कहीं का।" हाफ़ी जी ने मुझे डाँटा तो सब बच्चे हँसने लगे।

"जब कह दिया कि सब कुछ अल्लाह ही ने बनाया है तो तुम्हारी समझ में ये नहीं आया कि बिल्ली और मुर्ग़ी भी अल्लाह मियाँ ने ही बनाई होगी।"

मैं खिसिया गया। दरअसल मैं हाफ़ी जी से ये पूछना चाह रहा था कि अगर अल्लाह मियाँ ने मुर्ग़ी बनाई थी तो बिल्ली क्यों बनाई।

मदरसे में छुट्टी होने के बाद मैं नुसरत के साथ घर जा रहा था, रास्ते में मुझे अहमद मिल गया। वो पतंग उड़ाने क़ब्रिस्तान की तरफ़ जा रहा था। दौड़ कर मेरे पास आया और कहने लगा - "आओ जिब्रान पतंग उड़ाई जाए।"

मैंने कहा - "मैं तुमसे बात नहीं करूँगा।" और आगे बढ़ गया। वो

फिर दौड़ कर मेरे पास आया और कहने लगा- "भाई तुम मुझसे नाराज़ क्यों हो?"

मैंने कहा - "जब आबिद चचा ने मेरे कण्टाप मारा था तो तुम मुँह छुपा के हँस क्यों रहे थे?"

अहमद ने कहा - "भाई मुझे तो इस बात पर हँसी आ गई थी कि आबिद चचा ख़ालिक़ दादा के ऊपर ऐसे चढ़ बैठे थे जैसे उन पर सवारी कर रहे हों।"

"मगर मैं तुमसे बात नहीं करना चाहता और अब तुम्हारे साथ पतंग भी नहीं उड़ाऊँगा।"

ये कह कर मैं जाने लगा तो अहमद जल्दी से कान पकड़ के मुर्ग़ा बन गया और उसने हँस कर कहा - "लो मैं मुर्ग़ा बन गया अब तो ख़ुश हो।"

मुझे मालूम था राबिया ने अहमद को ये ज़रूर बताया होगा कि मदरसे में हाफ़ी जी मुझे मुर्ग़ा बनाते हैं। इसीलिए वो हरामीपन में मुर्ग़ा बन के मुझे दिखा रहा था। नुसरत ने मेरी बाँह पकड़ कर खींचते हुए कहा - "भाई ये बहुत बे-ग़ैरत है अब इससे कभी बात न करना।"

कुछ दूर जाने के बाद मैंने मुड़ कर देखा अहमद टाँगों के बीच से झाँक कर हँस रहा था। उसने ज़ोर से कहा - "जब तक तुम वापस नहीं आओगे, मैं मुर्ग़ा बना रहूँगा।"

मैंने उसकी बात का कोई जवाब नहीं दिया और नुसरत के साथ घर चला गया।

* * *

बिल्ली के मुर्ग़ी ले जाने के कुछ दिन बाद अब्बा ने चितकबरी मुर्ग़ी को आँगन में दाना चुगते हुए देखा तो अम्माँ से पूछा - "काली मुर्ग़ी दिखाई नहीं दे रही है।"

अम्माँ झूठ तो बोलती नहीं थीं। उन्होंने कोई जवाब नहीं दिया। अम्माँ के जवाब न देने पर अब्बा ने मेरी और नुसरत की तरफ़ देखा तो हम

दोनों अम्माँ की तरफ़ देखने लगे। अम्माँ परेशान दिखाई दे रही थीं। शायद उनकी समझ में नहीं आ रहा था कि अब्बा से क्या बताएँ। जब अब्बा ने ज़रा ऊँची आवाज़ में कहा – "मैं पूछ रहा हूँ काली मुर्ग़ी कहाँ है?" तो अम्माँ ने कहा – "उसे बिल्ली ले गई।"

अब्बा कुछ देर तक हैरत और ग़ुस्से से अम्माँ की तरफ़ देखते रहे, उसके बाद उन्होंने पूछा - "तुम लोग क्या कर रहे थे जो बिल्ली उसे ले कर चली गई?"

"ये दोनों सिपारे पढ़ रहे थे। मैं रोटी पका रही थी। चुपके से आ कर उठा ले गई।" अम्माँ ने तवे पर से रोटी उतारते हुए कहा।

"चुपके से ले गई या सब आँखें बन्द किए बैठे रहे?" अब्बा ने डाँट कर कहा।

अम्माँ ने कोई जवाब नहीं दिया। हम दोनों सहमे हुए इस इन्तिज़ार में बैठे थे कि अब हमारी बारी आने वाली है मगर अब्बा ने हमसे कुछ नहीं पूछा, बस नुसरत से ये कहा कि एक गिलास पानी लाओ। नुसरत दौड़ कर पानी लाई। अब्बा स्टूल पर बैठ गए और उल्टा हाथ सर पर रख कर पानी पीने की दुआ पढ़ने लगे। दुआ पढ़ कर उन्होंने तीन बार में पानी पिया। नुसरत गिलास ख़ाली होने के इन्तिज़ार में अब्बा के पास खड़ी रही। अब्बा ने ख़ाली गिलास नुसरत को दिया और खाना खाए बग़ैर ये कहते हुए बाहर चले गए कि अगर तुम लोगों का यही हाल रहा तो एक दिन इसे भी ले जाएगी।

अब्बा के जाने के बाद अम्माँ ने हम लोगों से कहा - "अगर तुम लोगों ने ध्यान रखा होता ये नौबत न आती।" और दुपट्टे से हाथ पोंछती हुई कमरे में चली गईं।

उस दिन के बाद से हम लोग बहुत चौकन्ने हो गए। अम्माँ जब भी मुर्ग़ी को दरबे से निकालतीं तो हम लोग कभी मुर्ग़ी की तरफ़ तो कभी दीवार की तरफ़ देखते रहते।

जब चितकबरी की कुड़की नहीं गई तो एक दिन अम्माँ ने पैसे दे कर मुझसे कहा जाओ कल्लू भाई की दुकान से छः अण्डे ले आओ। मैं नहीं समझ पाया कि वो छः अण्डे क्यों मँगवा रही हैं क्योंकि सुब्ह अब्बा के लिए दो अण्डे ले कर आ चुका था। ख़ैर! जब मैं अण्डे ले कर आया तो अम्माँ ने उन अण्डों को दरबे में रख कर चितकबरी को उन पर बिठा दिया। चितकबरी अण्डों को परों से समेट कर उनके ऊपर इस तरह बैठ गई जैसे वो उसके अपने अण्डे हों। उसके बाद अम्माँ ने हम लोगों को ताकीद कर दी कि अब इसे इक्कीस दिन तक दरबे से बाहर मत निकालना वर्ना अण्डे गन्दे हो जाएँगे।

हमने अम्माँ की हिदायत पर अमल किया और चितकबरी को एक दिन भी बाहर नहीं निकाला। उसने ख़ुद भी शायद इस डर से बाहर निकलने की कोशिश नहीं की कि कहीं हवा लगने से अण्डे गन्दे न हो जाएँ। अब उसे दरबे में ही दाना-पानी दिया जाता। वो बैठे-बैठे दाना चुगती और बैठे-बैठे पानी पीती। अब दरबे से उसकी कटाक-कटाक की आवाज़ें भी नहीं आती थीं। इस तरह ख़ामोश बैठी रहती जिस तरह अब्बा एॆतिकाफ़ में बैठते थे। जब हम लोगों ने एक-आध बार उसे पीछे हटा कर ये देखने की कोशिश की कि शायद किसी अण्डे से चूज़ा जल्दी निकल आया हो तो उसने झूठ-मूठ की ठोंग मार कर ग़ुर्राने की सी आवाज़ निकाली जैसे कह रही हो जल्दबाज़ी न करो, वरना हमारे अण्डे गन्दे हो जाएँगे। जिस दिन मुर्ग़ी को अण्डों पर बिठाया गया, उस दिन से हम कई दिनों तक उन चूज़ों के नाम सोचते रहे जो इक्कीस दिनों के बाद अण्डों से निकलने वाले थे।

* * *

चवन्नी चुराने के जुर्म में मुर्ग़ा बना के इबरत की छड़ियाँ मारी जाएँ और शर्मिन्दगी का एहसास न हो तो दिल में अठन्नी चुराने का ख़याल ज़रूर आएगा।

मदरसे जाते वक़्त मैंने नुसरत से कहा - "एक बार दरबा खोल कर देखा जाए कि मुर्ग़ी क्या कर रही है।" नुसरत ने कहा - "बार-बार दरबा खोलोगे तो अण्डे गन्दे हो जाएँगे, शाम को दाना डालेगे तो देख लेंगे।"

हम मदरसे पहुँचे तो हाफ़ी जी ने दो रूपए दे कर कहा - "जाओ एक पैकेट सुरती और चार आने का हाज़मोला ले आओ।" मैंने जल्दी से सिपारा रेहल पर रखा और कल्लू चचा की दुकान की तरफ़ चल पड़ा।

हाफ़ी जी सौदा-सुलुफ़ आम तौर पर मुझसे ही मँगवाते थे। मुझे ये काम अच्छा लगता था। ज़रा देर के लिए मदरसे से छुट्टी मिल जाया करती और दो-चार पैसे भी हाथ आ जाते। थोड़ा सौदा मँगवाते तो दस-बीस पैसे दबा लेता, ज़्यादा मँगवाते तो चवन्नी-अठन्नी का हेर-फेर कर देता। अभी तक इतना सौदा नहीं मँगवाया था कि ज़्यादा पैसों का जुगाड़ लग पाता मगर ये इरादा किए हुए था कि जिस दिन हाफ़ी जी ने ज़्यादा पैसे दे कर ज़्यादा सौदा मँगवाया तो चूकूँगा नहीं, दो-एक रूपए का हेर-फेर ज़रूर करूँगा। ये हेर-फेर वाले पैसे मैं बड़ी होशियारी से ऐसी जगह रखता था कि हाफ़ी जी के फ़रिश्ते भी न ढूँढ पाते। जाड़ों के दिनों में उन पैसों को मोज़े में डाल लिया करता और अगर गर्मियों के दिन होते तो उन्हें नेफ़े में डाल कर पीछे की तरफ़, रीढ़ की हड्डी तक सरका देता कि अगर हाफ़ी जी तलाशी लें तो उनका हाथ वहाँ तक न पहुँचे। अठन्नी ज़रा बड़ी होती है, मोज़े में डालता तो दूर से ये अन्दाज़ा लगाया जा सकता था

गोल-गोल पैसों जैसी कोई चीज़ रखी है। रख कर देखा मगर इत्मीनान नहीं हुआ, इसलिए मैं ये करता कि अठन्नी को मदरसे के बाहर एक फटी हुई दीवार की दरार में फँसा देता और छुट्टी के बाद बाहर निकल कर नुसरत को किसी बहाने आगे भेज देता, जब वो मदरसे वाला मोड़ मुड़ जाती तो दीवार की दरार से निकाल कर जल्दी से जेब में रख लेता। उस दिन मुझसे ये ग़लती हो गई कि मैंने थोड़े सौदे में ज़्यादा हेर-फेर कर दी। कल्लू चचा ने सुरती के पैकेट और हाज़मोला के साथ मुझे तीन चवन्नियाँ वापस कीं। मैंने एक चवन्नी मोज़े में डाल ली। दो चवन्नियाँ और सौदा ले कर हाफ़ी जी के पास गया तो उन्होंने आँखे बन्द किए किए कहा - "तकिए के पास रख दो।" मैं जिस वक़्त सौदा ले कर आता था, उस वक़्त हाफ़ी जी किसी बच्चे को सबक़ दे रहे होते या फिर नसरीन से सर दबवा रहे होते, कह देते कि रख दो। ये देखते ही नहीं कि मैंने कितने पैसे वापस किए हैं। सौदे के साथ पैसे तकिए के पास रख दिए और अपनी जगह पर बैठ कर नेक बच्चों की तरह सिपारा पढ़ने लगा।

हाफ़ी जी ने पहले हाज़मोला मुँह में रख कर ज़रा देर चूसा फिर उठ कर बरामदे में गए और पेट सहला-सहला कर टहलने लगे। उनका पेट अक्सर ख़राब रहता था। अब भी रहता है। वो बरामदे में टहल-टहल कर कभी हल्की और कभी तेज़ आवाज़ के साथ गैस छोड़ने लगे। सब बच्चे मुँह छुपा-छुपा के हँसने लगे। हम लोगों के लिए यह एक दिलचस्प खेल बन गया था। छुट्टी के बाद बाहर निकलते तो कूल्हे टेढ़े कर के और मुँह से पों-पों की आवाज़ें निकाल कर इतना हँसते कि पेट में दर्द हो जाता। ख़ैर! हाज़मोला चूसने और गैस निकाल देने के बाद हाफ़ी जी आ कर अपने गद्दे पर बैठ गए। सुरती का पैकेट खोल कर एक चुटकी सुरती होंठों के नीचे दबाई, फिर उनका ध्यान पैसों की तरफ़ गया और उन्होंने पूछा - "कल्लू ने कितने पैसे वापस किए?" मैंने कहा - "इतने ही वापस किए।"

"इतने ही क्यों वापस किए? एक रूपए का सुरती का पैकेट और चार

आने का हाज़मोला, सवा रूपए ही तो हुए, पचहत्तर पैसे वापस करना चाहिए था। आठ आने क्यों वापस किए, चलो कल्लू की दुकान पर पूछता हूँ उनसे।"

हाफ़ी जी ने मेरी बाँह पकड़ी और इतनी तेज़ी से कल्लू चचा की दुकान की तरफ़ चलने लगे कि मुझे उनके साथ दौड़ना पड़ा। दौड़ने की वजह से मोज़े में रखी हुई चवन्नी मेरे टख़ने से खट-खट लड़ रही थी जिसकी वजह से टख़ने में तकलीफ़ हो रही थी। हाफ़ी जी मुझे खींचते हुए आनन-फ़ानन में कल्लू चचा की दुकान पर पहुँच गए। कल्लू चचा उर्दू का कोई पुराना रद्दी अख़बार पढ़ रहे थे। उन्होंने ऐनक के नीचे से झाँक कर हाफ़ी जी की तरफ़ देखते हुए कहा - "जी हाफ़ी जी, फ़रमाइए!"

हाफ़ी जी ने कहा - "मैंने दो रूपए भेज कर एक सुरती का पैकेट और चार आने का हाज़मोला मँगवाया था। आपने इसे कितने पैसे वापस किए थे?"

"पचहत्तर पैसे" - कल्लू चचा ने उसी तरह ऐनक के नीचे से झाँक कर जवाब दिया। हाफ़ी जी ने मेरी तरफ़ देखा। मैंने सर झुका लिया।

"चलो।" हाफ़ी जी ने कहा और मेरी बाँह पकड़ कर पहले से भी ज़्यादा तेज़ी से मदरसे की तरफ़ चल पड़े। तेज़ चलने की वजह से मेरी चप्पल उतर गई मगर मैं डर के मारे उनसे नहीं कह सका कि चप्पल उतर गई है। ज़रा दूर जाने के बाद हाफ़ी जी ने कहा - "सच-सच बताओ चवन्नी कहाँ है?"

"जहाँ पर ठोकर लगी थी वहीं पर गिर गई होगी।" मैंने रूहाँसी आवाज़ में कहा।

"वो जगह दिखाओ जहाँ ठोकर लगी थी।" हाफ़ी जी ने कहा तो मैंने एक तरफ़ इशारा करते हुए कहा - "वहाँ पर लगी थी।"

हाफ़ी जी मुझे उस जगह पर ले गए जिस जगह की तरफ़ मैंने इशारा किया था और उन्होंने कहा - "ढूँढो।" मैंने ज़रा झुक कर ये ज़ाहिर करने

की कोशिश की कि जैसे मैं वाक़ई में चवन्नी ढूँढ रहा हूँ।

हाफ़ी जी कमर पर हाथ बाँधे मेरे पीछे खड़े मुझे ग़ौर से देख रहे थे और समझ रहे थे कि मैं चवन्नी नहीं ढूँढ रहा हूँ बल्कि उन्हें बेवक़ूफ़ बनाने की कोशिश कर रहा हूँ। ज़रा देर के बाद उन्होंने फिर मेरी बाँहें पकड़ कर मदरसे में ले जाते हुए कहा - "चवन्नी ऐसे नहीं मिलेगी उसके लिए मुझे ख़तरनाक वज़ीफ़ा पढ़ कर अण्डा काटना पड़ेगा।" मदरसे में पहुँच कर हाफ़ी जी ने मुझे मुजरिमों की तरह बरामदे में खड़ा कर के कहा - "हाँ भाई अब बताओगे या अण्डा काटूँ?"

अण्डा काटे जाने के ख़याल से मेरा दिल ज़ोर-ज़ोर से धड़कने लगा।

मैंने अम्माँ से सुन रखा था कि जब वज़ीफ़ा पढ़ कर अण्डा काटा जाता है तो अण्डे के साथ चोरी करने वाले का दिल भी कट जाता है। मैंने सोचा अण्डा कटने के बाद वैसे भी सबको पता चल ही जाएगा और मैं तड़प-तड़प के मर जाऊँगा, इसलिए चवन्नी मोज़े से निकाल कर हथेली पर रखी, हाफ़ी जी के सामने कर दी और सर झुका के खड़ा हो गया।

मदरसे में सन्नाटा था। मैंने कनखियों से देखा, सब बच्चे अपने सिपारे भूल कर हमारी तरफ़ इस तरह देख रहे थे जैसे फ़लीता जलते वक़्त पटाख़े को देखा जाता है।

कुछ देर के बाद हाफ़ी जी ने कहा - "चवन्नी रख दो और हाथ खोल कर खड़े हो जाओ।"

मैं तो समझ ही रहा था कि अभी ये सब होने वाला है। मैंने चवन्नी हाफ़ी जी के तकिए के पास रख दी और वही वाला हाथ उनके सामने फैला दिया जिस पर चवन्नी रखी थी। हाफ़ी जी ने मेरी हथेली पर इतनी तेज़ी से इबरत की छड़ियाँ बरसाईं कि उनकी गिनती भी नहीं की जा सकती थी। मेरा हाथ सुन्न हो गया। मैं रो रहा था मगर धीमी आवाज़ के साथ, ज़ोर-ज़ोर से इसलिए नहीं रो रहा था कि मेरे ज़ोर से रोने से नासिर को ज़्यादा ख़ुशी होती। दो दिन पहले ही मेरा उससे इस बात पर झगड़ा हो गया

था कि वो मेरी जगह पर बैठ गया था और मैंने उसे धक्का दे दिया था।

जी भर के इबरत की छड़ियाँ मारने के बाद हाफ़ी जी ने कहा - "अब मुर्ग़ा बन जाओ।"

मुझे तो पता ही था कि अभी मुर्ग़ा भी बनाया जाऊँगा।

मैं मुर्ग़ा बन गया। हाफ़ी जी ने दो-तीन छड़ियाँ चूतड़ों पर मारीं।

इत्मीनान से गाव-तकिए की टेक लगाई और हाज़मोला चूस-चूस कर ये क़िस्सा सुनाने लगे।

"एक बड़ा शातिर चोर था। उसकी ज़िन्दगी चोरी-चकारी में गुज़र रही थी। एक दिन वो चोरी की नीयत से एक बुज़ुर्ग के घर में दाख़िल हुआ तो उसने देखा कि बुज़ुर्ग अल्लाह की इबादत में मगन हैं। वो ये सोच कर बहुत ख़ुश हुआ कि मौक़ा अच्छा है, इस वक़्त आसानी के साथ चोरी की जा सकती है और वो बुज़ुर्ग के घर में सामान तलाश करने लगा। बुज़ुर्ग के घर का कोना-कोना छान मारा मगर उसे वहाँ एक सूई तक न मिली। जब बुज़ुर्ग इबादत करने के बाद दुआ माँग चुके तो उनकी नज़र चोर पर पड़ी। उन्होंने चोर से पूछा - "तुम यहाँ क्या तलाश कर रहे हो?"

चोर ने कहा - "मैं रूपया-पैसा और सोना-चाँदी तलाश कर रहा हूँ।"

बुज़ुर्ग ने चोर से पूछा - "रूपया-पैसा और सोना-चाँदी ले कर क्या करोगे?"

चोर ने कहा - "मैं उससे अपने सुख-चैन का सामान ख़रीदूँगा और आराम की ज़िन्दगी गुज़ारूँगा।"

बुज़ुर्ग ने चोर से पूछा - "तुमको कितनी दौलत की ज़रूरत है?"

चोर ने कहा - "मुझे इतनी दौलत चाहिए जिसे मैं ख़च्चरों पर कई दिनों तक ढोता रहूँ।"

बुज़ुर्ग ने कहा - "ज़रा अपने पीछे देखो।"

चोर ने मुड़ कर देखा तो हैरत से उसकी आँखे फटी की फटी रह गईं।

वहाँ रूपयों, पैसों और सोने-चाँदी का अम्बार लगा हुआ था। चोर ने इतनी दौलत तो ख़्वाब में भी नहीं देखी थी। उसने बुज़ुर्ग से पूछा- "आपने पलक झपकते ही इतनी दौलत कहाँ से मँगवा ली?"

बुज़ुर्ग ने उँगली से आसमान की तरफ़ इशारा कर के जवाब दिया - "मैंने अपने मालिक से माँगी और उसने भेज दी।"

चोर ने कहा - "ये दौलत तो आप अपने लिए भी मँगवा सकते थे?"

बुज़ुर्ग ने कहा - "ये ज़िन्दगी के साथ ख़त्म हो जाने वाली दौलत है। मैं अपने मालिक से वो दौलत माँग रहा हूँ जो हमेशा मेरे साथ रहेगी।"

चोर ने बुज़ुर्ग से कहा - "तो फिर मुझे भी ऐसी ही दौलत दिलवा दीजिए जो हमेशा मेरे पास रहे।"

बुज़ुर्ग ने कहा - "वो दौलत कोई किसी को दिलवा नहीं सकता, उसको हासिल करने के लिए अपने गुनाहों की मुआफ़ी माँग कर सच्चे दिल से दोनों जहाँ के मालिक की इबादत करनी होगी।"

चोर ने उसी वक़्त तौबा की और बुज़ुर्ग के हाथ पर बैअत कर के सच्चे दिल से इबादत में मशग़ूल हो गया।

जिस वक़्त हाफ़ी जी ये क़िस्सा सुना रहे थे, सब बच्चे ख़ामोश थे।

क़िस्सा सुनाने के बाद हाफ़ी जी ने बच्चों से कहा - "तुम लोग जाओ, ये अभी और कुछ देर तक मुर्ग़ा बना रहेगा।"

मैं आँखें बन्द किए, बस्तों में सिपारे रखने और रेहलों की बन्द होने वाली खट-खट की आवाज़ें सुन रहा था। फिर बच्चों के दौड़ कर चप्पल-जूते पहनने की आवाज़ें भी मैंने सुनीं। उसके बाद नुसरत की धीमी आवाज़ सुनाई दी। वो कह रही थी - "भाई मैं मदरसे के बाहर रुक कर तुम्हारा इन्तिज़ार करूँगी।"

जब सब बच्चे जा चुके तो मैंने ज़रा-ज़रा आँखें खोल कर कनखियों से हाफ़ी जी की तरफ़ देखा वो गाव-तकिया की टेक लगाए मुझे इस तरह देख रहे थे जैसे नट का तमाशा देख रहे हों। उस वक़्त मेरा सर भारी हो

गया था, मुझे हाफ़ी जी और मदरसे के दर-ओ-दीवार उलटे दिखाई दे रहे थे और कानों में सिर्फ़ बकरी के चीख़ने की आवाज़ें आ रही थीं। कुछ देर के बाद हाफ़ी जी की रौबदार आवाज़ आई - "सिपारा उठाओ और सीधे घर जाओ। किसी वक़्त घर आ कर तुम्हारे वालिदैन से बात करूँगा।"

मैं कान छोड़ कर बड़ी मुश्किल से खड़ा हो सका, जा कर सिपारा उठाया और हाफ़ी जी की तरफ़ देखे बग़ैर नज़रें झुकाए मदरसे के बाहर निकल गया। नुसरत को मालूम नहीं कैसे पता चल गया था कि हाफ़ी जी के साथ कल्लू चचा की दुकान से वापस आते वक़्त मेरी एक चप्पल रास्ते में छूट गई है। उसने वो चप्पल उठा ली थी और हाथ में पकड़े बाहर मेरा इन्तिज़ार कर रही थी। जब मैं उसके पास पहुँचा तो उसने उदासी के साथ मेरी तरफ़ देख कर पूछा - "हाफ़ी जी ने और छड़ियाँ तो नहीं मारीं?"

"दो-तीन मारी थी और ये कह रहे थे कि घर आकर वालिदैन से बात करूँगा।"

हम लोग रोज़ाना तेज़-तेज़ चलते हुए घर जाते थे मगर उस दिन मुझसे धीमे-धीमे भी नहीं चला जा रहा था। पाँव वज़नी हो गए थे और चूतड़ों में ऐसी तकलीफ़ हो रही थी जैसे कोई चुटकियों से नोच रहा हो। हालाँकि हाफ़ी जी ने चूतड़ों पर दो-तीन छड़ियाँ मारी थीं मगर वो इतनी ज़ोर से पड़ी थीं कि मोटी बरयतें पड़ गई थीं। सीधा हाथ ऐसा सुन्न हो गया था कि उससे रेहल और सिपारा पकड़ पाना मुश्किल हो रहा था।

कुछ दूर जाने के बाद नुसरत ने पूछा - "भाई तुमने हाफ़ी जी की चवन्नी क्यों चुराई थी?"

मैंने कहा - "चुराई नहीं थी। मैं दौड़ता हुआ मदरसे जा रहा था वो जेब से निकल कर मोज़े में चली गई।"

"तुमने ये बात हाफ़ी जी को क्यों नहीं बताई? "नुसरत ने कहा।

मैंने कहा - "वो मेरी बात का यक़ीन ही नहीं करते।"

घर के क़रीब पहुँच कर मैंने नुसरत से कहा - "चवन्नी वाली बात

अम्माँ को न बताना।"

"नहीं बताऊँगी।" नुसरत ने कहा।

* * *

चवन्नी की चोरी वाली बात को कई दिन हो चुके थे मगर मैं उसे भूल नहीं पा रहा था। दूसरे बच्चों की तो ख़ैर कोई ज़्यादा परवाह नहीं थी मगर नसरीन के सामने अपनी चोरी पकड़े जाने और मुर्ग़ा बन कर इबरत की छड़ी से मरम्मत किए जाने से मैं बहुत शर्मिन्दा था। इस बात का दुख भी हो रहा था कि उसके बाद से नसरीन मुझे तिरछी निगाह से देखने लगी थी। अब वो मेरी तरफ़ देख कर मुस्कुराती भी नहीं थी। मेरा उसकी तरफ़ देखने को जी तो चाहता था मगर देखता नहीं था। किसी-किसी वक़्त जब उस पर नज़र पड़ जाती तो जल्दी से दूसरी तरफ़ देखने लगता।

अब मैं मदरसे में ज़्यादा शरारतें भी नहीं करता था। ये भी डर लगा रहता कि अगर कोई ऐसी-वैसी बात हो गई तो हाफ़ी जी मुर्ग़ा तो बनाएँगे ही, शिकायत ले कर घर भी पहुँच जाएँगे। उन्होंने कहा भी था कि इस बार तुम्हारे वालिदैन से शिकायत नहीं की है लेकिन आइन्दा कोई ग़लती की तो उनसे ज़रूर शिकायत करूँगा। इसलिए अब सिपारा भी ध्यान के साथ पढ़ने लगा था। जब मैंने चौथा सिपारा पूरा किया तो हाफ़ी जी ने शाबाशी दी और कहा कि अब तुम अच्छे बच्चे बनते जा रहे हो।

मदरसे से वापस जा कर जब मैंने अम्माँ को ये बात बताई कि मैंने चौथा सिपारा ख़त्म कर लिया है तो वो ख़ुश हुईं। मेरे सर पर हाथ रखा और ये कहा कि सिपारे को ख़त्म होना नहीं, मुकम्मल होना कहते हैं। उसी वक़्त अब्बा दुकान से खाना खाने के लिए आए तो मैंने उनको भी ये बात बताई। वो भी ख़ुश हुए और कहा कि अगर इसी तरह दिल लगा के पढ़ते रहे तो एक दिन हाफ़िज़-ए-क़ुरान बन जाओगे।

उस दिन अम्माँ ने मुझे पाँच रूपए दे कर कहा - "दो रूपए नए सिपारे के लिए हैं और तीन रूपए तुम्हारे इनाम के।"

मुझे इनाम देने के बाद उन्होंने नुसरत से कहा - "जब तुम्हारा सिपारा मुकम्मल होगा तो तुमको भी इनाम दूँगी।"

* * *

रात को जब मैं अपने रूपए तकिए के नीचे रख रहा था तो नुसरत ने कहा - "भाई इसमें से एक रूपया मुझे दे देना, मैं कहानियों की किताब ख़रीदने के लिए जमा करूँगी।"

मैंने से कहा - "डोर पतंग ख़रीदने के बाद जो पैसे बचेंगे सब तुमको दे दूँगा।" ये बात कह तो दी थी मगर मुझे मालूम था कि पैसे बचेंगे ही नहीं।

मदरसे जाते वक़्त तीन रूपए ये सोच कर तकिए के नीचे से निकाल कर जेब में रख लिए थे कि वापसी पर कल्लू चचा की दुकान से डोर और पतंग लेता आऊँगा। उस दिन मुझे दो बातों की ख़ुशी थी। एक तो ये थी कि मैंने चौथा सिपारा पूरा कर लिया था और अब पाँचवा सिपारा पढ़ने जा रहा था। दूसरी ख़ुशी ये थी कि मैं अपने रूपयों से अपनी पसन्द की पतंग और डोर ख़रीद सकता था। लूटा हुआ माँझा तो मेरे पास रखा ही था।

* * *

हमारी पतंगें उसी रुख़ पर उड़ती हैं जिस रुख़ की हवा होती है।

मदरसे पहुँच कर अभी सिपारा बस्ते से निकाल कर पढ़ने बैठा ही था कि हाफ़ी जी ने पूछा- "जिब्रान तुम पाँचवा सिपारा ले कर आए हो?"
"जी लाया हूँ।" मैंने कहा।

"ख़ुद ही पढ़ लोगे या मुझसे पूछने की ज़रूरत है?" हाफ़ी जी ने कहा तो मैं उनका मुँह तकने लगा।

हाफ़ी जी ने डाँट कर कहा - "सिपारा ले कर मेरे पास आओ।"

सिपारा ले कर हाफ़ी जी के पास गया। उन्होंने नया सबक़ दे कर कहा - "जा कर ध्यान से पढ़ो और मुझे सुनाओ।"

नया सबक़ लेने के बाद मैं अपनी जगह पर बैठ गया और हिल-हिल कर याद करने लगा। मैं जिस जगह पर बैठ कर पढ़ता था, वहाँ से नीम का एक ऊँचा सा दरख़्त दिखाई देता था। उस दिन सिपारा पढ़ते वक़्त निगाह उठी तो मैंने देखा दरख़्त की शाख़ में चाँद-तारे वाली एक बड़ी सी पतंग झूल रही थी। अगर पतंग उखड़ने या कटने के बाद फ़ज़ा में लहराती हुई जा रही हो या किसी दरख़्त की शाख़ में झूल रही हो तो दिल उसकी तरफ़ लपकने लगता था।

इतनी बड़ी पतंग मैंने अभी तक नहीं उड़ाई थी। सोचा कि अगर नीम पर चढ़ कर उसे उतार लिया जाए तो एक अच्छी पतंग हाथ आ जाएगी और अब्बा वाले पैसे बाद में पतंग ख़रीदने के काम आ जाएँगे। फिर

सोचा कि नीम का दरख़्त ऊँचा है। उसका तना भी मोटा होगा। इतने ऊँचे दरख़्त पर चढ़ना तो मुश्किल काम है ही, चढ़ने के बाद उतर पाना भी आसान नहीं। जाँघें छिल जाती हैं। पतंग इतनी ऊँचाई पर थी कि उसे लँगड़ से भी नहीं उतारा जा सकता था। मैं सबक़ याद करना भूल गया था और पतंग उतारने की तरकीबें सोच रहा था कि उसी वक़्त हाफ़ी जी ने कहा - "जिब्रान आ कर सबक़ सुनाओ।"

सबक़ याद करने का वक़्त तो पतंग उतारने की तरकीबें सोचने में चला गया था, हाफ़ी जी को क्या सुनाता। अगर उनसे कहता अभी याद कर रहा हूँ तो कहते इतनी देर से क्या कर रहे थे। ख़ैर, जा कर अलल टप सुनाने लगा तो हाफ़ी जी ने मुझे घूर के देखते हुए कहा - "लगता है तुम्हारे दिमाग़ का पेट्रोल ख़त्म हो गया है, डालना पड़ेगा।" और इबरत की छड़ी उठा कर सटाक से मेरी जाँघ पर मारी। उसके बाद फिर वही सबक़ दोहरा के कहा - "अगर अब की याद न आया तो दिमाग़ के पुर्ज़े खोल कर ओवर-हॉलिंग भी कर दूँगा। बेशर्म! लूमड़ हो चुके हो और अभी तक पाँचवे सिपारे में अटके हुए हो, तुमको तो अब तक क़ुरान हिफ़्ज़ कर लेना चाहिए था।"

दोबारा सबक़ लेने के बाद अपनी जगह पर बैठ कर सोचा पतंग उतारने की तरकीब तो बाद में भी सोची जा सकती है। पहले सबक़ याद कर लिया जाए और पूरे ध्यान के साथ याद करने लगा। मदरसे की छुट्टी के बाद हम लोग बाहर निकले तो मैंने नुसरत से कहा - "तुम घर चलो मैं कल्लू चचा की दुकान हो कर आता हूँ। अगर अम्माँ पूछें तो कह देना हाफ़ी जी ने नया सबक़ दिया है, उसी को याद कर रहा है।"

नुसरत ने कहा - "हाँ बता दूँगी मगर अपना वादा याद रखना।" "हाँ याद रखूँगा।" मैंने कहा और जल्दी से कल्लू चचा की दुकान की तरफ़ चला गया।

कल्लू चचा की दुकान पर बड़ी उम्दा पतंगें होती थीं मगर उस दिन ढंग की कोई पतंग दिखाई नहीं दे रही थी। मैंने जो पहली पतंग उठाई,

उसकी काँप टेढ़ी थी। दूसरी के ठड्डे में गाँठ थी और जो माँगदार पतंग मुझे अच्छी लग रही थी उसके पत्ते में सुराख़ था। वो पतंगें रख दीं और पतंग के ढेर में से अपनी पसन्द की ढूँढने लगा तो कल्लू चचा ने पूछा - "जो पतंग पहले उठाई थी वो क्यों रख दी?"

मैंने कहा - "उसकी काँप टेढ़ी है।"

कल्लू चचा ने पूछा - "और दूसरी वाली क्यों रख दी?"

मैंने कहा - "उसके ठड्डे में गाँठ है।"

"और इस माँगदार में क्या ख़राबी है?" कल्लू चचा ने माँगदार की तरफ़ इशारा करते हुए पूछा।

मैंने कहा - "इसके पत्ते में सुराख़ है।"

कल्लू चचा ने ऐनक के नीचे से घूर कर मुझे देखा और मेरी आवाज़ की नक़ल कर के मेरे चूतड़ों की तरफ़ इशारा करते हुए कहने लगे - "मियाँ जी ज़रा घूम के देखो, छेद तो तुम्हारे भी है। अगर तुम चाहो तुम्हारी मर्ज़ी की पतंग मिल जाए तो वो अल्लाह मियाँ भी बनाकर नहीं भेजेंगे"।

मैं कल्लू चचा से पीछा छुड़ा के भागना चाह रहा था। सोचा माँगदार के छेद में उसी रंग के काग़ज़ का जोड़ लगा दूँगा तो उसका ऐब छुप जाएगा। जल्दी से वो पतंग उठा कर उसकी क़ीमत पूछी तो कल्लू चचा ने पुराने अख़बार से नज़रें हटा कर ऐनक के नीचे से पहले पतंग को देखा फिर मेरी तरफ़ देखा और शहादत की उँगली इस तरह ऊपर उठाई जैसे नमाज़ में गवाही दे रहे हों। मैं समझ गया कि पतंग एक रूपए की है। पतंग के पैसों के अलावा अब मेरे पास दो रूपए बच रहे थे। मैंने कल्लू चचा से कहा - "दो रूपए की डोर दे दीजिए।" लूटा हुआ माँझा मेरे पास रखा ही था। कल्लू चचा ने अख़बार एक तरफ़ रख कर डोर की चर्ख़ी उठाई और उसका हत्था डिब्बे में रखे हुए चावलों में घुसेड़ कर तिकल्ला करने लगे। उनका बड़ा सा हाथ इस तरह तेज़ी से चलने लगा जैसे वो डुगडुगी बजा रहे हों। मैं तो ये समझ रहा था कि कल्लू चचा अपने हाथ को कम

से कम पचास बार तो हिलाएँगे ही मगर उन्होंने चौंतीस बार हिलाने के बाद हाथ रोक कर तिकल्ला मुझे थमा दिया। तिकल्ला हलका था। जी चाह रहा था कल्लू चचा से कहूँ कि माँझा कम लग रहा है मगर उनसे डर लगता था। मालूम था कि टेढ़े मिज़ाज के आदमी है। तिकल्ला और पतंग ले लेंगे और कहेंगे निकल जाओ पतली गली से, इसलिए ख़ामोशी से रूपए उनकी तरफ़ बढ़ा दिए। रूपए मेरे हाथ से लेने के बाद उन्होंने ऐनक के नीचे से झाँक कर मेरी तरफ़ देखते हुए पूछा - "हाफ़ी जी की चवन्नी मिली या नहीं?"

"मिल गई।" मैंने कहा।

उन्होंने मुस्कुरा कर पूछा - "कहाँ मिली?"

मैंने कोई जवाब नहीं दिया। डोर पतंग ले कर जल्दी से निकल भागा।

पतंग ले कर घर की तरफ़ चल तो पड़ा था मगर बार-बार ये ख़याल आ रहा था कि अगर उसे घर ले जाऊँगा तो अम्माँ फाड़ के फेंक देंगी। उस दिन जब अब्बा का खाना ले कर दुकान जाना था तो पतंगें लूटता रहा और जब शाम को एक लूटी हुई पतंग ले कर घर पहुँचा था तो अम्माँ ने न सिर्फ़ ज़ोर का चाँटा मारा था बल्कि पतंग भी फाड़ कर फेंक दी थी और ये कहा था कि अगर आइन्दा पतंगबाज़ी के चक्कर में पड़े तो तुम्हारी ख़ैर नहीं। अभी मैं यही सोचता हुआ जा रहा था कि अहमद मिल गया। वो पॉलिथीन में बकरी का गोश्त ले कर जा रहा था। मुझे देख कर रुक गया, कुछ बोला नहीं। मैं भी उससे बात नहीं करना चाहता था मगर वक़्त पड़ने पर गधे को बाप बनाया जा सकता है। इसलिए मैंने उससे कहा कि भाई तुमसे एक बात करनी है।

"क्या बात करनी है?" उसने कहा।

मैंने कहा - "मेरी पतंग एक दिन के लिए अपने पास रख लो। कल जुमे के बाद मुझे वापस कर देना।"

"ठीक है दे दो, कल वापस कर दूँगा।"

अहमद ने कहा और पतंग ले कर पूछा - "क्या ये पतंग कहीं से लूट कर लाए हो?"

मैंने कहा - "क्या तुम बेवक़ूफ़ हो, इसके तो अभी कन्ने भी नहीं बँधे हैं और मैं अभी कल्लू चचा की दुकान से ख़रीद कर लाया हूँ।" अहमद ने पतंग को पलट कर काँप और ठड्डों की तरफ़ देख कर कहा - "अरे हाँ, ये तो बिल्कुल नई है, कितने की मिली?"

"एक रूपए की।" - मैंने उसे बताया।

इसके बाद उससे दो-तीन बातें और हुईं। उसने ये भी बताया कि उसके घर का फ्रिज ख़राब हो गया है इसलिए उसकी मम्मी ने बकरी का गोश्त ख़ाला के फ्रिज में रखवा दिया था जिसे लेने के लिए वो ख़ाला के घर गया था। उसके बाद हम लोग अपने-अपने घरों की तरफ़ चल पड़े। दरवाज़े के पास पहुँच कर मैंने डोर का तिकल्ला जेब से निकाला और बस्ते में रख लिया ताकि अम्माँ को पता न चलने पाए। जिस वक़्त मैं घर में दाख़िल हुआ, अम्माँ चूल्हे के पास बैठी रोटी पका रही थीं। नुसरत भी वहीं बैठी उनसे बातें कर रही थी। मैं सीधा कोठरी में गया। पहले कोठरी की खिड़कियाँ खोलीं ताकि रौशनी अन्दर आ सके फिर डोर का तिकल्ला बस्ते से निकाल कर अलमारी के कोने में ऐसी जगह पर रख दिया कि अगर अम्माँ अलमारी खोलें तो तिकल्ले पर उनकी नज़र न पड़ सके। फिर चूल्हे के पास जा कर अपनी पटरी पर बैठ गया।"

आज अम्माँ मीठे करेले पका रही हैं।" नुसरत ने ख़ुश हो कर मुझे बताया।

मीठे करेले हम लोग बड़े मज़े से खाते थे मगर उस वक़्त गोश्त खाने को जी चाह रहा था। मैंने अम्माँ से बताया कि अहमद बकरी का गोश्त ले कर घर जा रहा था। अम्माँ कुछ देर ख़ामोश रहीं फिर उन्होंने कहा - "अल्लाह ने उन लोगों को दिया है, जो चाहें खा सकते हैं मगर हमें दूसरों की बराबरी नहीं करनी चाहिए। अल्लाह ने जो दे दिया उस पर सब्र करना चाहिए और उसका शुक्र अदा करना चाहिए। बहुत से लोगों को तो दो

वक़्त का खाना भी नसीब नहीं होता।"

"अल्लाह मियाँ किसी को अमीर और किसी को ग़रीब क्यों बना देते हैं?" नुसरत ने अम्माँ से पूछा।

अम्माँ ने कहा - "अल्लाह मियाँ किसी को अमीर ग़रीब नहीं बनाते। उन्होंने हाथ-पाँव और समझ-बूझ दे दी है, उनसे जो आदमी जितना कर पाता है उतना उसे मिल जाता है। कभी-कभी क़िस्मत भी साथ देती है। थोड़ी कोशिश से बहुत मिल जाता है और बहुत कोशिश करने के बाद भी कुछ नहीं मिल पाता। इसमें अल्लाह की मर्ज़ी भी शामिल है, जिसे चाहे नवाज़ दे और जिसे चाहे फ़क़ीर बना दे। उसकी मर्ज़ी के बग़ैर पत्ता भी नहीं हिल सकता।"

मैंने अम्माँ से कहा - "जब सब कुछ अल्लाह मियाँ की मर्ज़ी से होता है तो फिर अब्बा से आपकी पटरी टेढ़ी क्यों बनवा दी?"

अम्माँ ने कहा - "अल्लाह मियाँ बनवाने के लिए नहीं आते। उन्होंने इंसान को अक़्ल और समझ दे कर ये कह दिया कि सब लोग अपने-अपने काम करो। अब इंसान का दिमाग़ हर वक़्त एक तरह से काम तो नहीं कर सकता है। किसी वक़्त दिमाग़ हाज़िर होता है तो काम अच्छा हो जाता है, किसी वक़्त आदमी इधर-उधर की सोच रहा होता है तो काम बिगड़ जाता है या ज़्यादा अच्छा नहीं हो पाता। जैसे हाफ़ी जी तुम लोगों को कोई सबक़ देते होंगे तो कभी वो सबक़ आसानी से याद हो जाता होगा और कभी जब ज़्यादा ध्यान से नहीं पढ़ते होगे तो याद नहीं रह पाता होगा।"

मैं अम्माँ की बातें ग़ौर से सुनता रहा। उनकी कुछ बातें समझ में आईं और कुछ समझ में नहीं आईं।

ये बातें करते-करते अम्माँ ने चौंक कर दीवार की तरफ़ देखा और कहा - "कहीं से बिल्ली की आवाज़ आ रही है।"

हम लोग भी दीवार की तरफ़ देख कर आवाज़ सुनने की कोशिश करने लगे।

"हाँ अम्माँ मियाऊँ मियाऊँ की आवाज़ आ रही है।" नुसरत ने घबरा के कहा।

बिल्ली की आवाज़ आहिस्ता-आहिस्ता ऊँची हुई फिर ज़रा देर के बाद बिल्ली दीवार के कोने पर आ कर खड़ी हो गई और दुम लहरा-लहरा के हलक़ से मियाऊँ-मियाऊँ की आवाज़ें निकाल के इस तरह हमारी तरफ़ देखने लगी जैसे कह रही हो कि तुम्हारी चितकबरी मुर्ग़ी दिखाई नहीं दे रही। अम्माँ ने जल्दी से एक चैला उठाया और बड़ी फुर्ती से आँगन में जा कर पूरी ताक़त से बिल्ली की तरफ़ फेंका। बिल्ली पहले ही समझ गई थी। वो छलावे की तरह ग़ायब हो गई। चैला दीवार से टकरा कर आँगन में गिर गया।

अम्माँ ने कहा - "ये कमबख़्त लागू हो गई है। ऐसा न हो किसी दिन दरबे में घुस कर इसको भी उठा ले जाए।"

नुसरत ने कहा - "अगर रात में आ कर उठा ले गई तो।"

"इसके लिए क्या किया जा सकता है, अल्लाह हिफ़ाज़त करने वाला है।" अम्माँ ने कहा तो मैंने अम्माँ से पूछा - "अल्लाह मियाँ ने मुर्ग़ी बनाई थी तो बिल्ली क्यों बनाई?"

अम्माँ ने कहा - "अब ये तो अल्लाह ही समझ सकता है, इसमें भी उसकी कोई मस्लहत ही होगी।"

खाना खाने के बाद मैं और नुसरत कोठरी में आए। मैंने दरवाज़े में कुण्डी लगाई और आलमारी से तिकल्ला निकाल के गुल्ले पर डोर लपेटने लगा। उस वक़्त नुसरत अपनी गुल्लक में तिनका डाल के पैसे निकाल रही थी। मैंने उससे पूछा - "तुम्हारी गुल्लक में कितने पैसे हैं?" तो उसने मुँह फुला के कहा - "तुमसे बात नहीं करूँगी। तुमने सब पैसे ख़र्च कर डाले, मुझे नहीं दिए।"

मैंने कहा - "अगर बचे होते तो दे देता।"

नुसरत ने कहा - "देखना मैं भी अपने पैसों से कहानियों की किताब

ख़रीदूँगी और तुमको पढ़ने को नहीं दूँगी।"

मैंने कहा - "न देना। मैं ख़ुद अब की ईद में ढेर सारे पैसे जमा कर लूँगा।"

नुसरत ने कहा - "अगर मैं अम्माँ से बता देती कि तुमने सब पैसों से डोर और पतंग ख़रीद ली है और अगर ये भी बता देती कि हाफ़ी जी ने तुम्हें मुर्ग़ा बना के छड़ियाँ मारी थीं तो तुम क्या करते?"

मैंने कहा - "अगर तुम बता देतीं तो रात को वैसे ही डराता जैसे उस दिन डराया था।"

"ज़्यादा बोलोगे तो अभी जा के बता दूँगी।" - नुसरत ने ग़ुस्से के साथ कहा तो मैं ख़ामोश हो गया।

उसके बाद हम लोगों ने कोई बात नहीं की और अपने-अपने काम कर के सो गए।

* * *

मैं नहा-धो कर जुमे की नमाज़ पढ़ने के लिए मस्जिद जा रहा था।

रास्ते में आबिद चचा मिल गए। उन्होंने मुस्कुरा के मेरी तरफ़ देखते हुए पूछा - "कहाँ जा रहे हो छोटे मौलाना साहब?"

"मस्जिद जा रहा हूँ जुमे की नमाज़ पढ़ने।" मैंने उन्हें बताया तो कहने लगे - "आज इमाम साहब पर चढ़ बैठना, ज़्यादा सवाब मिलेगा।"

आबिद चचा पर मुझे बहुत ग़ुस्सा आया मगर मैं कुछ बोला नहीं। बस रुक कर उनके आगे निकल जाने का इन्तिज़ार करने लगा। उसी वक़्त अहमद ने आवाज़ दे कर कहा, "भाई रुको मैं भी आ रहा हूँ और अहमद जल्दी से दौड़ कर मेरे पास आ गया। वो अपने कपड़ों पर इत्र लगाए था। उसके पास से बड़ी अच्छी ख़ुशबू आ रही थी। जुमे के दिन सब लोग इत्र लगा के मस्जिद आते थे। इसीलिए अहमद भी लगा के आया था।

अहमद ने कहा - "नमाज़ के बाद हम लोग पतंग उड़ाने चलेंगे।"

"हाँ आज मैं अपनी नई पतंग उड़ाऊँगा।" मैंने ख़ुश हो कर कहा।

इमाम साहब के ख़ुत्बा पढ़ने के बाद जब सब लोग नमाज़ के लिए खड़े हो गए और अल्लाहु अकबर की आवाज़ आई तो मैंने मुड़ कर पीछे देखा। अहमद मेरे पीछे ही खड़ा नीयत बाँध रहा था। मैं नीयत बाँध कर नमाज़ पढ़ने लगा। हम लोग पूरी नमाज़ पढ़े बग़ैर मस्जिद से निकल आए। मैंने अहमद से कहा कि तुम मेरी पतंग ले कर मैदान में पहुँचो, मैं घर से डोर ले कर आता हूँ। अहमद अपने घर चला गया। मैंने घर पहुँच कर डोर का गुल्ला और माँझा निकाला, दरवाज़े के पास से झाँक कर इधर-उधर देखा कि अम्माँ क्या कर रही हैं और दौड़ कर बाहर जाने लगा। अम्माँ ने कहा - "कहाँ जा रहा है? खाना तो खाता जा।"

मैंने कोई जवाब नहीं दिया और ख़रगोश की तरह दौड़ता हुआ मैदान पहुँच गया। कुछ ही देर के बाद अहमद भी मेरी पतंग और अपनी चर्ख़ी ले कर आया। मैं देखते ही समझ गया कि अहमद ने मेरी पतंग उड़ाई है। मैंने अहमद से कहा - "क्या तुमने मेरी पतंग उड़ाई थी।"

"नहीं भाई वैसी की वैसी ही है।" अहमद ने कहा।

"तो फिर तुमने उसमें कन्ने बाँध कर रील क्यों बाँधी है?" मैंने उससे पूछा तो उसने कहा - "भाई इसे तान के एक बार ये देखने की कोशिश की थी कि किसी तरफ़ झुकती तो नहीं है। उसके बाद उतार के रख दी थी।"

मैंने कहा - "मगर मैं इसके कन्ने ख़ुद बाँधना चाहता था।"

"कन्ने खोल के फिर से बाँध लो।" अहमद ने कहा।

मैंने कहा - "मगर मैं तो इसमें पहली बार बाँधना चाहता था।"

"जब मैं अपनी नई पतंग लाऊँगा तो तुम उसमें बाँध लेना।" अहमद ने कहा।

मैंने कन्नों को नाप-तौल कर देखा। कन्ने सीधे बँधे थे। कन्नों में रील बाँधने के बाद मैंने सोचा कि अगर छुड़ैया के बग़ैर उड़ाऊँगा तो पतंग छत्ता के गिर सकती है और फट भी सकती है। इसलिए अहमद से कहा - "भाई

मेरी पतंग को छुड़ैया दे दो।"

अहमद ने दूर जा कर छुड़ैया दी और मेरी पतंग पहली बार में उड़ने लगी। अहमद ने बग़ैर छुड़ैया के जल्दी-जल्दी ठुमकियाँ दे कर अपनी पतंग बढ़ा दी। ऊपर हवा ज़्यादा थी। हम दोनों की पतंगे तेज़ी से आगे बढ़ने लगीं। मेरे पास इतनी डोर नहीं थी कि मैं अपनी पतंग को ज़्यादा ऊँचाई तक ले जा पाता। ज़रा देर के बाद गुल्ला ख़ाली हो कर ढेला खट से मेरे हाथ पर लगा तो मैंने इस डर से पतंग थोड़ी नीचे उतार ली कि कहीं ढेला हाथ से निकल न जाए।

अहमद की चर्ख़ी में डोर ज़्यादा थी। उसने अपनी पतंग इतनी ऊँची कर दी कि वो छोटी दिखाई देने लगी। कुछ देर तक अपनी पतंग को ऊँचाई पर उड़ाने के बाद अहमद ने उसे नीचे ला कर मेरी पतंग के बराबर कर लिया। मैंने अहमद से पहले ही कह दिया था कि हम लोग अपनी पतंगों को क़रीब ला कर दूर कर लिया करेंगे। पेच नहीं लड़ाएँगे मगर अहमद ने अपनी पतंग मेरी पतंग के ऊपर ला कर दोहरा मार दिया और मेरी पतंग कट कर तेज़ हवा के साथ जाने लगी तो मैं उसके पीछे दौड़ने लगा। पतंग के पीछे-पीछे सड़क तक गया मगर नीचे गिरने के बजाए पतंग ऊँची होती चली गई और ज़रा देर के बाद मेरी नज़रों से ओझल हो गई।

इशा की नमाज़ के बाद जब मैं बिस्तर पर बैठा डोर सुलझा रहा था, नुसरत ने तकिए के नीचे से एक किताब निकाल कर मुझे दिखाते हुए कहा - "ये देखो मेरे पास एक किताब है।"

किताब के कवर पर कुछ लोगों की तस्वीरें थीं। मैं किताब के नाम को हिज्जे लगा के पढ़ने लगा तो नुसरत ने जल्दी से पढ़ कर बताया- "दुनिया के चन्द अज़ीम लोग।"

मैंने नुसरत से पूछा ये किताब तुमको कहाँ से मिली। तो उसने बताया कि जब मैं दोपहर को अम्माँ के लिए कल्लू चचा की दुकान से डिस्प्रिन लेने जा रही थी तो रास्ते में चचा जान मिल गए। वो मुझे ले कर अपने घर गए। चॉकलेट वाले बिस्किट खिलाए, ये किताब पढ़ने के लिए दी और ये

कहा कि इसे पढ़ लो, बाद में और दूँगा।"

"चचा जान ने और क्या-क्या खिलाया।" मैंने पूछा तो नुसरत ने कहा - "और कुछ नहीं बस बिस्किट खिलाए।"

मैंने पूछा - "और दादी अम्माँ ने पैसे नहीं दिए?"

"मैंने माँगे न उन्होंने दिए। उनके पास ज़्यादा देर रुकी भी नहीं। सलाम किया तो उन्होंने मेरे हाथ में किताब देख कर पूछा कि ये क्या है। मैंने बताया कि ये किताब है, चचा जान ने दी है तो कहने लगीं कुछ खिलाया पिलाया भी या सिर्फ़ किताब दे कर टरख़ा दिया। मुझे जल्दी दवा ले कर आना था, इसलिए उनसे ज़्यादा बातें नहीं कीं और चली आई।"

"इस किताब में किन लोगों की कहानियाँ हैं?" - मैंने नुसरत से पूछा तो उसने कहा - "इसमें कहानियाँ नहीं, उन बड़े लोगों की सच्ची बातें हैं जिन्होंने काम की चीज़ें ईजाद की हैं, जैसे हवाई जहाज़, रेलगाड़ी, टेलीफ़ोन, घड़ी और बहुत सी चीज़ें।"

मैंने कहा - "मुझे भी देना, हिज्जे लगा-लगा के पढूँगा।"

नुसरत ने कहा - "ऐसा करते हैं। मैं ज़ोर-ज़ोर से पढ़ती हूँ तुम सुनते रहो।"

"हाँ, ये ठीक रहेगा।" मैंने कहा।

नुसरत ज़ोर-ज़ोर से पढ़ने लगी और मैं डोर सुलझाने लगा। मेरी डोर सूखी घास में फँस कर ऐसी उलझ गई थी कि सुलझने का नाम ही नहीं ले रही थी। मैं डोर को तोड़-तोड़ कर गाँठें नहीं लगाना चाहता था। गाँठें वाली डोर से पतंग को खींचने और ढील देने में दिक़्क़त होती थी। डोर अच्छी भी नहीं लगती थी और सबसे ख़राब बात ये होती थी कि छोटी हो जाती थी। डोर को सुलझा पाना आसान नहीं होता। कभी-कभी तो सुलझाने में और उलझ जाती है। माँझे को सुलझा पाना तो और भी मुश्किल काम था, उसको सुलझाने में उँगलियाँ कटने का डर तो रहता ही था, रिघ्घे पड़ने के बाद रील ख़राब भी हो जाती थी और रिघ्घे वाली रील से पतंग उड़ाने

में ज़रा से झटके से पतंग उखड़ जाया करती थी। बड़ी कोशिशों के बाद आख़िरकार डोर और रील सुलझ गई मगर दो-तीन गाँठें लगाना पड़ीं। डोर और रील सुलझाने में ऐसा उलझा रहा कि नुसरत का सुनाया हुआ कोई वाक़िआ ठीक से नहीं सुन पाया।

* * *

आज बकरी की आवाज़ नहीं आ रही है। शायद उसने जी भर के घास चर ली थी। हाफ़ी जी सीधी करवट लेटे हैं इसीलिए ज़्यादा ज़ोर से ख़र्राटे नहीं ले रहे हैं अब चराग़ बुझा कर सो जाना चाहिए। फ़ज्र की नमाज़ के लिए उठ तो गया था मगर देर में सोने की वजह से दिन भर नींद आती रही।

* * *

तुम अपनी पतंग को उतनी ही ऊँचाई तक ले जा सकते हो जितनी तुम्हारे पास डोर है।

मैं और नुसरत मदरसे जा रहे थे। अहमद मालूम नहीं कहाँ जा रहा था, मुझे देखते ही दौड़ कर मेरे पास आया और कहने लगा- "भाई सड़क पर नट का तमाशा हो रहा है, चलो चल कर देखा जाए।"

मैंने कहा– "मैं मदरसे जा रहा हूँ और तुम से बात भी नहीं करना चाहता क्योंकि कल तुमने मेरी पतंग काट दी थी।"

अहमद ने कहा - "भाई तुम चाहे जिसकी क़सम खिलवा लो मैंने जान-बूझ कर नहीं काटी थी, ग़लती से कट गई।"

"भला कोई ग़लती से इतना दबा के दोहरा मारता है।" मैंने कहा तो अहमद बोला - "अच्छा चलो मैं तुम्हारी पतंग के बदले में तुमको एक पतंग दे दूँगा। अब ठीक है न?"

मैं अहमद की इस बात से ख़ुश हो गया और उसके साथ जा कर तमाशा देखने का मन बना लिया मगर ये सोच कर डर भी लग रहा था कि अगर हाफ़ी जी को पता चल गया कि मदरसे का नाग़ा कर के नट का तमाशा देखने गया था तो कल मुर्ग़ा बना के हिदायत की छड़ी से बच्चों को मेरा तमाशा दिखा देंगे। मैंने अहमद से कहा - "अगर हाफ़ी जी को पता चल गया तो बहुत पिटाई करेंगे।"

अहमद ने कहा - "उनको पता नहीं चलेगा। नुसरत भी नहीं बताएगी। क्यों नुसरत तुम तो नहीं बताओगी।" अहमद ने नुसरत की तरफ़ देखते हुए

पूछा तो नुसरत ने कहा - "मैं तो नहीं बताऊँगी लेकिन किसी और ने बता दिया तो हाफ़ी जी पिटाई ज़रूर करेंगे और मुर्ग़ा भी बनाएँगे।"

"चलो यार कुछ नहीं होगा" अहमद ने मेरा हाथ पकड़ कर खींचते हुए कहा।

नट का तमाशा देखने को दिल तो चाह ही रहा था, अहमद ने पतंग देने की बात कह कर दिल को और बेचैन कर दिया। मैंने रेहल और सिपारा नुसरत को देते हुए कहा - "तुम ये रेहल और सिपारा अपने पास रख लो, अगर हाफ़ी जी पूछें कि जिब्रान क्यों नहीं आया तो उनसे कह देना कि अलमारी से सिपारा उतारने में गिर गया था, पाँव में बहुत चोट लग गई है।" फिर सोचा अगर हाफ़ी जी ने कल कह दिया दिखाओ चोट कहाँ पर लगी है तो क्या दिखाऊँगा इसलिए नुसरत से कहा - "ये न बताना चोट लगी है, कह देना कि बुख़ार आ रहा है कल तक ठीक हो जाएगा।"

नुसरत ने कहा - "मैं तुम्हारा सिपारा तो जुज़दान में रख लूँगी, मगर रेहल कहाँ रखूँगी। उसे तो हाफ़ी जी देख ही लेंगे।"

मैंने कहा - "हाँ ये बात भी सही है, लाओ रेहल मुझे दे दो मैं साथ लिए जाता हूँ।" मैंने रेहल उससे वापस ले ली।

अभी मैं और अहमद तमाशा देखने के लिए वहाँ से चलने ही वाले थे कि उसी वक़्त अहमद की बहन राबिया आ गई। वो कुछ बोली नहीं, बस नाक सिकोड़ के मेरी तरफ़ देखती हुई मदरसे की तरफ़ चली गई। मैं अहमद के साथ ख़ूब तेज़ दौड़ता सड़क की तरफ़ चल दिया। कुछ दूर जाने के बाद हमें डुगडुगी की आवाज़ सुनाई देने लगी और हम ज्यूँ-ज्यूँ सड़क के नज़दीक पहुँचने लगे आवाज़ ऊँची होती चली गई। डुगडुगी की आवाज़ के साथ मेरे दिल की धड़कन बढ़ती जा रही थी। अहमद को तो दौड़ने में परेशानी नहीं हो रही थी मगर मैं रेहल की वजह से ठीक से दौड़ नहीं पा रहा था। रेहल मेरे सीने में खट-खट की आवाज़ के साथ लड़ रही थी और सीने में दर्द हो रहा था। इसी के साथ एक परेशानी ये हो गई कि मेरी चप्पल का तस्मा टूट गया। अब मेरे एक हाथ में टूटी हुई

चप्पल थी और दूसरे हाथ में रेहल। ख़ैर किसी तरह दौड़ता-भागता सड़क पर पहुँच गया।

अहमद ने सही कहा था नट का तमाशा वाक़ई अच्छा था। आमने-सामने के बाँसों के दोनों सिरों पर एक रस्सी बँधी हुई थी और नुसरत से भी छोटी एक लड़की जो गुड़ियों के लहँगों जैसा लहँगा और कोटी पहने थी, अपने हाथों में बाँस पकड़े एक सिरे से दूसरे सिरे की तरफ़ चल रही थी। रस्सी हिलने से ऐसा लगता कि अब लड़की गिरने ही वाली है। ये सोच कर मेरा दिल ज़ोर-ज़ोर से धड़क रहा था कि कहीं वह गिर ही न जाए। मगर लड़की के चेहरे पर कोई डर नहीं था। वो नाक की सीध में देखती हुई बड़े आराम से आगे बढ़ रही थी। लड़की ज्यूँ-ज्यूँ दूसरे सिरे के क़रीब पहुँच रही थी, रस्सी के नीचे खड़ा हुआ नट जो शायद उसका बाप था अपने हाथों को ज़्यादा तेज़ी से हिला कर डुगडुगी की आवाज़ को बढ़ाता जा रहा था। नट के पास फ़्रॉक और नेकर पहने एक बन्दरिया बैठी हुई थी। वो कभी अपने बालों में जूएँ ढूँढने लगती थी, कभी खूँखिया कर तमाशाइयों की तरफ़ देखती तो कभी गर्दन में बँधी हुई रस्सी को पकड़ कर क़लाबाज़ियाँ खाने लगती।

रस्सी के दूसरे किनारे पर पहुँचने के बाद लड़की ने बाँस में दोनों पाँव फँसाए और बड़ी तेज़ी से फिसलती हुई नीचे आ गई। इसके बाद बन्दरिया का तमाशा शुरू हुआ। नट ने डुगडुगी बजा के बन्दरिया से पूछा - "गजरिया तुमने सँवरिया का खेल देखा?"

बन्दरिया ने इस तरह सर हिलाया जैसे कह रही हो, हाँ देखा।

"तुमको सँवरिया का खेल कैसा लगा?" नट ने पूछा तो बन्दरिया ने सर हिला के बताया कि अच्छा नहीं लगा।

नट ने पूछा - "तुमको सँवरिया का खेल अच्छा क्यों नहीं लगा?"

बन्दरिया ने अपने पेट पर इस तरह हाथ रखा जैसे कह रही हो मैं भूखी हूँ।

नट ने कहा - "अच्छा तो तुम भूखी हो इसलिए तुमको खेल अच्छा नहीं लगा?" बन्दरिया ने सर हिला के बताया कि हाँ इसीलिए अच्छा नहीं लगा।

जब नट ने कहा - "तुमको पता है कि पेट-पूजा के लिए क्या करना पड़ता है?" तो बन्दरिया उछलने कूदने लगी।

नट ने कहा - "अच्छा, तो खेल-तमाशा दिखाना पड़ता है। तो फिर चलो शुरू हो जाओ।"

बन्दरिया जल्दी-जल्दी कुछ देर क़लाबाज़ियाँ खा चुकी तो नट ने कहा - "तमाशाई एक तमाशा देर तक नहीं देखते। अब दूसरा तमाशा दिखाओ।"

बन्दरिया मुट्ठियों से आँखों को इस तरह रगड़ने लगी जैसे आँसू पोंछ रही हो।

नट ने पूछा - "तुम्हें किस बात की परेशानी है?" बन्दरिया ने दुपट्टा उठा कर सर पर डाला और लकड़ी पकड़ के बूढ़ी औरतों की तरह चलने लगी।

नट ने कहा - "अच्छा तो तुम्हें तुम्हारी सास ने घर से निकाल दिया है।"

बन्दरिया ने सर हिला के कहा हाँ मुझे मेरी सास ने घर से निकाल दिया।

नट ने पूछा - "ससुराल में कितने दिन रहीं?"

बन्दरिया ने दोनों हाथ ऊपर कर दिए। "अच्छा तो ससुराल में दो दिन रहीं।" नट ने कहा।

"अब कहाँ रहती हो?"

बन्दरिया ने सर हिला के बताया कि अब कहीं नहीं रहती।

नट ने कहा - "अच्छा तो अगर अब तुम्हारा कोई ठौर-ठिकाना नहीं

है तो फिर तुम्हारी पेट-पूजा कैसे हो पाती है?"

बन्दरिया क़लाबाज़ियाँ खाने लगी। नट ने कहा - "अच्छा तो अब तुम खेल-तमाशा दिखाती हो?"

बन्दरिया ने इस तरह सर हिलाया जैसे कह रही हो हाँ अब खेल-तमाशे दिखाती हूँ।

नट ने पूछा - "और तुम्हारी पेट-पूजा कौन कराता है।"

बन्दरिया ने आसमान की तरफ़ देखने लगी।

नट ने कहा - "अच्छा तो भगवान तुम्हारी पेट पूजा कराते हैं, और तुम्हारे भगवान हैं कहाँ?" बन्दरिया ने एक सिरे से दूसरे सिरे तक तमाशाइयों की तरफ़ देखा जैसे कह रही हो यही तमाशाई हमारे भगवान हैं।

नट ने कहा - "तो फिर कटोरा उठाओ और अपने भगवानों के सामने जा कर पूजा अर्चना करो।"

बन्दरिया ने एक हाथ में कटोरा लिया और दूसरे हाथ से पेट पकड़ के तमाशाइयों के पास आई तो कुछ तमाशाइयों ने उसके कटोरा में सिक्के डाल दिए और कुछ पीछे हट कर खड़े हो गए। मैं भी ज़रा पीछे हो गया। इस दौरान नट ज़ोर-ज़ोर से डुगडुगी बजाता रहा। जब नट ने डुगडुगी बजानी बन्द कर दी तो बन्दरिया ने कटोरा ज़मीन पर रख दिया और तमाशाइयों को देख कर खूँखियाने लगी, जैसे उसे उम्मीद से कम पैसे मिलने पर ग़ुस्सा आ रहा हो। नट ने डुगडुगी बजाना बन्द कर दी थी और अब ज़मीन पर उकड़ूँ बैठा अंगोछे से चेहरे का पसीना पोंछ रहा था। रस्सी पर चलने वाली लड़की पोटली से लय्या चने निकाल कर खा रही थी। मैं सोच रहा था अगर मदरसे में छुट्टी हो गई और नुसरत घर पहुँच गई तो अम्माँ उससे पूछेंगी कि जिब्रान कहाँ रह गया। मैंने अहमद से कहा कि भाई अब चलना चाहिए मगर अहमद नहीं माना। यही कहता रहा कि अभी तमाशा फिर होगा। एक बार और देख कर चलते हैं। थोड़ी देर के बाद फिर वही तमाशा शुरू हुआ और हमने उसे दोबारा देखा मगर देखा

हुआ तमाशा देखने में पहले जैसा मज़ा नहीं आया। जब हम लोग तमाशा देख कर वापस आने लगे तो मैंने अहमद से कहा - "भाई तुमने मुझे पतंग देने का वादा किया था।" अहमद ने कहा - "शाम को आना, दे दूँगा।"

घर में दाख़िल होकर पहले मैंने ये देखने की कोशिश की कि अम्माँ कहाँ है। अम्माँ चूल्हे के पास बैठीं खाना पका रही थीं और नुसरत से बातें कर रही थीं। मैं चुपके से कोठरी में गया। रेहल खोल कर तेज़ आवाज़ के साथ बन्द की ताकि अम्माँ खटर-पटर की आवाज़ से ये समझ लें कि मैं रेहल और सिपारा अपने साथ ले कर आया हूँ और अलमारी में रख रहा हूँ। ये सब करने के बाद अम्माँ के पास गया तो उन्होंने कहा -"तुमने रोज़ाना का यही मामूल बना लिया है कि सबक़ याद करने में देर कर देते हो।" उसके बाद उन्होंने मेरे नंगे पैरों की तरफ़ देखते हुए पूछा - "तुम्हारी चप्पलें कहाँ है?"

मैंने कहा - "टूट गई।"

"टूट कैसे गई?" अम्माँ ने पूछा।

मैंने अम्माँ को बताया कि कटखन्ना कुत्ता मुझे काटने को दौड़ा तो मैं तेज़ी से भागा और टूट गई।

अम्माँ ने कहा - "कुत्ता तुम्हारे पीछे दौड़ा या तुम कुत्ते के पीछे दौड़े थे?"

मैंने सोचा सफ़ाइयाँ देने से शक और बढ़ जाता है इसलिए ख़ामोश हो गया।

अम्माँ ने कहा - "तुम्हारी चप्पलें आए दिन टूटा करती हैं।" फिर उन्होंने नुसरत की तरफ़ इशारा कर के कहा - "एक वो भी तो है उसकी चप्पलें पुरानी हो के घिस जाती हैं मगर टूटती नहीं।"

मैंने सोचा अम्माँ को क्या मालूम कि मैं पतंगों के पीछे कितनी तेज़ और कितनी दूर-दूर तक भागा-भागा फिरता हूँ। और आज नट का तमाशा देखने के लिए कैसा बे-हवास होकर भागा था।

अम्माँ ने कहा - "अब खाना खा कर टँकवाने जाओ वर्ना कल क्या पहन के मदरसे जाओगे?"

खाना खाने के बाद मैं चप्पल टँकवाने मोची के पास जा रहा था। सुहैल की मम्मी अपने घर से निकल के कहीं जा रही थीं। उन्होंने मेरे पैरों की तरफ़ देखा और हँस कर कहने लगीं - "कहाँ जा रही हो बहन?"

मैंने उनकी बात का कोई जवाब नहीं दिया और चलता चला गया। कुछ दूर जाने के बाद अपने पैरों की तरफ़ देखा। नुसरत के फुन्दने दार चप्पलों की वजह से मेरे पैर बिलकुल लड़कियों के पैरों के जैसे लग रहे थे। चप्पल टँकवाने के बाद मैंने अपने चप्पल पहन लिए और नुसरत के चप्पल हाथ में पकड़ लिए ताकि अब कोई देख कर ये न कहे कि बहन कहाँ से आ रही हो।

जब क़ब्रिस्तान के पास पहुँचा तो आबिद चचा मिल गए। वो टोपी लगाए क़ब्रिस्तान से निकल रहे थे। शायद अपने अब्बा की क़ब्र पर फ़ातिहा पढ़ने गए थे। एक हफ़्ते पहले ही उनके अब्बा का इन्तिक़ाल हुआ था। उन्होंने कहा - "चलो आज तुम्हें तीतर के बच्चे पकड़ा दूँ, वर्ना उनके पर बड़े हो गए तो उड़ जाएँगे।"

मैंने आबिद चचा से कहा कि अभी मुझे घर के कई काम करने हैं और सिपारा भी पढ़ना है।

मैं सोच रहा था आज अहमद से पतंग ले ली जाए वरना बाद में मुकर जाएगा।

आबिद चचा ने पूछा - "तो फिर कब चलोगे?"

मैंने कहा - "जुमे के दिन चलूँगा, जुमे के दिन मदरसे में छुट्टी होती है।"

"ठीक है।" आबिद चचा ने कहा और वो मुड़ कर अपने घर की तरफ़ चले गए।

* * *

कोई तुमको पतंग देने का वादा करे तो पहले से ही डोर का इन्तिज़ाम कर के पतंग उड़ाने का मंसूबा बनाने न बैठ जाना।

खाना पकाने के बाद अम्माँ अपने कमरे में लेट गई थीं और नुसरत उनका सर दबा रही थी। मैं नुसरत के चप्पल रख कर अम्माँ की नज़रों से बचता हुआ निकला और अहमद के घर की तरफ़ चल दिया। अहमद की मम्मी और राबिया से मुझे चिढ़ थी। वो दोनों हर वक़्त ग़ुस्से में रहती थीं और कभी मुस्कुरा के मेरी तरफ़ नहीं देखती थीं। इसलिए अहमद के घर पहुँच कर मैंने इस तरह आवाज़ दी कि मेरी आवाज़ अहमद सुन ले और उसकी मम्मी या राबिया न सुन सकें। मगर वही हुआ जिसका डर था। मेरे दो-तीन बार आवाज़ देने के बाद राबिया ने दरवाज़ा खोला और बड़ी रुखाई के साथ पूछा - "क्या बात है?"

मैंने कहा - "अहमद से मिलना है।"

राबिया ज़ोर से दरवाज़ा बन्द कर के चली गई। ज़रा देर के बाद मुझे उसकी आवाज़ सुनाई दी। वो अहमद से कह रही थी - "भाई तुमसे चवन्नी चोर मिलने आया है।"

राबिया की ये बात मुझे बहुत बुरी लगी। अगर पतंग का लालच न होता तो मैं वहाँ ज़रा देर भी न रुकता। कुछ देर के बाद राबिया ने दोबारा दरवाज़ा खोला और पहले की तरह बेरुख़ी से बात करते हुए कहा - "भाई स्टूल पर चढ़ कर पतंग उतार रहा था, फिसल कर गिर गया है। उसके पाँव में बहुत चोट लग गई है। कह रहा है आज पतंग नहीं दे पाऊँगा,

किसी और दिन आना।"

ये सोच-सोच कर ख़ुश हो रहा था कि अहमद पतंग देगा तो शाम तक उड़ाऊँगा फिर उसे उतार कर रख लूँगा और कल उड़ाऊँगा। अगर फट न गई तो कई दिनों तक उड़ा सकूँगा मगर राबिया के इस जवाब के बाद दिल परेशान हो गया। समझ में नहीं आ रहा था कि अब क्या करूँ। उसी वक़्त मुझे आसमान में उड़ती हुई एक पतंग दिखाई दी और सोचने लगा कि अगर दूसरी पतंग भी उड़ने लगी तो दोनों में पेच लड़ेंगे और उनमें से एक कटेगी तो उसको लूट कर उड़ा लूँगा। देर तक इसी इन्तिज़ार में खड़ा रहा मगर दूसरी नहीं उड़ी। बस वही एक पतंग उड़ती रही। वो हिल भी नहीं रही थी जो उसे देखने में मज़ा आता। ऐसी तनी हुई थी जैसे उसे आसमान में चिपका दिया गया हो। धूप भी तेज़ थी और पतंग को देखते-देखते गर्दन में दर्द होने लगा था। इसलिए वहाँ से चला आया।

घर पहुँचा तो अम्माँ सो रही थीं और नुसरत कोठरी में बैठी 'अज़ीम लोगों के वाक़ेआत' पढ़ रही थी। मुझे देखते ही कहने लगी- "हाफ़ी जी तुम पर बहुत नाराज़ हो रहे थे।"

मैंने कहा - "तुमने हाफ़ी जी को बताया नहीं कि उसको बुख़ार आ रहा है।"

नुसरत ने कहा - "मैं बताने जा ही रही थी कि बीच में राबिया बोल पड़ी और उसने कह दिया कि वो नट का तमाशा देखने गया है।"

"फिर हाफ़ी जी ने क्या कहा?" मैंने पूछा तो नुसरत ने बताया कि हाफ़ी जी कह रहे थे जब कल जाएगा तो मैं तुम लोगों को उसका तमाशा दिखाऊँगा।

ये सोच-सोच कर मुझे डर लग रहा था कि कल हाफ़ी जी मुर्ग़ा बना के हिदायत की छड़ी से चूतड़ लाल कर देंगे। इसी के साथ राबिया पर ग़ुस्सा भी आ रहा था और सोच रहा था कि अगर किसी दिन मुझे राबिया अंधेरे में मिल गई तो पीछे से जा कर उसे इतने ज़ोर से धक्का दूँगा कि

वो मुँह के बल भड़ाक से गिरेगी और उसके आगे के सब दाँत टूट जाएँगे फिर वो कभी मुँह खोल के हँस नहीं पाएगी।

* * *

रस्सी पर चलने का तमाशा दिखाते वक़्त
तमाशाइयों को देखोगे तो गिर जाओगे।

सुब्ह सिपारा पढ़ने के बाद जब मैं चूल्हे के पास गया तो देखा कि अम्माँ के माथे पर पट्टी बँधी हुई थी। आँखे लाल और चेहरा सूजा हुआ था। शायद अम्माँ के सर का दर्द बढ़ गया था वो नुसरत से बातें भी नहीं कर रही थी। अम्माँ के सर में दर्द होता था तो वो चिड़चिड़ी हो जाती थीं। किसी से बात करती थीं न उन्हें किसी की कोई बात अच्छी लगती थी। उस वक़्त मुझे अम्माँ से कुछ पूछना नहीं चाहिए था मगर बेवक़ूफ़ी में ये पूछ बैठा कि मुर्ग़ी के अण्डों से बच्चे कब निकलेंगे। अम्माँ ने कुछ देर तक कोई जवाब नहीं दिया। फिर तवे पर से रोटी उतारते हुए झुँझला के कहा - "निकल आएँगे दो-चार दिन में।"

फिर ग़ुस्से के साथ मेरी तरफ़ देख के कहा - "तुम्हें मुर्ग़ी के अण्डों और चूज़ो से ज़्यादा अपनी पढ़ाई और ज़रूरी कामों पर ध्यान देना चाहिए मगर तुमको किसी बात की फ़िक्र ही नहीं, हर वक़्त खेल-कूद और पतंगों के पीछे भागते फिरते हो, अगर यही हाल रहा तो एक दिन अपने अब्बा की तरह परचून की दुकान पर बैठ कर धनिया-मिर्चें बेचोगे। बहन को देख कर भी तुमको शर्म नहीं आती। पढ़ाई के साथ-साथ घर के कामों में भी हाथ बटाती है। मेरी दुख-बीमारी में मेरा ख़याल भी रखती है।

"मेरी ख़ूब ख़बर लेने के बाद अम्माँ ख़ामोश हो गईं। ज़रा देर के बाद अब्बा आकर अपनी ऊँची पटरी पर बैठ गए। उन्होंने पहले नुसरत से कलमे और दुआएँ सुनाने को कहा। नुसरत ने छः कलमे और बहुत से वज़ीफ़े सुना दिए तो अब्बा ने उसके सर पर हाथ फेर कर शाबाशी

दी। उसके बाद मुझसे कहा कि अब तुम सुनाओ। मुझे तीन कलमों के अलावा सोने-जागने, खाने-पीने की दुआएँ ही याद थीं जो मैंने सुना दी, अब्बा ने कहा - "दो-चार कलमों और वज़ीफ़ों से काम नहीं चलेगा। सब कलमे और हर मौक़े के वज़ीफ़े याद करो और पाँचों वक़्त की नमाज़ों की पाबन्दी भी ज़रूरी है।"

जब अब्बा ख़ामोश हो गए तो अम्माँ ने उनसे कहा - "इनका दाख़िला सरकारी स्कूल में करा दीजिए ताकि ये लोग दीनी तालीम के साथ दुनियावी तालीम भी हासिल कर लें और बड़े होकर अपने पैरों पर खड़े हो सकें।"

अब्बा ने कहा - "क्या दीनी तालीम हासिल कर के अपने पैरों पर नहीं खड़ा हुआ जा सकता? मैं क़ुरान याद करा के इन्हें आलमियत का कोर्स कराऊँगा। आज कल मदरसे के मोअल्लिमों को अच्छी तनख़्वाहें मिल रही हैं। मदरसे में पढ़ाने के साथ दीन की तर्वीज-ओ-तबलीग़ भी ज़्यादा बेहतर ढंग से की जा सकती है।"

अम्माँ ने कहा - "दीनी तालीम के साथ-साथ दुनियावी तालीम भी ज़रूरी है। हज़रत मुहम्मद सल्लाहो अलैहि वसल्लम ने फ़रमाया है कि इल्म हासिल करने के लिए चीन भी जाना पड़े तो चले जाओ।"

अब्बा ने कहा - "हज़रत मुहम्मद सल्लाहो अलैहि वसल्लम ने ये नहीं फ़रमाया कि हिन्दी और अंग्रेज़ी पढ़ने के लिए चीन चले जाओ, उन्होंने इल्म-ए-दीन की बात की है।"

अम्माँ ने कहा - "आख़िर जमील भाई जान अपने बच्चों को दीन की तालीम के साथ-साथ स्कूल में पढ़ा ही रहे हैं और वो भी शहर के अच्छे स्कूल में।"

अब्बा ने अम्माँ पर नाराज़ होते हुए कहा - "उन लोगों की मिसाल मत दिया करो उनकी तो दुनिया ही निराली है उन्हें आख़िरत से ज़्यादा इस दुनिया की फ़िक्र है जहाँ दो-चार दिन रहना है।"

दूध उबलने लगा तो अम्माँ ने घबरा के इधर-उधर देखा जैसे कुछ

तलाश कर रही हों। शायद वो उस साफ़ी को ढूँढ रही थीं जिससे गर्म बर्तन चूल्हे पर से उतारती थीं फिर उन्होंने नंगी उँगलियों से पतीली उतार के नीचे रख दी। इतनी गर्म पतीली उतारने के बावजूद अम्माँ ने उँगलियों को झटका न उनके मुँह से कोई आवाज़ निकली। अम्माँ कहती थीं चूल्हे पर से गर्म बर्तन उतारते-उतारते उँगलियाँ सुन्न हो गईं हैं।

नाश्ता करने के बाद अब्बा क़ुरान-पाक को सीने से लगा के चले गए। दुकान जाते और दुकान से आते वक़्त कलाम-पाक अब्बा के सीने से लगा रहता था।

* * *

उस दिन मदरसे जाते वक़्त ये सोच कर मुझे बहुत डर लग रहा था कि आज हाफ़ी जी मालूम नहीं कितनी देर तक मुर्ग़ा बना कर मेरे चूतड़ों पर छड़ियाँ बरसाएँगे।

मदरसे पहुँच कर मैं बस्ते से सिपारा निकाल ही रहा था कि उन्होंने मुझे आवाज़ दी - "जिब्रान ....!"

"जी" मैंने घुटनों पर बैठ कर हाफ़ी जी की तरफ़ देखा। वो आँखें फाड़ के मेरी तरफ़ देख रहे थे। इस डर से मेरा दिल धड़कने लगा कि अब मुर्ग़ा बनने का वक़्त आ गया है।

हाफ़ी जी ने कहा - "सुना है कल तुम नट का तमाशा देखने गए थे?"

मैंने कोई जवाब नहीं दिया तो उन्होंने सख़्त लहजे में कहा - "मैं तुमसे कुछ पूछ रहा हूँ।"

"जी गया था।" मैंने कहा।

हाफ़ी जी ने पूछा – "तमाशा कैसा था?"

"जी अच्छा था।" मैंने कहा तो हाफ़ी जी ने पूछा - "नट के तमाशे से तुमने क्या सीखा?"

मैंने कहा - "वहाँ बन्दरिया तमाशा दिखा रही थी और एक लड़की रस्सी पर चल रही थी।"

हाफ़ी जी ने कहा - "ये सब तो तुम भी कर सकते हो। क्या तुम किसी बन्दर से कम हो जो बन्दरों का तमाशा देखने दौड़े चले गए।"

मैं पहले से ही रुहाँसा था। बच्चों के हँसने से और परेशान हो गया।

कुछ देर की ख़ामोशी के बाद हाफ़ी जी ने कहा - "ये दुनिया है। यहाँ कोई हवा में उड़ रहा है। कोई पानी पर चल रहा है। कोई रस्सी पर चल रहा है। ये शोबदे-बाज़ियाँ यहीं धरी रह जाएँगी। जब अल्लाह के घर जाओगे और पुल-सिरात पर चलना पड़ेगा तब हक़ीक़त मालूम होगी। जानते हो पुल-सिरात किसे कहते हैं?" हाफ़ी जी ने सब बच्चों से पूछा तो कुछ बच्चों ने कहा - "नहीं" और कुछ ने कहा - "हाँ।"

हाफ़ी जी ने बताया कि पुल-सिरात दोज़ख़ के दोनों किनारों पर रखा जाएगा। ये बाल से ज़्यादा बारीक और तलवार से ज़्यादा तेज़ होगा। जन्नत में जाने के लिए सब को इस पर से गुज़रना होगा। जिनके आमाल अच्छे होंगे वो उस पर से गुज़र कर जन्नत में चले जाएँगे और जिनके आमाल ख़राब होंगे वो कट के दोज़ख़ में गिर जाएँगे। कुछ समझ में आया?"- हाफ़ी जी ने मुझसे पूछा, तो मैंने कहा - "जी।"

हाफ़ी जी ने कहा - "ख़ाक समझ में आया होगा। तुम्हारा हाल बन्दरों का सा है। जब तक रस्सी को झटके देते रहो, नाचते रहते हो उसके बाद अपनी फ़ितरत पर चलने लगते हो। आज तो छोड़े दे रहा हूँ, अगर आइन्दा मदरसे का नाग़ा कर के खेल-तमाशा देखने गए तो तुमको ऐसा तमाशा दिखाऊँगा जिसे तुम ज़िन्दगी भर याद रखोगे।"

"चलो सब अपना-अपना सबक़ याद करो।" हाफ़ी जी ने डाँट कर कहा तो सब बच्चे जो मेरे मुर्ग़ा बनाए जाने का इन्तिज़ार कर रहे थे जल्दी से हिल-हिल कर सिपारे पढ़ने लगे। मुझे इस बात की ख़ुशी हो रही थी कि मैं बहुत सस्ते में छूट गया।

मदरसे में ख़ामोशी थी। ज़रा-ज़रा देर के बाद ड्योढ़ी से बकरी के मिमयाने की आवाज़ें आ रही थीं।

* * *

उलझी हुई डोर को सहूलत से न सुलझाया जाए तो ज़्यादा उलझ जाती है और उसे तोड़ कर गाँठे लगाना पड़ती हैं।

जिस वक़्त मैं नुसरत के साथ मदरसे से वापस आ रहा था, मुझे अहमद अपने घर की तरफ़ जाता हुआ दिखाई दिया। उसके एक हाथ में पतंग और दूसरे हाथ में चर्ख़ी थी। उसने जैसे ही मुझे देखा, लँगड़ाता हुआ मेरे पास आया और कहने लगा- "भाई कल मैं तुम्हारी पतंग उतारने के लिए स्टूल पर चढ़ा और जैसे ही पतंग की काँप पकड़ी मेरा पैर फिसला मैं धड़ाम से नीचे गिर गया। मेरे पैर में चोट लग गई। तुम्हारी पतंग भी फट गई।" मेरे घुटने में अभी तक दर्द हो रहा है ये कह कर वह घुटना पकड़ के बैठ गया।

मैंने अहमद का हाथ पकड़ के उसे उठाया और सहारा दे कर उसके घर तक पहुँचाया। जब वो घर के अन्दर जाने लगा तो मैंने पूछा - "क्या तुम मुझे दूसरी पतंग दोगे?"

"भाई जो पतंग तुमको देने वाला था, वो पूरी फट गई। अब मेरे पास यही एक पतंग बची है, इसे मैं कल उड़ाऊँगा तुम भी ज़रा देर उड़ा लेना। इस वक़्त मुझे बहुत ज़ोर की भूख लग रही है।" - ये कह कर अहमद ने दरवाज़ा बन्द कर लिया।

जब अहमद चला गया तो नुसरत ने कहा - "भाई ये पहले तेज़-तेज़ चल रहा था। हम लोगों को देख कर लँगड़ाने लगा। इसके चोट-वोट नहीं लगी है। बेवक़ूफ़ बना रहा था।"

अहमद को तेज़-तेज़ चलते हुए तो मैंने भी देखा था मगर पतंग के ख़याल में ऐसा खो गया कि उसकी चालाकी को समझ ही नहीं पाया।

दिन में लाइट आ चुकी थी इसलिए रात में नहीं आ रही थी। नुसरत चराग़ की रौशनी में बड़े लोगों की किताब पढ़ रही थी और मैं अपनी डोर सुलझा रहा था।

अहमद ने मेरी जो पतंग काट दी थी उसके साथ मेरा माँझा और बहुत सी डोर चली गई थी। अब मेरे पास इतनी सी डोर रह गई थी कि मैं उससे छित्तमपारा या लंगड़ पेच ही लड़ा सकता था। पतंग कटने के बाद खींचते वक़्त घास में फँस कर और मेरे हाथों में उलझ कर डोर कई जगह से टूट भी गई थी। मैंने उस वक़्त जल्दी में बड़ी गाँठें लगा ली थी। अब इन गाँठें को तोड़ कर छोटी गाँठें लगा रहा था। डोर सुलझाते वक़्त मैंने नुसरत से पूछा - "तुम्हारे पास कितने पैसे जमा हो गए हैं।"

नुसरत ने कहा - "तुमसे मतलब?"

मैंने कहा - "अगर तुम मुझे ये बता दो कि तुम्हारे पास कितने पैसे हैं तो मैं तुमको ऐसी तरकीब बताऊँगा जिससे तुम्हारे पैसे दो गुने हो जाएँगे।"

नुसरत ने कहा - "पहले तरकीब बताओ।"

मैंने कहा - "जब तक तुम ये नहीं बताओगी कि तुम्हारे पास कितने पैसे हैं, मैं नहीं तरकीब बताऊँगा।"

नुसरत ने पैसे दो गुने करने में कोई दिलचस्पी नहीं ली। वो फिर किताब पढ़ने लगी तो मैंने उससे कहा कि अबकी ईद में बहुत से पैसे जमा कर के एक दुकान खोलूँगा उसमें डोर पतंगें बेचूँगा। जब वो बिक जाएँगी तो और ला कर बेचूँगा जब वो भी बिक जाएँगी तो और ला कर बेचूँगा और बहुत से पैसे कमा कर ख़ूब मज़े करूँगा।"

नुसरत ने किताब पढ़ते-पढ़ते कहा - "अम्माँ और अब्बा तुम्हारे सर पर जो जूते मारेंगे उनका भी हिसाब लगा के रखना।"

मैंने ग़ुस्से के साथ नुसरत की तरफ़ देखा। वो किताब पढ़ती जा रही

थी और मुस्कुरा रही थी। मेरा जी चाहा कि उसके मुँह पर ज़ोर का तमाचा मारूँ मगर ये सोच कर नहीं मारा कि उसे मेरी बहुत सी ऐसी बातें मालूम थीं जिनको बताकर वो अम्माँ और अब्बा से मेरी मरम्मत करवा सकती थी।

* * *

बकरी कुछ देर तक इस तरह हूँ हूँ करती रही जैसे हाफ़ी जी किसी बात को मना करने के लिए वज़ीफ़ा पढ़ते वक़्त हूँ हूँ हूँ हूँ करते हैं। फिर ज़ोर-ज़ोर से चिल्लाने लगी। हाफ़ी जी ने करवट बदली और आँखे खोले बग़ैर कहा - "रौशनी बाहर जा रही है। या तो चराग़ बुझा दो या दरवाज़े पर पर्दा डाल दो, वर्ना बकरी चिल्लाती रहेगी।" रात ज़्यादा हो गई है। अच्छा तो यही है कि चराग़ बुझा दिया जाए।

* * *

चीज़ें वैसी ही दिखाई देती हैं जैसा तुम उन्हें देखना चाहते हो।

जुमे का दिन फिर आ गया। अब्बा ने रात में कह दिया था कि कल मस्जिद में वाज़ होगा, जल्दी पहुँच जाना। इसलिए नहा-धो कर सर पर टोपी जमाता हुआ बारह बजे मस्जिद पहुँच गया। अभी मस्जिद में मोहल्ले के ज़्यादा नमाज़ी नहीं आए थे मगर बाहर से आने वाले बहुत से जमाअती मौजूद थे। उजले-सफ़ेद कपड़ों और दाढ़ियों की वजह से ये सब दूर से एक जैसे लग रहे थे मगर क़द और शक्लें अलग तरह की थीं। ये सब लोग अपने कामों में इस तरह मसरूफ़ थे जैसे बारात के घर में आए हों। कोई वज़ू कर रहा था, कोई थैले से सामान निकाल रहा था, कोई आईने में देख कर कंघी कर रहा था तो कोई दातुन कर रहा था। अब्बा एक कोने में बैठे हदीस पढ़ रहे थे। मैं अब्बा के पास बैठ गया तो उन्होंने कहा – "तुम भी सिपारा पढ़ो।"

मैंने पाँचवाँ सिपारा उठाया और हाफ़ी जी का दिया हुआ सबक़ याद करने लगा।

अपने-अपने काम ख़त्म कर लेने के बाद सब लोग एक जगह पर इस तरह बैठ गए जैसे हम लोग अहमद के घर में टी०वी० देखने के लिए बैठते थे। फिर एक आदमी ने सबके सामने खड़े होकर आयत पढ़ी। उसके बाद अल्लाह रसूल की बातें कीं और ये कहा कि हमारे पास तमाशे देखने, सैर-सपाटे और ख़ुराफ़ात के लिए तो बहुत वक़्त है मगर अल्लाह रसूल की बातें करने और सुनने के लिए वक़्त नहीं है। हम ग़ैर-ज़रूरी कामों और

दुनिया की चकाचौंध में ये भूल गए हैं कि एक दिन हमें इस आरज़ी दुनिया को छोड़ कर उस हक़ीक़ी दुनिया में जाना होगा जहाँ हमेशा रहना है। सब कुछ यहीं रह जाएगा और हम सिर्फ़ अपने आमाल ले कर ही वहाँ जाएँगे। इसके बावजूद हम वहाँ के लिए कोई इन्तिज़ाम नहीं कर रहे हैं और दीन से दूर होते जा रहे हैं। दीन की इसी दूरी और ग़फ़लत ने क़ौम को ज़वाल और बर्बादी के दहाने पर ला कर खड़ा कर दिया है। हम सारी दुनिया में दूसरी क़ौमों के हाथों ज़लील-ओ-ख़्वार हो रहे हैं। अगर हम सीधे रास्ते पर नहीं आए और अल्लाह के हुक्म की ना-फ़रमानी करते रहे तो अल्लाह हमारी रस्सियों को और तंग कर देगा।

इसके बाद दूसरे आदमी ने अपने वाज़ में कहा - "आज अमरीका, इज़राईल, चीन और दूसरी बड़ी ताक़तें मुसलमानों के ख़िलाफ़ साज़िशें कर रही हैं। हमें कमज़ोर करने और नुक़सान पहुँचाने के नए-नए हर्बे इस्तेमाल किए जा रहे हैं और हम मसलकों, फ़िरक़ों, ज़ात-पात और बिरादरियों में बँट कर एक-दूसरे को नुक़सान पहुँचा रहे हैं। दिलों में ईमान रहा न ख़ौफ़-ए-ख़ुदा। भाई भाई का और पड़ोसी पड़ोसी का दुश्मन है।"

उन्होंने और बहुत सी बातें कही जो मुझे याद नहीं रही। और बहुत सी बातें समझ में नहीं आईं।

ये बातें ख़त्म होने के बाद सब लोग मिम्बर की तरफ़ रूख़ कर के बैठ गए। एक आदमी ने तकबीर पढ़ी। उसके बाद इमाम साहब ने ख़ुत्बा पढ़ा और सब लोग नमाज़ के लिए खड़े हो गए। मैंने इधर-उधर देखा। मुझे अहमद नज़र नहीं आया। हाँ आबिद चचा दिखाई दिए। वो आगे की सफ़ में खड़े थे। मैं सबसे पीछे की सफ़ में खड़ा हो गया।

नमाज़ के बाद इमाम साहब ने ख़ूब गिड़गिड़ा कर सारी दुनिया के मुसलमानों के सीधे रास्ते पर चलने, बुरी बलाओं और ज़ालिमों से महफ़ूज़ रहने, सेहतयाबी और ख़ुशहाली की दुआएँ माँगी। सब नमाज़ियों ने सिसकियाँ ले कर आमीन कहा। मैंने भी आमीन कहा। उसके बाद फिर अल्लाह रसूल की बातें होने लगीं तो मैंने अब्बा से कहा कि मुझे भूख लग

रही है। अब्बा ने कहा "तुम जाओ और अम्माँ से कह देना मैं इशा की नमाज़ के बाद आऊँगा।"

मैं जैसे ही घर में दाख़िल हुआ नुसरत दौड़ती हुई मेरे पास आई और उसने ख़ूब ख़ुश होते हुए कहा - "भाई! मुर्ग़ी के अण्डों से चूज़े निकल आए हैं।"

मैं दौड़ कर दरबे के पास गया तो देखा अम्माँ दरबा खोले बैठीं दरबे में झाँक रही थी। मैंने भी झाँक कर देखा तीन चूज़े अण्डों से निकल कर आराम से मुर्ग़ी के पास खड़े थे और मुर्ग़ी एक अण्डे को तोड़ कर उसमें से चूज़ा निकाल रही थी। जो चूज़े अण्डों से निकल आए थे, वो बिल्कुल सफ़ेद थे और जो चूज़ा अण्डे से निकल रहा था उसके पर साफ़ दिखाई नहीं दे रहे थे। ज़रा देर के बाद चौथा चूज़ा भी चूँ चूँ चूँ करता हुआ अण्डे से बाहर आ गया वो भी बिल्कुल सफ़ेद था। मैंने अम्माँ से पूछा - "चितकबरी मुर्ग़ी के चूज़ों के पर बिल्कुल सफ़ेद क्यों हैं?"

अम्माँ ने कहा - "ये किसी सफ़ेद मुर्ग़ी के अण्डे होंगे। इसीलिए चूज़े सफ़ेद निकले हैं।"

नुसरत ने पूछा - "तो क्या सफ़ेद मुर्ग़ी के अण्डों से सफ़ेद चूज़े ही निकलते हैं।"

अम्माँ ने कहा - "हाँ, आमतौर पर ऐसा ही होता है लेकिन अगर ख़ुदा चाहे तो सफ़ेद मुर्ग़ी के अण्डों से काले चूज़े और काली मुर्ग़ी के अण्डों से सफ़ेद चूज़े भी निकाल सकता है।"

अम्माँ ने दरबे में दाना डाला तो मुर्ग़ी के साथ चूज़े भी दानों पर चोंचे मारने लगे।

मैंने अम्माँ से पूछा - "क्या मुर्ग़ी अपने चूज़ों को दूध नहीं पिलाती?"

अम्माँ ने हँस कर कहा - "बेवक़ूफ़, परिन्दों के बच्चे दूध नहीं पीते। दाना-दुनका और कीड़े-मकोड़े खाते हैं।"

"और हाफ़ी जी तो बतला रहे थे कि अल्लाह मियाँ ने सबकी शक्लें

अलग-अलग बनाई हैं ताकि हम उन्हें पहचान सकें। मगर हमारे चारों चूज़े तो एक जैसे हैं। तो फिर हम कैसे जान पाएँगे कि कौन सा चूज़ा कौन है?"

अम्माँ ने कहा - "जब ये बड़े हो जाएँगे तो इनकी चाल-ढाल में बदलाव आएगा। कोई तेज़ दौड़ेगा। कोई धीमे दौड़ेगा। कोई जल्दी-जल्दी दाना खाएगा। कोई इत्मीनान के साथ खाएगा। कोई डरपोक होगा तो कोई लड़ाकू। कोई नुसरत की तरह समझदार होगा। और कोई तुम्हारी तरह अहमक़। बस इनकी इन्हीं आदतों से हम इन्हें पहचान लिया करेंगे।"

अम्माँ की इस बात पर नुसरत हँसने लगी। अम्माँ भी मुस्कुराने लगीं।

अम्माँ ने एक चूज़े को दरबे से निकाल कर ज़मीन पर छोड़ा तो चूज़ा कुछ देर तक दम साधे खड़ा रहा। कुछ देर के बाद उसने ज़मीन पर दो-तीन चोंचे मारीं और चूँ चूँ कर के दौड़ने लगा। मुर्ग़ी गर्दन को झटके दे कर चूज़े की तरफ़ देखने और कटाक-कटाक की आवाज़ें निकालने लगी। नुसरत ने अम्माँ से पूछा - "इनमें मुर्ग़ा कौन सा है और मुर्ग़ी कौन सी है?"

अम्माँ ने कहा - "जब बड़े होंगे तभी मालूम हो पाएगा कि मुर्ग़ी कौन है और मुर्ग़ा कौन है।"

हम लोग कुछ देर चूज़ों का तमाशा देखते रहे उसके बाद अम्माँ ने कहा - "अब तुम लोग खाना खाओ। चूज़ों को बाद में देखते रहना।" और चूज़ों को पकड़ कर दरबे में बन्द कर दिया।

दो अण्डे गन्दे हो गए थे। अम्माँ ने ये अण्डे मुझे देते हुए कहा - "इन्हें घूरे पर फेंक आओ।"

मैंने दोनों गन्दे अण्डे घूरे पर फेंकने के बाद सोचा, अगर ये अण्डे गन्दे न हुए होते तो इनमें से भी दो सफ़ेद चूज़े निकल कर चूँ चूँ चूँ चूँ कर रहे होते।

रात को जब मैं और नुसरत चूज़ों की बातें कर रहे थे और अम्माँ नुसरत के सिपारे का बस्ता सी रही थीं, बाहर से ख़ूब ज़ोर की आवाज़ आई - "अल्लाह!"

अम्माँ ने चौंक कर दरवाज़े की तरफ़ देखते हुए कहा - "ख़ुदा ख़ैर करे। लगता है गुदड़ी वाले बाबा फिर आ गए।"

हम लोगों ने गुदड़ी वाले बाबा की बातें सुनी थी मगर उन्हें कभी देखा नहीं था। मैं और नुसरत दौड़ कर बाहर गए तो देखा क़ब्रिस्तान की तरफ़ से गुदड़ी वाले बाबा सर झुकाए और हाथों को इस तरह हिलाते हुए कि जैसे किसी से बातें कर रहे हों, मदरसे वाले मोड़ की तरफ़ जा रहे थे। वो ढेर सारे, मैले-कुचैले कपड़े पहने थे और कन्धे पर कमली डाले हुए थे। वो ज़रा दूर चलते फिर आसमान की तरफ़ मुँह उठाकर इतनी ज़ोर से अल्लाह मियाँ को पुकारते कि उनकी भारी आवाज़ सब तरफ़ गूँजने लगती। अल्लाह मियाँ को पुकारने के बाद कुछ देर तक आसमान की तरफ़ इस तरह देखते रहते जैसे जवाब का इन्तिज़ार कर रहे हों, फिर सर झुका के ख़ुद से बातें करते हुए तेज़-तेज़ चलने लगते।

रुख़साना ख़ाला, अहमद की मम्मी और मोहल्ले के बहुत से बच्चे अपने-अपने घरों से निकल कर गुदड़ी वाले बाबा को देख रहे थे। नुसरत ये कह कर अन्दर भाग गई कि भैया मुझे तो इनसे बहुत डर लग रहा है लेकिन मैं उस वक़्त तक उन्हें देखता रहा जब तक वो मदरसे वाला मोड़ नहीं मुड़ गए। उनकी आवाज़ आना बन्द हो गई तो सबने अन्दर जा कर दरवाज़े बन्द कर लिए।

हम लोगों ने दो साल पहले रात को गुदड़ी वाले बाबा की आवाज़ सुनी थी मगर उन्हें देखा नहीं था। हाँ सब लोगों से उनकी बातें सुनता रहता था। मोहल्ले वालों का कहना था कि जब किसी मोहल्ले में नमाज़ी कम हो जाते हैं और ख़राबियाँ पैदा हो जाती हैं तो गुदड़ी वाले बाबा अल्लाह मियाँ से कह कर मोहल्ले वालों पर अज़ाब भेज देते हैं। दो साल पहले जब वो आए थे तो उनके जाते ही ज़लज़ले के झटके आए थे। उससे ज़्यादा नुक़सान तो नहीं हुआ था, बस अहमद के घर की दीवार ज़रा सी टेढ़ी हो गई थी। अब्बा का कहना था कि अगर नमाज़ियों की तादाद और कम हो गई होती तो मोहल्ले के कई घर गिर गए होते।

किसी को ये नहीं मालूम था कि गुदड़ी वाले बाबा कहाँ से आते हैं और कहाँ चले जाते हैं। लोग उनके बारे में तरह-तरह की बातें करते। कोई कहता था कि गुदड़ी वाले बाबा की अम्माँ उनके बचपन में मर गई थीं। वो उनके ग़म में पागल हो गए हैं। कुछ लोग कहते कि बाबा किसी लड़की से मोहब्बत करते थे, वो उन्हें छोड़ कर चली गई, उसके ग़म में पागल हो गए और कोई ये कहता कि बाबा ने बहुत सी धार्मिक किताबें पढ़ डाली थीं, दिमाग़ पर उनका असर हो गया। रुख़साना ख़ाला का कहना ये था कि उनके बारे में कोई कुछ नहीं जानता। सब हवाई बातें करते हैं। बाबा मक्के-मदीने के रहने वाले हैं मगर किसी एक जगह नहीं रुकते। सारी दुनिया का पैदल चक्कर लगाते रहते हैं। आज यहाँ दिखाई देंगे तो कल ईरान और परसों तूरान पहुँच जाएँगे।

अम्माँ कहती थीं कि गुदड़ी वाले बाबा मजज़ूब हैं और ऐसे लोगों के बारे में अटकलें लगाने से इंसान गुनहगार होता है।

दूसरे दिन जब मैं हाफ़ी जी के पाँव दबा रहा था तो मैंने उनसे पूछा कि क्या आपने कभी गुदड़ी वाले बाबा को देखा है तो हाफ़ी जी ने कहा - "गुदड़ी वाले बाबा कौन हैं?"

मैंने कहा कि कल मोहल्ले में आए थे सब लोग कहते हैं कि जब वो आते हैं तो मोहल्ले में कोई मुसीबत आ जाती है क्योंकि वो मजज़ूब हैं।

हाफ़ी जी ने चौंक कर मेरी तरफ़ देखते हुए पूछा - "तुमसे किसने कहा कि वो मजज़ूब हैं?"

मैंने कहा - "मेरी अम्माँ और मोहल्ले के लोग कहते हैं।"

हाफ़ी जी ने कहा - "ऐसे हज़ारों पागल दुनिया में घूम रहे हैं। कोई लंगोटी वाला बाबा है। कोई गुदड़ी वाला बाबा है। कोई नंग-धुड़ंग बाबा है। कम-इल्म लोग उन्हें मजज़ूब समझ लेते हैं।"

* * *

सुब्ह सिपारा पढ़ने के बाद मुझे नींद आ गई। जब आँख खुली तो

नुसरत बिस्तर पर नहीं थी। मुझे ख़याल आया कि शायद चूज़ों को देखने गई होगी। मैं दौड़ता हुआ गया तो देखा अम्माँ और नुसरत आँगन में खड़ी चूज़ों को देख रही थीं। मुर्ग़ी दौड़-दौड़ कर दाना चुग रही थी और चारों चूज़े उड़ते हुए रूई के गालों की तरह मुर्ग़ी के साथ दौड़ रहे थे। हम हाथ-मुँह धोना भूल गए और देर तक चूज़ों को देखते रहे। उसी वक़्त एक परिन्दा आँगन के ऊपर से गुज़रा तो मुर्ग़ी इस तरह से उछली जैसे उसे नोच लेना चाहती हो और देर तक कटाक-कटाक की आवाज़ें निकालती रही। चूज़े दौड़कर मुर्ग़ी के नीचे खड़े हो गए।

अम्माँ ने कहा - "मेरे सर में दर्द हो रहा है। मैं लेटने जा रही हूँ। तुम लोग ध्यान रखना। चील-कौवे भी चूज़ों को उठा ले जाते हैं।"

हमें बिल्ली का तो डर था ही, अब चील-कौवों का भी डर सताने लगा। हम कभी दीवार की तरफ़ तो कभी आसमान की तरफ़ देखते रहते।

मैंने सोचा अल्लाह मियाँ ने बिल्ली तो बनाई ही थी मालूम नहीं चील-कौवे क्यों बना दिए। अगर अम्माँ कमरे से आवाज़ दे कर ये न कहतीं कि मुर्ग़ी और चूज़ों को बन्द कर दो तो हम लोग न जाने कितनी देर तक उनका तमाशा देखते रहते।

* * *

एक दिन हम लोग मदरसे जा रहे थे। आदिल ख़ूब तेज़-तेज़ दौड़ता मेरे पास से गुज़रा तो मैंने उससे पूछा कि क्या हुआ, क्यों भाग रहे हो तो उसने भागते-भागते कहा - "मेरे बड़े मामूँ मर गए।"

आदिल के बड़े मामूँ का घर मदरसे के पीछे ही था। मैंने नुसरत से कहा कि चलो चल कर देखा जाए।

"भैया! मुझे मरने वालों से बहुत डर लगता है। मैं नहीं जाऊँगी।" ये कह कर नुसरत तेज़ी से मदरसे की तरफ़ चली गई। मैं आदिल के बड़े मामूँ के घर की तरफ़ दौड़ने लगा और इतनी तेज़ दौड़ता हुआ गया कि आदिल और मैं आगे पीछे आदिल के बड़े मामूँ के घर में दाख़िल हुए।

आदिल के बड़े मामूँ का घर मोहल्ले वालों से भरा हुआ था। बूढ़े, जवान, बच्चे सब वहाँ मौजूद थे। आदिल की मुमानी और उनके बच्चे बिलक-बिलक कर रो रहे थे।

आदिल की मुमानी ने आदिल से पूछा - "सब जगह ऐलान कर आए?"

"जी हाँ, सब जगह कर आए।" आदिल ने कहा।

उसी वक़्त आदिल के छोटे मामूँ आ गए और उन्होंने आदिल की मुमानी से पूछा - "क्या हुआ भाभी?"

आदिल की मुमानी आदिल के छोटे मामूँ के चिपट गईं और रो-रो के कहने लगीं - "तुम्हारे भाई की ज़िन्दगी बहुत थोड़ी रह गई है।"

"हुआ क्या है?" आदिल के छोटे मामूँ ने पूछा तो आदिल की मुमानी ने कहा - "इनके सर पर कौवा बैठ गया है।"

आदिल के छोटे मामूँ ने कहा - "मैं अभी आलिम साहब को बुला कर लाता हूँ।" और वो तेज़ी से बाहर चले गए। आदिल के बड़े मामूँ मुझे दिखाई नहीं दे रहे थे क्योंकि सब लोग उनकी चारपाई को घेरे खड़े थे। मैं लोगों के बीच से होता हुआ किसी तरह पलँग के पास पहुँच गया। मैंने देखा आदिल के बड़े मामूँ सफ़ेद उजली चादर पर लेटे टुकुर-टुकुर आसमान की तरफ़ देख रहे हैं उनके चेहरे पर ऐसी परेशानी थी जैसे मरने से पहले किसी बीमार के चेहरे पर होती है। आदिल के मामूँ की बेटियाँ जल्दी-जल्दी क़ुरान पाक पढ़ रही थीं। कुछ औरतें दुआएँ पढ़ रही थीं।

मुझे आदिल के बड़े मामूँ पर बड़ा तरस आने लगा। मैं सोचने लगा कि वो थोड़ी देर के बाद मर जाएँगे। कुछ देर के बाद आदिल के छोटे मामूँ आ गए तो आदिल की मुमानी ने उनसे पूछा - "क्या आलिम साहब नहीं आए?"

आदिल के छोटे मामूँ ने बताया कि आलिम साहब कह रहे हैं, ये सब

जहालत और तवह्हुम-परस्ती की बातें हैं। कौवों और उल्लुओं के सर पर बैठ जाने से कोई नहीं मरता। उनसे कहो कि सच्चे दिल से क़ुरान पाक और हदीसें पढ़ा करें। सब ख़ुराफ़ात ज़ेहन से निकल जाएँगी।

मैंने सोचा जब आलिम साहब ने ये कह दिया है कि नहीं मरेंगे तो यहाँ रुकने का कोई फ़ायदा नहीं। मैंने आदिल के बड़े मामूँ के चेहरे की तरफ़ एक बार और देखा। वो उसी तरह आसमान की तरफ़ और कभी लोगों की तरफ़ घबरा-घबरा के देख रहे थे।

उस दिन मदरसे जाने में देर भी हो गई थी। हाफ़ी जी का डर सता रहा था। दौड़ता हुआ मदरसे की तरफ़ चल पड़ा। रास्ते में सोचा कि अगर हाफ़ी जी पूछेंगे कि देर क्यों हो गई तो कह दूँगा आदिल के मामूँ मर गए। फिर ये सोचा कि वो तो अभी ज़िन्दा हैं। किसी ने हाफ़ी जी को बता दिया या उन्हें दिखाई दे गए तो मुझे अच्छी तरह मुर्ग़ा बनाएँगे। दौड़-दौड़ कर सोचने में कोई ढंग की बात ज़ेहन में आ ही नहीं पाई। उल्टे-सीधे बहाने सोचते-सोचते मदरसे पहुँच गया। हाफ़ी जी ने देखते ही पूछा - "आज किस मुहिम पर गए थे?"

मेरे मुँह से निकल गया कि आदिल के मामूँ के सर पर कौवा बैठ गया था।

हाफ़ी जी ने हैरत से मेरी तरफ़ देखते हुए पूछा - "कौवा बैठ गया था?"

"जी!" मैंने कहा।

"तो तुम हाँकने गए थे?" - हाफ़ी जी ने कहा तो सब बच्चे हँसने लगे। मैं सर झुकाए खड़ा रहा और हाफ़ी जी मुझे देर तक देखते रहे। उस दिन हाफ़ी जी ने न डाँटा न मुर्ग़ा बनाया। बस ये कह कर ख़ामोश हो गए कि किसी दिन मैं तुम्हारे सर पर कौवा बैठाऊँगा।

आलिम साहब की बातें सुनने के बाद मुझे ये तो यक़ीन हो गया था कि आदिल के बड़े मामूँ नहीं मरेंगे मगर कई दिनों तक उनके मरने की ख़बर का इन्तिज़ार भी करता रहा।

मदरसे से वापसी पर जैसे ही हम लोग मस्जिद वाली गली की मोड़ पर पहुंचे तो मुझे एक भंभीरी दिखाई पड़ गई। वह बबूल के छोटे पेड़ पर बैठी कुछ सोच रही थी। मैंने नुसरत से कहा- "आओ भंभीरी उड़ाई जाए"- और धीरे धीरे चलता हुआ भंभीरी के पास चला गया। नुसरत भी मेरे पास आ कर खड़ी हो गई और ये देखने लागि कि मैं भंभीरी कैसे उड़ाऊँगा। वह तो ये समझ रही थी कि मैं हाथ ऊपर उठा कर उड़ा दूंगा। मगर जब मैंने भंभीरी को चुटकी से पकड़ कर जेब से डोर का तिकल्ला निकाला और नुसरत से कहा कि "इसकी दुम में डोर बांध दो", तो उसने कहा-

"यह मैं नहीं करूंगी, इसकी दुम कट जाएगी।"

"नहीं कटेगी। मैं कई बार बांध कर पतंग की तरह उड़ा चुका हूँ।"

यह कह कर मैंने तिकल्ला नुसरत को दिया तो उसने पैर पीछे कर के डरते डरते भंभीरी की दुम में हल्का सा फन्दा लगा दिया और दूर हट कर खड़ी हो गयी। मैंने दांतों से फंदे को ज़रा कस दिया और डोर पकड़ कर भंभीरी को हवा में उछाल दिया। भंभीरी तो ये समझ रही थी कि अब वो आज़ाद हो गयी है और जहां चाहेगी उड़ कर चली जाएगी मगर ज़रा सी दूर जाने के बाद उसे पता चल गया कि उसकी दुम में तो धागा बंधा हुआ है और अपनी मर्ज़ी से कहीं नहीं जा सकेगी। अब वो पतंग की तरह उड़ रही थी और मैं उसे आगे पीछे कर सकता था। मेरे तिकल्ले में जितनी डोर थी मैंने सब खोल दी। जब भंभीरी ख़ूब ऊंचाई पर चली तो मैंने नुसरत से कहा- "लो तुम भी उड़ाओ"

नुसरत ने डरते डरते डोर पकड़ ली और भंभीरी कि तरफ़ देख कर खुश होने लगी। हम लोगों को तो पता ही नहीं था कि अब्बा मस्जिद में हैं और अभी निकल कर नुसरत को भंभीरी उड़ाते हुए देख लेंगे। वह चुपके से आ कर हमारे पीछे खड़े हो गए और नुसरत के सर पर एक चपत लगते हुए कहा "अब तुम लड़कों के साथ भंभीरियों कि दुमों में धागे बांध कर उड़ाती फिरोगी"।

नुसरत ने जल्दी से डोर छोड़ दी उसके बाद अब्बा ने मेरे भी चपत

लगाते हुए कहा "अगर आइंदा तुमने बहन के साथ ये तमाशे किए तो टाँगे तोड़ कर रख दूंगा"।

अब्बा ने हल्की सी चपत लगाई थी मगर नुसरत को बहुत बुरा लगा था। उसने कई बार मुझसे कहा कि अब कभी तुम्हारी बातों मे नहीं आऊँगी।

मुझे तो इस बात का दुख था कि भंभीरी अपने साथ मेरी सब डोर लेकर चली गई।

* * *

उस दिन जब हम मदरसे से वापस आए तो अम्माँ बावर्ची-ख़ाने के पास दीवार की टेक लगाए खड़ी थीं। हम उन्हें सहारा दे कर कमरे में ले गए। कमरे में पहुँच कर अम्माँ बे-सुध होकर तख़्त पर गिर गईं तो नुसरत रूहाँसी होकर अम्माँ को आवाज़ देने लगी। अम्माँ ने कमज़ोर आवाज़ में कहा - "परेशान न हो। मैं ठीक हूँ। तुम लोग सिपारे रख कर हाथ-मुँह धो और खाना ख़ुद निकाल कर खा लो। आज गोश्त का सालन पकाया है। अब्बा का ख़याल रखना। एक-एक बोटी लेना और अब रात में कुछ नहीं पकाऊँगी यही सालन रात तक चलेगा।"

हम लोग बे-तहाशा दौड़ते हुए कोठरी में गए। जल्दी से सिपारे अलमारी में रखे और जैसे-तैसे हाथ धो कर बावर्ची ख़ाने की तरफ़ दौड़ पड़े। गोश्त के ख़याल ने हमारी भूख बढ़ा दी थी।

अम्माँ की हिदायत के मुताबिक़ हमने अपनी प्लेटों में बराबर की एक-एक बोटी निकाली मगर सालन ज़्यादा ले लिया क्योंकि सालन ज़्यादा था। खाना खाने के बाद हम लोग अम्माँ के कमरे में गए तो देखा अम्माँ उसी करवट लेटी हुईं थी जिस करवट हमने उन्हें लिटाया था। नुसरत ने सर दबाने की कोशिश की तो अम्माँ ने कमज़ोर आवाज़ में कहा - "तुम लोग मुझे कुछ देर के लिए अकेला छोड़ दो और जा कर अपने सबक़ याद करो। अब्बा आएँ तो उन्हें खाना दे देना और उनसे कह

- "ज़रा देर के लिए चचा जान के घर चला जाए।"

नुसरत ने कहा - "मैं बार-बार नहीं जाऊँगी, अगर अब्बा को पता चल गया तो डाँटेंगे।"

मैंने कहा - "कुछ पता नहीं चलेगा। बस चॉकलेट वाले बिस्किट खाएँगे और कहानियों की कोई किताब ले कर जल्दी से चले आएँगे।"

"तुम जाओ - मैं तो नहीं जाऊँगी।" ये कह कर नुसरत आगे बढ़ गई तो मैं दौड़ कर उसके पास गया और कहा - "मैं चचा जान के घर से ज़रा देर में आ जाऊँगा। अम्माँ पूछें तो उनसे ये न कहना कि हाफ़ी जी ने सबक़ याद कराने के लिए रोक लिया है बल्कि ये कह देना कि उसकी चप्पल के टाँके ढीले हो गए हैं। धीरे-धीरे चल के आ रहा है।"

नुसरत ने मुँह बना के कहा - "मैं रोज़-रोज़ झूठ नहीं बोलूँगी। अल्लाह मियाँ के यहाँ ज़बान जला दी जाएगी। अगर पूछेंगी तो साफ़-साफ़ बता दूँगी कि चचा जान के घर गया है।"

मैं चचा जान के घर जाना नहीं चाहता था क्योंकि अब्बा उनसे नाराज़ रहते थे और उन्होंने चचा जान से मिलना-जुलना छोड़ दिया था। मेरे घर से कोई चचा जान के घर जाता था न चचा जान के घर से कोई मेरे घर आता था मगर जब से नुसरत ने ये बताया था कि चचा जान ने उसे अपने घर ले जा कर चॉकलेट वाले बिस्किट खिलाए थे, एक बार वहाँ जाने को जी चाह रहा था।

चचा जान के घर की तरफ़ जाते वक़्त मैंने सोचा अगर अम्माँ या अब्बा पूछेंगे कि वहाँ क्यों गए थे तो कह दूँगा कि चचा जान की तबीअत ख़राब थी उन्हें देखने गया था। फिर सोचा ये कहना ठीक नहीं होगा। ज़रा बड़ी बात हो जाएगी। फिर अचानक उससे अच्छी बात ज़ेहन में आ गई। सोचा ये कह दूँगा कि हाफ़ी जी ने वो ख़ाली नाश्ता-दान चचा जान के घर भेजा था जिसमें उनके लिए खाना आया था।

चचा जान के घर का दरवाज़ा ज़रा सा खुला हुआ था। मुझे चची जान

से डर लगता था, इसलिए सोचा कि अगर चचा जान होंगे तो जाऊँगा वर्ना नहीं जाऊँगा। चचा जान की आहट लेने के लिए खुले हुए दरवाज़े से ज़रा सा झाँक कर घर में देखने की कोशिश की तो क़ितमीर ने देख लिया और भारी आवाज़ में भौं-भौं करता हुआ दरवाज़े की तरफ़ दौड़ा। मैं वहाँ से बेतहाशा भागा। क़ितमीर की आवाज़ के साथ मुझे चची जान की आवाज़ भी सुनाई दी। वो कह रही थीं कौन है कौन है। मगर मैं रुका नहीं। भागता रहा। कुछ दूर जाने के बाद उस चप्पल को हाथ में पकड़ लिया जिसके टाँके खुल रहे थे और उस वक़्त तक भागता रहा जब तक कि क़ितमीर की आवाज़ दूर नहीं हो गई।

उस दिन मुझे क़ितमीर पर बहुत ग़ुस्सा आया, मैंने सोचा कि अल्लाह मियाँ ने ऐसे कुत्ते भी क्यों बनाए हैं जो आदमियों को काटने के लिए दौड़ते हैं।

जब मैं अपने घर के पास पहुँचा, नुसरत घर में दाख़िल हो रही थी। मुझे देखते ही उसने पूछा - "इतनी जल्दी क्यों आ गए?

"मैंने बताया कि चचा जान के कुत्ते ने मुझे दौड़ा लिया, इसलिए भाग आया।

नुसरत ने कहा - "उसने मुझे भी दौड़ाया था मगर जब चचा जान ने डाँटा तो रुक कर दुम हिलाने लगा था।"

जिस वक़्त हम लोग क़ितमीर की बातें कर रहे थे हमें रुख़साना ख़ाला की आवाज़ सुनाई दी।

रुख़साना ख़ाला के आने से हम लोगों को बहुत ख़ुशी होती थी। वो ख़ूब चहक-चहक कर बातें करती थीं। जब भी आती थीं कोई मज़ेदार क़िस्सा सुनाती थीं और नई ख़बर भी ले कर आती थीं। हर वक़्त हँसती रहतीं और बड़ी मज़ेदार बातें करतीं। मगर अब्बा उनसे बहुत चिढ़ते थे और कहते थे - "मियाँ-बीवी ने अपने ख़ानदान की नाक कटा के रख दी है। वो रोज़ाना रात को शराब पी के बलबलाता है और ये कूल्हे मटका-

मटका के बे-पर्दा घूमती है। इनके दिलों में ख़ुदा का ख़ौफ़ है न ख़ानदान की इज़्ज़त। इन्हीं जैसे लोगों से दोज़ख़ पाटी जाएगी।"

मैंने नुसरत से कहा - "चलो चल कर रुख़साना ख़ाला की बातें सुनी जाएँ, मज़ा आएगा।"

नुसरत ने कहा - "हाँ, चलो चलते हैं।" और हम लोग जल्दी से चप्पल पहन कर दौड़ते हुए अम्माँ के कमरे में गए तो देखा रुख़साना ख़ाला हाथों को लहरा-लहरा के और चहक-चहक कर अम्माँ से बातें कर रही थीं। हम लोगों ने उन्हें सलाम किया तो उन्होंने लहक कर कहा - "वा अलैकुम सलाम" फिर मेरे सर पर हाथ फेर कर दुआएँ देते हुए कहा - "अल्लाह तुमको ख़ूब पढ़ाए, लिखाए, डॉक्टर इंजीनियर बनाए। ख़ूब तरक़्क़ी करो। माँ-बाप का सहारा बनो। ख़ूब अच्छी सी दुल्हन मिले।"

उसके बाद नुसरत के सर पर हाथ फेर के दुआएँ देते हुए कहा - "अल्लाह तुम्हारा नसीब अच्छा करे, अच्छे घर जाओ। ख़याल रखने वाले सास-ससुर और मोहब्बत करने वाला शौहर मिले, ख़ूब ऐश करो। दूधो नहाओ, पूतो फलो।"

हम लोगों को ख़ूब दुआएँ देने के बाद रुख़साना ख़ाला अम्माँ से बातें करने लगीं। लहक-लहक कर बातें करने से रुख़साना ख़ाला के जूड़े में लगा हुआ फूल जैसा क्लिप ऐसे हिल रहा था जैसे कोई चिड़िया फुदक रही हो। वो अम्माँ को किसी लड़की के घर से भागने का क़िस्सा सुना रही थीं। हम लोग भी वो मज़ेदार क़िस्सा सुनने लगे तो अम्माँ ने कहा - "तुम लोग यहाँ से जाओ। ये तुम्हारे सुनने की बातें नहीं हैं।"

जब हम लोग वहाँ से जाने लगे तो रुख़साना ख़ाला ने कहा - "तुम लोग अहमद के घर टी०वी० देखने नहीं गए? आज इंडिया और पाकिस्तान का क्रिकेट मैच आ रहा है, तुम्हारी अम्माँ की टीम जीत रही है।"

अम्माँ ने ज़रा उदासी के साथ कहा - "अब वो अम्माँ की टीम कहाँ रह गई।"

मैंने अम्माँ की तरफ़ देखा तो वो समझ गईं कि मैं क्रिकेट मैच देखने के लिए बेचैन हो रहा हूँ तो उन्होंने कहा - "पहले अस्त्र की नमाज़ पढ़ो, उसके बाद जाना।"

मैंने वुज़ू कर के जल्दी-जल्दी नमाज़ पढ़ी। दुआ नहीं माँगी, बस मुँह पर हाथ फेर लिए और नुसरत से कहा - "चलो क्रिकेट देखी जाए।" नुसरत ने कहा - "मुझे क्रिकेट-विरकेट नहीं देखना है मैं तो अपनी किताब पढूँगी।" और वो किताब पढ़ने बैठ गई।

मैं दौड़ता हुआ अहमद के घर की तरफ़ जाने लगा तो अम्माँ ने कहा - "मग़रिब की नमाज़ से पहले वापस आ जाना वरना अब्बा अपना मैच दिखाएँगे।"

अहमद के ड्रॉइंग रूम का दरवाज़ा खुला हुआ था। मोहल्ले के बहुत से बच्चे और कुछ बड़े लड़के दरवाज़े के पास खड़े झाँक-झाँक कर क्रिकेट मैच देख रहे थे। मैंने बच्चों के बीच में जगह बना के अन्दर झाँका। ड्रॉइंग-रूम में तिल रखने की भी जगह नहीं थी। अहमद, राबिया, उनके मम्मी-डैडी, ख़ाला और मामूँ कुर्सियों पर ठाठ से बैठे थे और मोहल्ले के बच्चे पालथियाँ मारे फ़र्श पर बैठे हुए थे। पाकिस्तान की टीम बैटिंग कर रही थी। जब कोई रन बनता तो स्टेडियम में बैठे हुए पाकिस्तानी तमाशाई चाँद-तारे वाला झण्डा लहरा-लहरा के ख़ूब शोर मचाते और जब कोई आउट होता तो हिन्दुस्तान के तमाशाई हिन्दुस्तान का झण्डा लहरा कर शोर मचाते।

मेरे वहाँ पहुँचने के बाद दो ही खिलाड़ी आउट हुए थे कि सीटियों की आवाज़ आने लगी। अहमद की मम्मी ने जल्दी से उठ कर टी०वी० बन्द करते हुए कहा - "अब तुम लोग जाओ, इनवर्टर की चार्जिंग ख़त्म हो गई है।"

सब बच्चे उठ कर अपने कपड़े झाड़ते हुए बाहर आकर अपने-अपने घरों की तरफ़ चल पड़े। मैं भी चला आया। जब घर में दाख़िल हुआ तो अम्माँ ने मेरी चप्पल की तरफ़ देख कर कहा - "इस टूटी हुई चप्पल को

सुतली से बाँध कर और रगड़-रगड़ कर कब तक नाक कटाते फिरोगे। इसे टँकवाओ या फिर अब्बा से कहो नई चप्पलें ला कर दें। और खेल-कूद से जी भर गया हो तो ज़रा देर बैठ कर सबक़ याद कर लो।"

मैंने जा कर अलमारी से सिपारा निकाला और सबक़ याद करने लगा।

* * *

रात को अम्माँ खाना पका रही थीं कि उसी वक़्त अब्बा आ कर अपनी ऊँची पटरी पर बैठ गए और उन्होंने कहा - "जब से सज्जाद साहब के घर शैतान का पिटारा आया है, मोहल्ले का माहौल ख़राब हो गया है। हर वक़्त मोहल्ले के लौण्डे-लपाड़िए उनके घर के सामने मण्डलाते रहते हैं। सज्जाद साहब को या उनकी बीवी को इस बात का भी ख़याल नहीं कि अज़ान के वक़्त टी०वी० की आवाज़ कम कर दिया करें।" अम्माँ ने कहा - "आज कल हिन्दुस्तान और पाकिस्तान का क्रिकेट मैच दिखाया जा रहा है इसलिए लड़के और दिवाने हो गए हैं।"

अब्बा ने कहा - "जी हाँ, क्रिकेट मैच और ये फ़िल्म-ड्रामे ही तो इनकी आक़िबत सँवारेंगे। लोग मौत को भूल गए हैं और दुनिया की ख़ुराफ़ात में पड़े हुए हैं। अब देखो जमाअत के लोग कहाँ-कहाँ से आए हुए हैं और दरवाज़े-दरवाज़े जा कर तबलीग़ की दावत दे रहे हैं मगर इतने बड़े मोहल्ले से दो-चार लोग ही बयान सुनने के लिए आते हैं। भाई साहब तो एक दिन भी नहीं आए। उन्हें तो ख़ैर इन बातों में दिलचस्पी भी नहीं। उनका तो फ़िक्र-ओ-फ़लसफ़ा ही अलग है।"

अम्माँ ने पूछा - "क्या आप उन्हें बुलाने गए थे?"

"मैं क्यों जाने लगा?" अब्बा ने ज़रा सख़्ती के साथ कहा। "जिस घर की औरतें बेपर्दा निकलती हों और जहाँ रहमत के फ़रिश्ते न आते हों, उस घर में क़दम रखना भी गुनाह है।"

(चची जान बुर्क़ा नहीं पहनती हैं और उनके घर में क़ितमीर था, इसलिए अब्बा कहते थे कि चचा जान के घर में कभी रहमत के फ़रिश्ते

नहीं आएँगे।)

ये सब बातें करने के बाद अब्बा ने कहा - "मैं जमाअत के साथ कुछ दिनों के लिए बाहर जाने वाला हूँ।"

अम्माँ ने कहा - "घर कैसे चलेगा?"

अब्बा ने आसमान की तरफ़ उँगली उठा के कहा - "अल्लाह चलाएगा।"

"इसकी चप्पल टूट गई है, सुतली से बाँध-बाँध के मदरसे जाता है।" अम्माँ ने मेरी चप्पल की तरफ़ इशारा कर के कहा।

अब्बा ने कहा - "तो मोची से टकवाई क्यों नहीं?"

अम्माँ ने कहा - "टँकवा के लाया था फिर टूट गई। हो भी तो गई है कितनी पुरानी।"

अब्बा ने कहा "तो मुझे बताया क्यों नहीं।"

अम्माँ ने कहा - "किस वक़्त बताता, आप ज़रा देर के लिए आते हैं और चले जाते हैं।"

अब्बा ने कहा - "ठीक है। कल दोपहर को खाना खाने के लिए आऊँ तो याद दिलाना।"

अम्माँ ने कहा– "किसी दिन चल के मुझे डॉक्टर को दिखा लाइए, पेट में कुछ तकलीफ़ रहने लगी है।"

"तबलीग़ से वापस आ जाऊँ तो चलता हूँ।" यह कह कर उन्होंने हम लोगों से पूछा - "और तुम लोग वो किताब पढ़ रहे हो जो मैंने ला कर दी थी?"

"जी।" नुसरत ने जवाब दिया। हालाँकि नुसरत ने अब्बा की दी हुई किताब 'मरने के बाद क्या होगा' अलमारी में रख दी थी और वो 'दुनिया के चन्द अज़ीम लोग' ही पढ़ रही थी। अब्बा ने मेरी तरफ़ देखते हुए कहा - "उसे तुम भी पढ़ो। हर मुसलमान को पढ़ना चाहिए। इससे अल्लाह के

यहाँ की बातें मालूम होंगी। तुम्हारी उर्दू भी अच्छी हो जाएगी और क़ुरान पाक का तर्जुमा पढ़ कर समझ सकोगे कि अल्लाह तआला ने क़ुरान के ज़रिए अपने बन्दों को क्या पैग़ामात भेजे हैं।"

खाना खाने के बाद अब्बा मस्जिद चले गए तो अम्माँ ने कहा - "देखो, ख़याल नहीं रहा। सोचा था कि अब्बा से दोनों तख़्त निकलवा के बरामदे में डलवा दूँगी। गर्मी बहुत बढ़ गई है। बिजली का कोई ठिकाना नहीं आए, न आए।"

रात में बिजली नहीं आई। हम लोग पंखे झलते-झलते सो गए।

* * *

गधे की अक़्ल में ये बात आ जाए कि उसकी दुम में बँधा हुआ पीपा भागने की वजह से आवाज़ें पैदा कर रहा है और टाँगों को चोटें पहुँचा रहा है तो वो बेवक़ूफ़ क्यों कहलाए।

मैं जुमे की नमाज़ पढ़ के घर जा रहा था कि उसी वक़्त ख़ालिद दिखाई दिया। वो एक हाथ में पीपा और दूसरे हाथ में रस्सी पकड़े क़ब्रिस्तान वाले मैदान की तरफ़ दौड़ा चला जा रहा था। रुक कर कहने लगा - "जिब्रान! आओ तुमको गधे का तमाशा दिखलाऊँ।"

मैंने कहा कि मुझे भूख लग रही है। मैं खाना खाने जा रहा हूँ। उसने कहा - "खाना बाद में खा लेना पहले तमाशा देख लो, बड़ा मज़ा आएगा।"

मैंने सोचा खाना तो बाद में भी खाया जा सकता है मगर गधे का तमाशा देखने को मिले न मिले, इसलिए पहले तमाशा देख लिया जाए और मैं ख़ालिद के साथ दौड़ता हुआ मैदान की तरफ़ चल पड़ा। बड़ी मस्जिद में जुमे की नमाज़ पढ़ने के बाद बहुत से बच्चे क़ब्रिस्तान वाले मैदान में जमा हो गए थे। जमाल और ज़ियाद एक गधे के कान पकड़े खड़े थे। बाक़ी लड़के गधे को इस तरह घेरे खड़े थे जैसे उसकी क़ुर्बानी होने वाली हो।

ख़ालिद ने रस्सी का एक सिरा पीपे में बाँधा और दूसरा ज़रा किनारे होकर इस एहतियात के साथ कि कहीं गधा लात न मार दे, गधे की दुम में बाँध दिया। उसके बाद जमाल और ज़ियाद कान छोड़ कर गधे के पीछे खड़े हो गए। सब यही समझ रहे थे कि कान छोड़े जाने के बाद गधा सरपट भागेगा। मगर वो कुछ देर तक बेफ़िक्री के साथ खड़ा रहा फिर

घास चरने लगा।

"इसे क्या पता कि इसकी दुम में पीपा बँधा है। जब तक पीपा बजेगा नहीं, वो भागेगा ही नहीं। देखो अब भागेगा।" - ये कहकर ख़ालिद ने पीपे पर ज़ोर की लात मारी तो गधा भागने लगा। हम लोग तालियाँ बजाते और शोर मचाते हुए गधे के पीछे दौड़ने लगे। पीपा दरख़्तों और ऊबड़ खाबड़ ज़मीन से टकरा-टकरा के ज्यूँ-ज्यूँ आवाज़ें पैदा कर रहा था, गधे की रफ़्तार बढ़ती जा रही थी। गधे के सड़क पर पहुँचने के बाद पीपे की आवाज़ बदल गई और ज़्यादा ज़ोर-ज़ोर से बजने लगा। गधे की समझ ही में नहीं आ रहा था कि वो किधर जाए। जिधर भागने का रास्ता मिल रहा था, भागा चला जा रहा था। मैं सब लड़कों के साथ गधे का पीछा करता हुआ सरकारी स्कूल तक ही जा सका। भूख तो लग ही रही थी इसलिए और थक गया था। ज़रा देर सुस्ताने के लिए स्कूल के चबूतरे पर बैठ गया। लड़कों का शोर और पीपे की आवाज़ें कुछ देर तक सुनाई देती रहीं फिर सन्नाटा हो गया।

शाम को जब मैं कल्लू चचा की दुकान से चाय की पत्ती लेने गया तो वहाँ मुझे इरफ़ान मिल गया। वो भी कोई सामान ख़रीदने आया था। उसने मुझे बताया कि धोबी ने पता लगा लिया है किन-किन लड़कों ने उसके गधे की दुम में रस्सी बाँध के दौड़ाया था और वो अपने गधे को सबके घरों में ले जा कर शिकायतें कर रहा है। देखना थोड़ी देर में तुम्हारे घर भी आएगा।

जब मैं चाय की पत्ती ले कर घर जा रहा था तो ये धड़का लगा हुआ था कि धोबी गधे को ले कर मेरे दरवाज़े पर न पहुँच चुका हो। और वही हुआ जिसका डर था। मैं दरवाज़े के पास पहुँचा तो देखा धोबी अपने गधे को हाँकता हुआ मेरे घर की तरफ़ आ रहा है। मैं जल्दी से घर में दाख़िल हुआ, चाय की पत्ती बावर्ची-ख़ाने में रखी और कोठरी में जा कर मुसीबत टालने वाला वज़ीफ़ा पढ़ने लगा।

दरवाज़े की कुण्डी बजी तो मेरा दिल और धड़कने लगा। मैंने नुसरत से कहा - "तुम बाहर जा कर देखो। एक धोबी अपने गधे के साथ खड़ा

होगा। उससे कह देना अम्माँ की तबीअत ख़राब है और अब्बा नमाज़ पढ़ने गए हैं।"

पहले तो नुसरत समझ ही नहीं पाई कि धोबी गधे को ले कर क्यों आया है। वो मेरा मुँह तकने लगी। जब मैंने उसे धक्का दे कर कहा कि जल्दी से जा कर कहो तो वो चली गई। कुछ देर के बाद मुझे धोबी की आवाज़ सुनाई दी। वो ज़ोर-ज़ोर से बोल रहा था मगर मेरी समझ में नहीं आ रहा था कि क्या कह रहा है। ज़रा देर में नुसरत दौड़ती हुई आई और उसने कहा - "भाई मैं धोबी को बताने जा रही थी कि अम्माँ आ गईं और धोबी उनसे तुम्हारी शिकायतें करने लगा।"

नुसरत ने ये भी बताया कि गधे के पाँव छिल गए हैं और उनसे ख़ून निकल रहा है।

अभी नुसरत मुझे बता ही रही थी कि अम्माँ बड़े ग़ुस्से के साथ कोठरी में आईं। पहले तो उन्होंने दोनों हाथों से मेरे कान पकड़ कर ख़ूब ज़ोर-ज़ोर से नोचे फिर ये कह कर पीठ पर दो-हत्थड़ बरसाने लगीं कि तुम्हारे अब्बा तुमको हाफ़िज़-ए-क़ुरान बनाना चाहते हैं और तुम शैतान बनते जा रहे हो। गधों की दुमो में पीपे बाँध कर उन्हें दौड़ाते फिर रहे हो।"

अम्माँ की तबीअत तो ख़राब थी ही मुझे मारने के बाद वो और निढाल हो गईं और रुहाँसी आवाज़ में मुझे बद-दुआएँ देती हुईं कमरे में चली गईं। मार खाने के बाद मैं ज़्यादा रोता नहीं था मगर उस दिन अम्माँ की मार खा के मैं बहुत रोया। अम्माँ के मेरे कान पकड़ के ज़ोर-ज़ोर से सर हिलाने की वजह से टोपी उतर कर दूर जा गिरी थी। नुसरत ने उठाई और मिट्टी झाड़ कर मुझे पहना दी। मेरा हाथ पकड़ कर तसल्ली दी और ये भी कहा कि – "तुमने बेचारे गधे की दुम में पीपा बाँध कर दौड़ाया है अब देखना अल्लाह मियाँ के यहाँ तुम्हारी टाँगों में पीपा बाँध कर तुम्हें भी इसी तरह दौड़ाया जाएगा।"

रात को जब अब्बा मस्जिद से वापस आए तो बहुत ग़ुस्से में थे। वो भी बहुत मारते मगर अम्माँ ने ये कह कर उन्हें रोक लिया कि मैं अच्छी

तरह मरम्मत कर चुकी हूँ अब मारने की ज़रूरत नहीं है। अब्बा ने मारा तो नहीं मगर ये कहा कि ये तुम्हारी आख़िरी ग़लती होनी चाहिए। अगर आइन्दा ग़लती की तो तुम्हारे नाक कान-काट कर हाथ पर धर दूँगा।

अब्बा को इस बात का ज़्यादा ग़ुस्सा था कि धोबी उनसे मेरी शिकायत करने गधे को ले कर मस्जिद पहुँच गया था।

अम्माँ ने कह दिया था कि अब इसे दो दिन तक खाना नहीं दूँगी मगर कुछ देर के बाद नुसरत को बुला के उससे कहा - "जाओ भाई को खाना दे दो।"

इतनी मार खाने के बाद भी मेरी भूख कम नहीं हुई थी। मैंने पेट भर के खाना खाया और गर्मी के बावजूद कोठरी में सो गया।

* * *

मालूम नहीं हाफ़ी जी को इस बात का पता कैसे चल गया कि हम लोगों ने गधे की दुम में पीपा बाँध कर उसे दौड़ाया था। दूसरे दिन जब मैं मदरसे पहुँच कर बस्ते से सिपारा निकाल रहा था तो उन्होंने खँखार कर मेरी तरफ़ देखा, फिर जेब से सुरती का पैकेट निकाल कर एक चुटकी सुरती होंठ के नीचे दबाई और तकिए पर कोहनी टेक कर कहा - "हाँ भाई ज़रा ये बताओ कि वो 'मर्द-ए-मुजाहिद' कौन है जिन्होंने गधे की दुम में पीपा बाँध कर उसे दौड़ाने का अज़ीम-उश्शान कारनामा अंजाम दिया था।"

मैंने कनखियों से ख़ालिद की तरफ़ देखा। ख़ालिद भी मेरी तरफ़ इस तरह देख रहा था जैसे उसे भी इस बात पर हैरत हो रही हो कि हाफ़ी जी को ये बात कैसे मालूम हो गई।

हाफ़ी जी कुछ देर हमारे जवाब का इन्तिज़ार करते रहे फिर उन्होंने कहा - "इज़्ज़तमआब आलीजनाब ख़लील जिब्रान साहब क्या आप ज़रा देर के लिए मेरे पास आने की ज़हमत गवारा करेंगे?"

उसके बाद उन्होंने ख़ालिद से कहा - "मोहतरम आप भी तशरीफ़

लाइए। आज आपकी ख़िदमत-ए-अक़दस में भी तमग़ा पेश किया जाएगा।"

जब हम लोग जा कर हाफ़ी जी के सामने मुजरिमों की तरह खड़े हो गए तो उन्होंने कहा - "तुम्हारी नज़रें नीची क्यों हैं, ऐसे 'क़ाबिल-ए-फ़ख़्र' और क़ाबिल-ए-तक़लीद लोगों के सीने फ़ख़्र से फूले हुए और निगाहें ऊँची होनी चाहिए। मेरी तरफ़ देखो।"

मैंने कनखियों से हाफ़ी जी की तरफ़ देखा तो उन्होंने अपने सर को इस तरह हिलाया जैसे ग़ौर कर रहे हों कि कौन सी सज़ा दी जानी चाहिए। ज़रा देर सोचने के बाद उन्होंने कहा - "उकड़ूँ बैठ जाओ।"

पहले तो मैं समझ ही नहीं पाया कि आज हाफ़ी जी कौन सी सज़ा देने वाले हैं। मैं उकड़ूँ बैठ गया तो उन्होंने ख़ालिद से कहा - "तुम इसके कन्धों पर बैठ जाओ।"

ख़ालिद मेरे कन्धों पर नहीं बैठा तो हाफ़ी जी ने उसके चूतड़ों पर इबरत की छड़ी मार के कहा - "मैं कह रहा हूँ कन्धों पर बैठो और तुम खड़े हँस रहे हो।"

जब ख़ालिद मेरे कन्धों पर बैठ गया तो हाफ़ी जी ने मुझसे कहा - "अब तुम खड़े हो जाओ।"

मैंने अपने घुटनों पर हाथ रख कर उठने की कोशिश की मगर नहीं उठ सका, पीछे की तरफ़ झुक गया। ख़ालिद मेरी पीठ से फिसल कर गिर गया। सब बच्चे ज़ोर-ज़ोर से हँसने लगे।

मैं जितना समझ रहा था ख़ालिद उससे ज़्यादा वज़नी था। उसके अब्बा की गोश्त की दुकान थी, इसलिए भैंसे का गोश्त खा के ख़ूब तगड़ा हो गया था।

हाफ़ी जी ने मेरी पिण्डली पर इबरत की छड़ी मार कर कहा - "क्या तुम्हारी टाँगों की सारी ताक़त गधों को दौड़ाने में ख़त्म हो गई। अगर अब की न खड़े हो पाए तो चाबुकें मार के खड़ा करूँगा।"

जब ख़ालिद दूसरी बार मेरे कन्धों पर सवार हुआ तो मैंने बिस्मिल्ला हिर्रहमानिर्रहीम कह कर पूरा ज़ोर लगाया और खड़ा हो गया।

"अब बरामदे के चक्कर लगाओ।" हाफ़ी जी ने कहा।

मैं बरामदे के एक सिरे से दूसरे सिरे की तरफ़ जा कर रुक गया तो हाफ़ी जी ने कहा - "एक चक्कर और लगाओ।"

मैंने एक और चक्कर लगाया तो हाफ़ी जी ने कहा - "अभी एक चक्कर बाक़ी है।"

मेरे कन्धे शल हो गए थे और पाँव थरथरा रहे थे। ख़ालिद ने दोनों हाथों से मेरे बाल पकड़ रखे थे जिसकी वजह से कनपटियों की खाल खिंची जा रही थी। (बाद में नुसरत ने मुझे बताया था कि ख़ालिद हँस रहा था) इसीलिए झटके लग रहे थे और वज़न ज़्यादा महसूस हो रहा था। मेरी गर्दन झुकी हुई थी, इसलिए मैं बच्चों को देख तो पा नहीं रहा था मगर मुझे उनके हँसने की दबी-दबी आवाज़ें सुनाई दे रही थीं। शायद नसरीन भी हँस रही थी। जब मैं तीसरा चक्कर लगा रहा था तो हाफ़ी जी ने कहा - "इसी तरह तुम लोग कन्धों पर अपने आमाल के बोझ ले कर अल्लाह के सामने जाओगे।"

मैं तीसरा चक्कर लगा चुका तो हाफ़ी जी ने ख़ालिद से कहा - "अब तुम अपने आमाल का बोझ इस गुनाहगार को कन्धों पर रख कर चक्कर लगाओ।"

ख़ालिद उकड़ूँ बैठ गया तो मैंने उसके कन्धों पर चढ़कर कनपटियों के बाल ख़ूब ज़ोर से पकड़ लिए। उसने जल्दी-जल्दी चक्कर लगाने लगा तब मेरी समझ में आया कि ख़ालिद ने हरामीपन में मेरे बाल नहीं पकड़े थे बल्कि गिर जाने के डर से पकड़े थे।

जब ख़ालिद ने तीन चक्कर लगाने के बाद मुझे नीचे उतार दिया तो हाफ़ी जी ने कहा - "अब ज़रा सलीक़े से कान पकड़ कर मुर्ग़ा बन जाओ।"

हम लोग कान पकड़ के मुर्ग़ा बन गए। जब हम लोग मुर्ग़ा बने हुए थे तो हाफ़ी जी ने कहा - "एक वो मुफ़क्किर और आलिम फ़ाज़िल ख़लील जिब्रान थे जिन्होंने दुनिया को इल्म का ख़ज़ाना दिया और एक ये शैतान और मुतफ़न्नी जिब्रान हैं जिन्हें इल्म से अल्लाह वास्ते का बैर है।"

फिर उन्होंने ख़ालिद के बारे में कहा - "और एक वो ख़ालिद बिन वलीद थे जो मैदान-ए-जंग में घोड़े दौड़ाकर दुश्मनों की सफ़ें पलट दिया करते थे और एक ये ख़ालिद हैं जो गधों की दुम में पीपे बाँध कर उन्हें दौड़ा रहे हैं।"

मैं इस तरह मुर्ग़ा बना हुआ था कि मेरा चेहरा दर की तरफ़। था जब मैंने आँखें खोलीं तो मुझे नीम के दरख़्त पर झूलती हुई पतंग दिखाई देने लगी और मैं सोचने लगा कि कैसी अच्छी-अच्छी पतंगें दरख़्तों की शाख़ों में फँस कर बेकार हो जाती हैं अगर ये मुझे मिल जाया करें तो कितना अच्छा हो। एक बार मैंने बबूल के दरख़्त से बड़ी सी दुमदार पतंग उतारी थी। दरख़्त ज़्यादा ऊँचा तो नहीं था मगर उस में काँटे बहुत थे। कुछ काँटे मेरे हाथों और पैरों में चुभ गए थे। मैंने सुई की नोक से निकाल लिए थे मगर एक काँटा नहीं निकल पाया था और कई दिनो तक हाथ में दर्द होता रहा फिर ज़ख़्म पक जाने के बाद वो ख़ुद-ब-ख़ुद बाहर निकल आया। पतंगें भी मालूम नहीं क्यों ऊँचे और काँटेदार दरख़्तों में ही जा कर फँसती हैं।

ये सोचने में याद ही नहीं रहा कि मुर्ग़ा बना हुआ हूँ। बे-ख़याली में हाथ ढीले हो गए और फ़र्श पर औंध गया। सब बच्चे ज़ोर-ज़ोर से हँसने लगे। हाफ़ी जी ने छड़ी उठा कर सटाक से मेरी पीठ पर मार कर कहा "इतनी बार मुर्ग़ा बनाए जा चुके हो इसके बावजूद गिरे जा रहे हो फिर बन जाओ और अगर अबकी गिरे तो इतनी छड़ियाँ मारूँगा कि खाल उतर के गिर जाएगी।"

मैं जल्दी से फिर मुर्ग़ा बन गया। उस दिन मदरसे में बस यही हुआ कि मैं तमाशा बना रहा और बच्चे मेरा तमाशा देखते रहे।

बाद में हम लोगों को पता चला था कि ख़ालिद ने घर जाने के बाद अपने अब्बा से हाफ़ी जी की शिकायत की तो ख़ालिद के अब्बा ने उसी दिन शाम को मदरसे आकर हाफ़ी जी को ख़ूब बुरा-भला कहा। उसके बाद से ख़ालिद ने मदरसे आना छोड़ दिया और अपने अब्बा के साथ दुकान पर बैठ कर गोश्त बेचने लगा उसके बाद से हाफ़ी जी ने हम लोगों को मारना और पाँव दबवाना छोड़ दिया। अब इबरत की छड़ी उनके पास रखी तो रहती थी मगर इस्तेमाल में नहीं आती थी।

* * *

उस दिन जब हम घर पहुँचे तो देखा तख़्त पर ढेर सारा सामान रखा हुआ था और अम्माँ सामान को एक तरफ़ से उठाकर दूसरी तरफ़ रख रही थीं। वो ये देख रही थीं कि कोई सामान आने से रह तो नहीं गया है। हम लोग वहाँ रुक कर ये देखने लगे कि शायद नारियल, मिसरी या कोई और चीज़ हमें खाने को मिल जाए। अम्माँ ने कहा - "तुम लोगों के मतलब की कोई चीज़ नहीं है। यहाँ से जाओ और हाथ-मुँह धो कर खाना खाओ।"

उसी वक़्त अब्बा कमरे से निकल कर आए और उन्होंने मुझसे कहा - "देखो मैं तुम्हारे लिए चप्पल लाना भूल गया। खाना खा के मेरे साथ चलो, दिला दूँ।"

मैंने कहा - "मेरा उर्दू क़ायदा फट गया है। मुझे वह भी चाहिए। नुसरत वाला पढ़ता हूँ।"

नुसरत दौड़ कर अब्बा के पास आई और उसने कहा - "मैं भी चलूँगी। मुझे कहानियों की किताब लेनी है।"

अब्बा ने कहा - "झूठी कहानियाँ पढ़ कर क्या मिलेगा? मैं शहर से तुम्हारे लिए सच्चे क़िस्सों की मज़हबी किताबें ले कर आऊँगा।"

"नहीं। मुझे जिन और परियों की कहानियों वाली किताब चाहिए।"

नुसरत ने ज़िद करते हुए कहा तो अब्बा उसकी बात मान गए और उन्होंने कहा - "चलो, मगर तुम्हारे मतलब की किताब यहाँ मिलेगी नहीं।"

नुसरत ख़ुश हो गई। वो ज़रा उजले कपड़े पहन कर जाना चाहती थी मगर अब्बा ने कहा - "कपड़े बदलने में देर हो जाएगी। मुझे जल्दी वापस आकर कई काम निपटाने हैं और कल तो जुमा है ही, नहा-धो के बदलना।"

मैंने टोपी उतार के जुज़दान पे रख दी थी। मैं बग़ैर टोपी लगाए बाज़ार जाना चाहता था। मुझे हवा में उड़ते हुए बाल अच्छे लगते थे मगर जब नुसरत ने स्कार्फ़ बाँधा तो अब्बा ने मुझसे कहा - "तुम भी टोपी पहनो।"

अब्बा ने पहले तो धीमे-धीमे साइकिल चलाई फिर तेज़-तेज़ चलाने लगे। साइकिल तेज़ चलने से मेरे बदन में ख़ूब हवा लग रही थी और गुदगुदी हो रही थी। मैं साइकिल पर अब्बा के पीछे बैठा था और अब्बा मुझे देख नहीं पा रहे थे इसलिए टोपी उतार कर जेब में रख ली और बाल हवा में उड़ने लगे।

बाज़ार हमारे घर से दूर है मगर हमें दूरी का पता ही नहीं चला। हाँ ये ज़रूर हुआ कि साइकिल के पहियों के गड्ढों में जाने की वजह से मेरी टाँगों में दर्द होने लगा। अब्बा पहले हमें जूते-चप्पलों की दुकान पर ले गए। दुकान में इतनी ज़्यादा और ऐसी-ऐसी ख़ूबसूरत चप्पलें थीं कि मेरी समझ में ही नहीं आ रहा था कौन सी लूँ और कौन सी न लूँ। बहुत सी चप्पलों को उलट-पलट कर देखने के बाद नुसरत के मशविरे से मोटे तलों वाली नीले रंग की चप्पलें अलग कर लीं। नुसरत की बेचैनी देख कर अब्बा ने उससे कहा - "तुम भी अपने लिए पसन्द कर लो।"

नुसरत पहले ही पसन्द कर चुकी थी। उसने ऊपर टँगी हुई रंग-बिरंगी चप्पलों की तरफ़ इशारा करते हुए कहा - "मैं वो वाली लूँगी।" दुकानदार ने लकड़ी से चप्पल उतार कर नुसरत को दीं तो वो उन्हें पहन कर बहुत ख़ुश हुई।

अब्बा ने कहा - "तुम लोग नई चप्पलें पहन लो और पुरानी पॉलिथीन में रख लो।"

मैंने तो नई चप्पलें पहन लीं मगर नुसरत ने नहीं पहनीं। उसने कहा - "मैं इन्हें ईद में पहनूँगी।"

चप्पलें दिलाने के बाद अब्बा हम लोगों को किताबों की दुकान पर ले गए। दुकान पर कहानियों की किताबें नहीं मिल सकीं।

वहाँ से अब्बा ने हमें उर्दू क़ायदे के अलावा अपनी पसन्द की एक किताब दिलाई जिसका नाम जन्नत की नेमतें था। उस किताब में उन अच्छी-अच्छी चीज़ों की बातें थी जो अल्लाह मियाँ के नेक बन्दों को जन्नत में मिलेंगी। किताबें दिलाने के बाद अब्बा ने मिठाई की दुकान से ख़ुर्मे ख़रीद कर दो-दो हमारे हाथों पर रखे। बाक़ी थैले में रखते हुए कहा - "घर चल कर खाना और अम्माँ को भी खिलाना।" वापसी के वक़्त मैं सारे रास्ते अपनी चप्पलों को अँगूठे से कसता रहा। मुझे ये धड़का लगा हुआ था कि पाँव सुन्न हो जाने या साइकिल का पहिया गड्ढे में जाने की वजह से मेरी चप्पलें पाँव से फिसल कर गिर न जाएँ।

* * *

बकरी की में-में और हाफ़ी जी के ख़र्राटों की आवाज़ें बहुत परेशान करती हैं। बार-बार ज़ेहन भटक जाता है। मालूम नहीं आदमी ख़र्राटे क्यों लेता है और ये बकरी पेट भर के घास चरने के बावजूद हूँ हूँ हूँ हूँ क्यों करती रहती है। कुछ देर पहले मैंने उसे पानी भी पिलाया था, फिर भी रह-रह कर उसके हूक उठ रही है। हो सकता है अंधेरे से डरती हो या फिर तन्हाई से घबरा जाती है। फ़ज्र की नमाज़ के लिए उठना होगा। अब चराग़ बुझा कर सो जाना चाहिए।

* * *

जिस दिन अब्बा दीन की तबलीग़ के लिए जाने वाले थे, अम्माँ के पेट और कमर में दर्द हो रहा था मगर वो टेढ़ी पटरी पर बैठीं अब्बा के ले जाने के लिए पराँठे तल रही थीं। अम्माँ ने अब्बा का सामान समेट कर रात को ही बैग में रख दिया था मगर उन्हें वज़ीफ़ों की किताब रखने का ख़याल इसलिए नहीं आया कि अब्बा उसे हर वक़्त अपनी जेब में रखते थे। उस दिन दुकान पर भूल आए थे। जब अब्बा के साथ मैंने और नुसरत ने दुआओं की किताब सब जगह तलाश की और नहीं मिली तो अब्बा ने कहा - "दुकान पर जा कर देखता हूँ। हो सकता है वहाँ भूल आया हूँ।" और वो उसे तलाश करने दुकान पर चले गए।

मैं दुआ माँग रहा था कि अब्बा की दुआओं की किताब जल्दी मिल जाए और वो अपने हिस्से के पराँठे ले कर तबलीग़ के लिए निकल जाएँ तो मैं दो तहों वाले आलू के पराँठे ख़ूब मज़े ले ले कर खाऊँ। नुसरत भी बेचैन थी। शायद नुसरत भी यही सोच रही थी। अम्माँ हमारे चेहरे देख कर समझ लेती थीं कि हम क्या चाहते हैं। उन्होंने कहा - "बस ज़रा देर सब्र करो। अब्बा के ले जाने भर के हो जाएँ उसके बाद तुम लोगों को देती हूँ।"

अब्बा दुकान से दुआओं की किताब ले कर आ गए, नाश्ता कर के बैग उठाया और जाने के लिए तैयार हुए तो अम्माँ ने पूछा - "वापस कब आएँगे?"

अब्बा ने कहा - "कुछ कह नहीं सकता। कई शहरों में जाना है। पन्द्रह-बीस दिन लग सकते हैं।"

अम्माँ ने कहा - "सामान और पैसे ख़र्च हो गए तो मैं क्या करूँगी?"

अब्बा ने आसमान की तरफ़ इशारा करते हुए कहा - "अल्लाह मदद करने वाला है।"

अब्बा ने मुझे दस रूपए का नोट दे कर कहा - "तुम दोनों पाँच-पाँच रूपए ले लेना और उनसे कोई अच्छी सी चीज़ ख़रीद लेना।"

उसके बाद उन्होंने हमारे सरों पर हाथ फेरा। सफ़र पर जाने वाली दुआ पढ़ी और अल्लाह हाफ़िज़ कह कर चले गए।

अब्बा के जाने के बाद मैंने उनकी ऊँची पटरी पर बैठ कर ख़ूब मज़े से आलू के पराँठे खाए। नुसरत से झूठ-मूठ कहा कि देखो आसमान में चीलें उड़ रही हैं और जब वो आसमान की तरफ़ देखने लगी तो उसके पराँठे से बड़ा सा निवाला तोड़ कर मुँह में ठूँस लिया। वो मेरी चालाकी समझ नहीं पाई और आसमान की तरफ़ देख-देख कर यही कहती रही कि मुझे चीलें दिखलाई नहीं दे रही हैं। अम्माँ की कमर और पेट का दर्द बढ़ गया था, इसलिए वो दो-चार निवाले खा के उठ गईं। मुर्ग़ी को दाना दिया और जा कर कमरे में लेट गईं।

अब्बा के जाने के बाद मुझे इस ख़याल से ख़ुशी हो रही थी कि अब किसी दिन फ़ज्र की नमाज़ के लिए न उठ सका तो डाँट नहीं पड़ेगी और आज़ादी के साथ पतंग भी उड़ा सकूँगा। नुसरत तो ये फ़ैसला कर ही चुकी थी कि वो अपने पैसों से कहानियों की किताब ख़रीदेगी और वो आराम से बैठी दुनिया के अज़ीम लोगों के क़िस्से पढ़ रही थी। मगर मेरी समझ में नहीं आ रहा था मैं कितनी बड़ी, किस रंग की और किस डिज़ाइन की पतंग ख़रीदूँ। मेरा जी तो ये चाह रहा था कि छः का दस साइज़ की माँगदार ख़रीदूँ मगर मेरे पास इतने पैसे नहीं थे कि इतनी बड़ी पतंग ख़रीद पाता इसलिए बहुत सोच-विचार के बाद सवा का तीन साइज़ की माँगदार ख़रीदने का फ़ैसला कर लिया। उसके बाद आराम से सो गया।

* * *

सुब्ह मदरसे जाते हुए नुसरत ने कहा - "भाई दस का नोट लेते चलना, कल्लू चचा की दुकान से तुड़वा लेंगे।"

नोट मैं पहले ही रख चुका था। मैंने जेब में झाँक कर देखते हुए कहा - "हाँ रख लिया है।"

उस दिन मुझे दो बातों की ख़ुशी थी। एक नई चप्पलें पहन कर मदरसे जाने की और दूसरी ख़ुशी जेब में रखे हुए उन पैसों की जिनसे डोर और पतंग ख़रीदने वाला था। मैं सिपारे को सीने से लगाए अपनी चप्पलों की तरफ़ देखता हुआ जा रहा था कि मालूम नहीं किस चीज़ की ठोकर लगी और गिरने से ख़ुद को बचाने की कोशिश में दोहरा होकर कुछ दूर तक दौड़ता चला गया। सिपारा हाथ से छूट कर ज़मीन पर गिर गया। नुसरत ने जल्दी से उठा कर अक़ीदत से चूमा और जुज़दान की मिट्टी झाड़ कर मुझे देते हुए पूछा - "पाँव में चोट तो नहीं लगी?"

"नहीं लगी" - मैंने कहा।

फिर उसने मेरी जेब में झाँक कर देखते हुए कहा - "मैं सोच रही थी कि कहीं नोट गिर न गया हो।"

मैंने भी अपने इत्मीनान के लिए जेब में झाँक कर देखा। नोट मेरी जेब में उसी तरह रखा हुआ था जैसे मैंने उसे रखा था। मुझे इस बाती की ख़ुशी हुई की मेरी चप्पलों के पट्टे नहीं टूटे।

उस दिन मैंने मदरसे में अपनी चप्पलें दूसरे बच्चों के जूतों-चप्पलों की अगली लाइन में उतारीं और दोनों को बराबर कर दिया ताकि देखने में और अच्छी लगे। एक अच्छी बात ये हुई थी कि जब से ख़ालिद के अब्बा ने मदरसे में आकर हंगामा किया था, हाफ़ी जी का मिज़ाज बदल गया था। अब वो अपने काम से काम रखते थे। बच्चों को सबक़ दे कर होंठों में सुरती दबा लेते और आँखें बन्द कर के ख़र्राटे लेने लगते या फिर हाज़मोला चूसते हुए बरामदे की तरफ़ या अपने कमरे की तरफ़ निकल जाते।

मदरसे से वापसी पर हम लोग कल्लू चचा की दुकान पर गए। कल्लू चचा हमेशा की तरह रद्दी का पुराना अख़बार पढ़ रहे थे। वो ऐनक के नीचे से झाँक कर पहले तो ख़ामोशी के साथ हमें देखते रहे और जैसे ही मैंने पतंगों की तरफ़ देखा उन्होंने मेरी आवाज़ की नक़्ल करते हुए मिनमिना के कहा - "मिस्टर छाँटू! आज ज़्यादा छान-फटक मत कीजिएगा। दूर से देख कर एक ही उठाइएगा और पतली गली से निकल लीजिएगा। उस दिन आपकी छान-फटक में एक पतंग की काँप में फ्रैक्चर हो गया था।"

जब तक मैं उनकी तरफ़ देखता रहा, वो पलक झपकाए बग़ैर मेरी तरफ़ देखते रहे। मुझे कल्लू चचा की दुकान पर माँगदार पतंग दिखाई नहीं दे रही थी और होगी भी तो दूसरी पतंगों के नीचे दबी होगी। मुझे तो उन पतंगों में से एक पतंग छाँटना थी जो दिखाई दे रही थी। इसलिए नुसरत से चुपके-चुपके मशविरा करने के बाद पतंगों के ढेर के ऊपर रखी हुई माँगदार अद्धा अलग कर लिया। जब मैंने कल्लू चचा से उसके पैसे पूछे तो उन्होंने मिनमिना के कहा - "दो रूपए।"

मैंने कहा - "डोर भी दे दीजिए।"

कल्लू चचा ने फिर मिनमिना के पूछा - "कितने की।"

"तीन रूपयों की।" मैंने कहा तो वो फिर मिनमिना के बोले- "अच्छा जनाब अभी देता हूँ आपको तीन रूपयों की डोर।"

उन्होंने जल्दी-जल्दी तिकल्ला कर के डोर मुझे थमा दी। जब मैंने उन्हें दस का नोट दिया तो उन्होंने मुझे एक-एक रूपए वाले पाँच सिक्के वापस करते हुए मिनमिना के कहा - "ये लीजिए जनाब अपने पाँच रूपए।"

नुसरत ने ज़रा भी देर किए बग़ैर वो पाँच सिक्के मेरे हाथ से ले लिए।

"और कुछ?" कल्लू चचा ने ऐनक के नीचे से झाँक कर मिनमिनाते हुए पूछा।

मैंने कहा - "और कुछ नहीं।" और अपनी डोर-पतंग ले कर वहाँ से

तेज़ी के साथ निकल आया।

उस दिन मालूम नहीं कल्लू चचा को क्या हरामीपन सूझ रहा था कि वो मेरी आवाज़ की नक़्ल किए जा रहे थे और जब भी मेरी नक़्ल करते, नुसरत घबरा के कभी मेरी तरफ़ देखती तो कभी कल्लू चचा की तरफ़ देखने लगती। उसे कल्लू चचा का मेरी आवाज़ का नक़्ल उतारना अच्छा नहीं लग रहा था। दुकान से निकलने के बाद उसने कहा - "भाई किसी दिन हम लोग भी इनकी नक़्ल उतार के भाग लेंगे।"

जब हम लोग अहमद के घर के पास पहुँचे तो देखा अहमद के दरवाज़े पर बच्चों का मजमा लगा हुआ था। बच्चे इस तरह उदास खड़े थे जैसे घर से जनाज़ा निकलने का इन्तिज़ार कर रहे हों। कुछ बच्चे दरवाज़े की दरार से झाँक कर अन्दर का जायज़ा ले रहे थे। मैंने सोचा कि अहमद के घर का दरवाज़ा खुलेगा और बच्चे अन्दर जाएँगे तो मैं भी ड्रॉइंग रूम के दरवाज़े पर खड़े होकर ज़रा देर टी०वी० देख लूँगा।

मैंने रियाज़ से पूछा- "क्या टी०वी० चल रहा है?"

रियाज़ ने झुँझला कर कहा - "तुमको आवाज़ नहीं सुनाई दे रही है?"

टी०वी० की आवाज़ तो मुझे भी सुनाई दे रही थी फिर मालूम नहीं मैंने रियाज़ से ये बेवक़ूफ़ी की बात क्यों कर दी।

साजिद ने कहा - "अहमद की मम्मी ने कह दिया है कि वो अब किसी बच्चे को घर में नहीं घुसने देंगीं। कोई बच्चा अहमद के अब्बा की घड़ी चुरा ले गया है।"

मैं अहमद के दरवाज़े पर खड़ा सोच ही रहा था कि दरवाज़ा खुलने का इन्तिज़ार करूँ या चला जाऊँ, उसी वक़्त अहमद की मम्मी ने दरवाज़ा खोल के ग़ुस्से के साथ कहा - "तुम लोग यहाँ से दफ़ा हो जाओ। अब टी०वी० देखने को नहीं मिलेगा।" और उन्होंने दरवाज़ा बन्द कर लिया।

घर जाते वक़्त नुसरत ने कहा - "टी०वी० देखने को नहीं मिला तो क्या हुआ, हमारे घर में मुर्ग़ी के चूज़े तो हैं।"

जिस वक़्त हम घर में दाख़िल हुए, अम्माँ नमाज़ पढ़ रही थीं। सलाम फेरते वक़्त कहीं अम्माँ की नज़र पतंग पर न पड़ जाए, ये सोच कर मैं दौड़ता हुआ कोठरी में चला गया। भूख लग रही थी मगर खाना खाने से पहले पतंग में कन्ने बाँध लेना चाहता था। चुपके से माचिस की तीली ला कर पतंग में सुराख़ किए और दोहरी डोर से बाँध कर कन्नों को नापा तो अन्दाज़ा हुआ कि अगले कन्ने ज़्यादा छोटे हो गए हैं। ऐसे कन्नों के साथ पतंग नाचती रहती है और ठीक से तन नहीं पाती, इसलिए पिछले कन्नों में दो-दो फ़ुट लगा दिए। अब कन्ने बिल्कुल सही हो गए थे। उसके बाद सर पर रगड़ कर ठड्डे को थोड़ा टेढ़ा कर दिया। अब मैं अपनी पतंग हर तरफ़ घुमा भी सकता था और तान भी सकता था।

ये सब करने के बाद पतंग खूँटी में टाँग दी और नुसरत से कहा - "ज़रा देखो मेरी पतंग कैसी लग रही है।"

नुसरत ने अलमारी से अपना गुल्लक उठाते हुए एक नज़र पतंग की तरफ़ देख कर कहा - "अच्छी लग रही है लेकिन अगर अम्माँ ने देख ली तो ठड्डे और काँपे बराबर कर के रख देंगी।"

मैंने जल्दी से पतंग खूँटी से उतार कर तख़्त के नीचे रख दी। नुसरत ने अपने पाँचों सिक्के एक-एक कर के गुल्लक में डाल दिए और गुल्लक को अलमारी में रखते हुए कहा - "अब मैं इन्हें ईद में ही निकालूँगी।"

शाम को अम्माँ ने दरबा खोला तो मुर्ग़ी के साथ तीन चूज़े ही बाहर आए, एक नहीं आया। अम्माँ ने दरबे में झाँक कर देखते हुए कहा - "हाय एक चूज़ा मर गया।"

मैंने और नुसरत ने भी झाँक कर देखा। बदबूदार दरबे में चूज़ा कुम्हलाए हुए फूल की तरह पड़ा था। अम्माँ ने चुटकी से पकड़ कर उसे बाहर निकाला तो मुर्ग़ी दौड़ कर अपने मुर्दा चूज़े के पास आई। गर्दन को झटके दे कर ज़रा देर उसे देखती और कटाक-कटाक की आवाज़ें निकालती रही फिर अपने ज़िन्दा बच्चों के पास जा कर दाना चुगने लगी।

मैंने अम्माँ से पूछा - "क्या मुर्ग़ी को पता चल गया होगा कि उसका चूज़ा मर गया है?"

अम्माँ ने कहा - "क्यों नहीं, जानवर और परिन्दे सब समझते हैं। उन्हें भी अपनों के मरने का ग़म होता है।"

हम लोग मुर्दा चूज़े के पास उदास बैठे उसे देख रहे थे कि अम्माँ ने कहा - "अब इसका दीदार कब तक करते रहोगे। फेंक आओ वर्ना मुर्ग़ी इसे देख-देख कर परेशान होती रहेगी।"

मैंने चूज़े को चुटकी से पकड़ कर उठाया तो मेरे बदन में झुरझुरी होने लगी।

मैं और नुसरत उसे ले कर बाहर गए तो नुसरत ने कहा - "भाई इसे फेंकना नहीं, हम लोग इसकी क़ब्र बनाएँगे।"

नुसरत की ये बात मुझे अच्छी लगी। हम दोनों ने घर से ज़रा दूर जा कर एक दरख़्त के नीचे लकड़ी से क़ब्र खोदी और चूज़े को क़ब्र में आहिस्ता से रख कर दरख़्त की शाख़ों को इस तरह रखा जिस तरह इंसानों की क़ब्रों में पटरे रखे जाते हैं। मिट्टी देने की दुआ हमको याद नहीं थी इसलिए हमने पहला कलमा पढ़कर मिट्टी डाल दी। उसके बाद मिट्टी को बराबर कर दिया ताकि क़ब्र अच्छी लगे। नुसरत ने एक जंगली फूल तोड़ कर क़ब्र पर लगा दिया। चूज़े की छोटी सी क़ब्र पर छतरी जैसा पीले रंग का फूल बहुत अच्छा लग रहा था। ये सब करने के बाद हमने झूठ-मूठ की फ़ातिहा पढ़ी और मुड़-मुड़ कर क़ब्र की तरफ़ देखते हुए घर आ गए।

अम्माँ अपने कामों में मसरूफ़ हो गईं। ऐसा नहीं लग रहा था कि उन्हें चूज़े के मरने का ज़्यादा ग़म है मगर मैं और नुसरत उसे भूल नहीं पा रहे थे। उठते-बैठते उसको याद कर रहे थे। उस दिन अस्र की नमाज़ पढ़ने के बाद हमने ये दुआ माँगी कि अल्लाह मियाँ हमारे चूज़े को जन्नत में ख़ूब अच्छी जगह पर रखिएगा।

* * *

दूसरे दिन मदरसे जाते वक़्त नुसरत ने कहा - "भाई चलो चूज़े की क़ब्र देख ली जाए।"

हम लोग क़ब्र के पास गए तो देखा क़ब्र की जगह पर गड्ढा था और क़ब्र की मिट्टी बिखरी पड़ी थी। नुसरत ने हैरत से मेरी तरफ़ देखते हुए कहा - "लगता है बिल्ली क़ब्र खोद के चूज़े को निकाल ले गई।"

"बिल्ली को कैसे पता चला होगा कि हमने चूज़े को यहाँ पर दफ़नाया था।" - मैंने कहा।

नुसरत ने कहा - "सूँघ कर पता लगा लिया होगा।"

मैंने सोचा - "जब बिल्ली को ही खाना था तो हम लोगों ने क़ब्र बिला वजह बनाई।"

मदरसे में सिपारा पढ़ते वक़्त मैंने फ़हमीदा से कहा - "कल मेरी मुर्ग़ी का चूज़ा मर गया।"

"तो मैं क्या करूँ?" फ़हमीदा ने कहा।

मैंने सोचा फ़हमीदा को चूज़े के मरने का ग़म क्यों होने लगा। चूज़ा तो मेरा था।

* * *

उस दिन मैं अपनी नई पतंग उड़ाने के लिए बेचैन था। मदरसे से घर वापस जा कर जल्दी-जल्दी खाना खाया और पतंग-डोर ले कर अम्माँ की नज़रों से बचता हुआ क़ब्रिस्तान वाले मैदान में जाने के लिए घर से निकल पड़ा। अभी मैं ज़रा दूर ही गया था कि अहमद मिल गया। वो कन्धे पर बैग टाँगे राबिया के साथ स्कूल से वापस आ रहा था।

अहमद और राबिया के मम्मी डैडी ने शहर के किसी अंग्रेज़ी स्कूल में उनके दाख़िले करा दिए थे इसलिए अहमद को अब पतंग उड़ाने के लिए वक़्त नहीं मिल पाता था। राबिया ने मदरसे जाना छोड़ दिया था हाफ़ी

जी अरबी और उर्दू पढ़ाने के लिए शाम को उनके घर जाने लगे थे राबिया ने मुझे देखा तो बुरा सा मुँह बना के आगे बढ़ गई मगर अहमद रुक कर पतंग देखने लगा।

"क्या तुमने ये पतंग लूटी है?" अहमद ने पूछा।

मैंने कहा - "ये पतंग मैंने लूटी नहीं है, इसे कल्लू चचा की दुकान से ख़रीद कर लाया हूँ।"

अहमद ने पतंग मेरे हाथ से ले कर कन्ने नापे, काँपें मोड़ कर देखीं और ये कह कर कि अगर इसका ठड्डा थोड़ा और घिस दिया जाए तो इधर-उधर नहीं भागेगी, ख़ूब तनेगी। ठड्डा सर पर रख कर इतनी ज़ोर से मोड़ा कि वो चट से टूट गया। मेरा दिल तो इस ख़याल से पहले ही धड़क रहा था कि कहीं ठड्डा टूट न जाए और जब वो टूट ही गया तो मैं रुहाँसा हो गया।

मैंने अहमद से कहा - "तुमने जान बूझ कर ठड्डा तोड़ा है।"

अहमद ने कहा - "क़सम ख़ुदा की मैंने जान बूझ कर नहीं तोड़ा।" मैंने कहा - "तुम झूठ बोल रहे हो।"

अहमद ने कहा - "तो फिर तुम्हारी जो समझ में आए कर लो।"

मुझे इस बात का ग़ुस्सा तो था ही कि मेरी पतंग काट देने के बाद अहमद ने पतंग देने का वादा किया और नहीं दी। जब उसने मेरी पतंग का ठड्डा तोड़ कर ये कहा कि जो समझ में आए कर लो तो मुझे ज़ोर का ग़ुस्सा आ गया और मैंने उचक कर उसकी नाक पर एक ज़ोरदार मुक्का मार दिया। अहमद नाक पकड़ कर रोने लगा और नाक से ख़ून के क़तरे निकल कर उसकी शर्ट पर गिरने लगे। मैं भाग कर घर चला गया।

मुझे परेशान देख कर नुसरत ने पूछा - "क्या हुआ भाई तुम परेशान क्यों हो?"

मैंने नुसरत को बताया कि अहमद ने मेरी पतंग का ठड्डा तोड़ दिया था इसलिए मैंने उसकी नाक पर मुक्का मार दिया है। ये नहीं बताया कि

उसकी नाक से ख़ून निकल रहा है।

"तुम उसके साथ खेलते ही क्यों हो?" नुसरत ने कहा।

मैंने नुसरत की बात का कोई जवाब नहीं दिया। मुझे तो उस वक़्त ये डर सता रहा था कि अगर नाक से ज़्यादा ख़ून निकल जाने से अहमद मर गया तो क्या होगा।

मैंने अपनी पतंग इस ख़याल से तख़्त के नीचे रख दी कि ये मुसीबत टल जाए तो माचिस की तीली का जोड़ लगा के ठड्डे को डोर से बाँध दूँगा।

अभी मेरे दिल की धड़कनें और पाँवों की थरथराहट थमी भी नहीं थी कि अहमद की मम्मी की आवाज़ सुनाई दी। वो ख़ूब ज़ोर से चिल्ला कर कह रहीं थी - "कहाँ है वो बदमाश?"

"कौन?" अम्माँ ने पूछा।

"तुम्हारा लाडला और कौन? ज़रा देखो उसने मेरे बच्चे का क्या हाल किया है?" अहमद की मम्मी ने कहा। शायद वो अम्माँ को अहमद की नाक से बहता हुआ ख़ून दिखा रही थीं।

अम्माँ तेज़ी से कोठरी में आईं उनके पीछे अहमद की मम्मी भी आईं। अम्माँ ने मुझे दोनों हाथों से इस तरह मारना शुरू कर दिया जैसे धोबी कपड़े धोता है। अहमद की मम्मी ने दो-तीन तमाचे ज़ोर से मारे और कहा - "बाप दूसरों के घरों में तबलीग़ करता फिर रहा है और अपने घर में इबलीस पाल रहा है।"

और ये भी कहा मैं थाने में इसकी रिपोर्ट लिखवाऊँगी।

अम्माँ ने अहमद की मम्मी से ख़ुशामद करते हुए कहा - "बच्चा समझ के माफ़ कर दीजिए आइन्दा ऐसी ग़लती करे तो आप जो चाहें सज़ा दीजिएगा।"

अहमद की मम्मी ने कहा - "ये बच्चा नहीं है, बदमाश और शातिर चोर है। इसने हाफ़ी जी की चवन्नी चुराई थी और अब मुझे शक हो रहा है कि इसी ने मेरे घर से घड़ी चुराई है।"

"तू घड़ी चुरा कर लाया है?" अम्माँ ने मुझसे पूछा।

"घड़ी नहीं चुराई है।" मैंने रोते हुए कहा।

"मैं हाफ़ी जी से अण्डा कटवाऊँगी तब पता चलेगा तूने चुराई है कि नहीं चुराई है।" ये कह कर अहमद की मम्मी चली गईं।

अहमद की मम्मी के जाने के बाद अम्माँ ने मेरे मुँह पर दो चाँटे और मार के पूछा- "सच-सच बता दे घड़ी कहाँ है वर्ना तेरा वो हश्र करूँगी कि ज़िन्दगी भर याद रखेगा।"

मैं तो अम्माँ से सच बोल रहा था मगर उन्हें यक़ीन ही नहीं आ रहा था बस यही पूछे जा रहीं थीं कि घड़ी कहाँ है। अम्माँ ने अलमारी खोल कर देखी। तख़्त का गद्दा हटा कर देखा, तख़्त के नीचे झाँक कर देखा। घड़ी तो मैंने चुराई ही नहीं थी जो उन्हें मिलती। हाँ घड़ी की तलाश के दौरान मेरी पतंग और डोर अम्माँ के हाथ लग गई। पतंग तो उन्होंने वहीं पर नोच-नाच कर फेंक दी और डोर का गुल्ला ले जा कर चूल्हे में डाल दिया। उसके बाद ये कहती हुईं अपने कमरे में चली गईं कि ये लड़का एक दिन सारी दुनिया में हमें रुस्वा करवाएगा।

नुसरत मेरे कन्धे पर हाथ रखे कुछ देर तक ख़ामोश खड़ी रही। फिर उसने कहा - "भाई तुम इतना मारे जाते हो फिर भी शरारतें करते रहते हो।"

मैंने उसकी बात का कोई जवाब नहीं दिया। मैं तो बस ये सोच रहा था कि अब पतंग और डोर के लिए पैसे कहाँ से आएँगे। उस दिन मुझे अपने मारे जाने से ज़्यादा अपनी पतंग के फाड़े जाने और डोर जला दिए जाने का दुख था। इस वाक़िए के बाद अम्माँ दो दिन तक नाराज़ रहीं और उन्होंने मुझसे बात नहीं की।

फिर एक दिन रात को ख़ूब नसीहतें करते हुए कहा - "बुरे काम करने वालों को दुनिया में ज़लील-ओ-ख़्वार होना ही पड़ता है, अल्लाह के घर जाने के बाद भी सज़ा मिलती है। अच्छे इंसान बन के ज़िन्दगी गुज़ारोगे तो लोग इज़्ज़त करेंगे और ख़ुश भी रहोगे।"

चील-कौवों का ध्यान रखना।

नुसरत तो किताब पढ़ कर दिल बहला लेती थी। अम्माँ के पतंग फाड़ देने और डोर जला देने के बाद मेरे पास सिवाए मुर्ग़ी और चूज़ों के कोई मशग़ला नहीं रह गया था इसलिए अम्माँ के जाते ही मैंने दरबा खोल कर मुर्ग़ी, चूज़ों को बाहर निकाला और अब्बा की ऊँची पटरी पर बैठ कर बिल्ली और चील-कौवों से उनकी रखवाली करने लगा।

उसी वक़्त नीले सफ़ेद परों वाली एक तितली कहीं से आई और लहरा-लहरा के आँगन में उड़ने लगी। मुर्ग़ी ने तितली को देखा तो उछल-उछल कर पकड़ने की कोशिश करने लगी। मुर्ग़ी के साथ-साथ चूज़े भी उछलने लगे। तितली ज़रा ऊँचाई पर उड़ रही थी इसलिए मुर्ग़ी उसे नहीं पकड़ पाई। ज़रा देर तक उड़ने के बाद तितली दीवार में चिपक कर बैठ गई। मैं तितली के पास जा कर उसे देखने लगा। नुसरत भी दौड़ कर आई और देखने लगी। तितली अपने ख़ूबसूरत परों को कभी खोलती थी और कभी बन्द कर लेती थी। एक बार जब उसने पर बन्द किए तो मैंने चुटकी से उसके पर पकड़ लिए। तितली परेशान हो कर और पाँव चला-चला कर मेरी चुटकी से अपने पर छुड़ाने की कोशिश करने लगी मगर वो छुड़ा नहीं पाई क्योंकि मैं उसके परों को मज़बूती से पकड़े हुए था। नुसरत को तितली पर तरस आने लगा।

उसने कहा - "भाई इसे छोड़ दो नहीं तो इसके पर टूट जाएँगे और ये कभी उड़ नहीं पाएगी।"

"मैं इसे पालूँगा।" मैंने कहा।

नुसरत ने पूछा - "इसे किस चीज़ में रखोगे और खिलाओगे क्या?"
मैंने कहा - "मैं इसे बोतल में रखूँगा और दाल-चावल खिलाऊँगा।"
"बेवक़ूफ़ हो। तितलियाँ भी कहीं दाल-चावल खाती हैं वो तो फूल-पत्तियाँ खाती हैं।" नुसरत ने कहा।

मैंने कहा - "फूल-पत्तियाँ खिलाऊँगा।"

"और पानी कैसे पिलाओगे?" नुसरत ने पूछा।

नुसरत की बात मेरी समझ में आ गई। तितली को पालना आसान नहीं था। इसलिए मैंने उसे हवा में उछाल दिया। तितली ज़रा देर आँगन में उड़ी फिर नीचे की तरफ़ दीवार में चिपक कर परों को खोलने बन्द करने लगी। मुर्ग़ी तो इसी ताक़ में थी ही कि तितली ज़रा नीचे की तरफ़ आए और मैं उचक कर उसे पकड़ लूँ। वो झुक कर दौड़ती हुई दीवार के पास गई। चूज़े भी उसके पीछे-पीछे दौड़ कर गए। मुर्ग़ी ने झपट कर तितली को चोंच में दबा लिया और ज़मीन पर पटक-पटक कर उसका दम निकालने लगी। हम लोग दौड़ कर मुर्ग़ी के पास गए और तितली को बचाने की कोशिश करने लगे। मुर्ग़ी तितली को चोंच में दबाए तेज़ी से दौड़ कर कोनों खुदरों में छिपने लगी। चूज़े भी मुर्ग़ी के पीछे-पीछे दौड़ने लगे। हम लोग बहुत कोशिश के बाद भी तितली को मुर्ग़ी से छुड़ा नहीं पाए और मुर्ग़ी के साथ चूज़े उसे नोच-नोच कर और मिल बाँट कर खा गए। किसी के हिस्से में सर आया तो किसी के हिस्से में धड़। एक चूज़ा तितली का पर चोंच में दबा के इधर-उधर छिपने लगा और दूसरा उसके पीछे-पीछे दौड़ने लगा।

नुसरत ने कहा - "भाई तितली ने तुमको बहुत बद्दुआएँ दी होंगी। अब देखना जब अल्लाह मियाँ के घर जाओगे तो वह तुमको इसी तरह मुर्ग़ियों और चूज़ों से नुचवाएँगे।"

मैंने कहा - "मुझे क्यों नुचवाएँगे। मैंने तो उसे छोड़ दिया था। उसे खाया तो मुर्ग़ी और चूज़ों ने है। अज़ाब तो इन पर पड़ेगा।"

नुसरत ने कहा - "अगर तुमने उसके परों को इतनी ज़ोर से न पकड़ा होता तो वो ऊँचाई पर उड़ गई होती।"

नुसरत सही कह रही थी, इसलिए मैं ख़ामोश हो गया। बाद में मैंने देखा तितली के परों का नीला रंग मेरी उँगलियों की पोरों पर रह गया था।

* * *

अम्माँ को अस्पताल गए हुए बहुत देर हो चुकी थी। धूप तेज़ हो गई

थी और मुझे भूख लग रही थी इसलिए मुर्ग़ी, चूज़ों को दरबे में बन्द कर दिया और कमरे में जा कर नुसरत के पास बैठ गया। नुसरत अज़ीम लोगों की पूरी किताब पढ़ चुकी थी और अब वो 'जन्नत की नेमतें' पढ़ रही थी। मैंने नुसरत से कहा कि मुझे भी सुनाओ इस किताब में किन-किन चीज़ों की बातें लिखी है तो उसने हँस कर कहा - "पहले जन्नत में जाने वाले काम तो करो।"

अम्माँ दो-तीन दिन पहले मेरी अच्छी तरह मरम्मत कर चुकी थीं और ये कह कर भी गई थीं कि बहन को परेशान मत करना, इसलिए मैंने उसकी बात का कोई जवाब नहीं दिया। तीन बजे के क़रीब हमें रुख़साना ख़ाला की आवाज़ सुनाई दी हम दोनों दौड़ कर दरवाज़े पर गए तो देखा रुख़साना ख़ाला अम्माँ को सँभालती हुई घर में दाख़िल हो रही थीं। अम्माँ के चेहरे का रंग उड़ा हुआ था और वो बूढ़ी औरतों की तरह सँभल-सँभल कर चल रही थीं। कमरे में जा कर बुर्क़ा पहने-पहने तख़्त पर लेट गईं। रुख़साना ख़ाला और नुसरत किसी तरह खींच-खाँच के उनका बुर्क़ा उतारने लगीं तो अम्माँ ने कहा - "शादी के बाद ये कमबख़्त भी मेरे लिए अज़ाब बन गया है।"

अम्माँ कहती थीं कि उन्होंने शादी से पहले कभी बुर्क़ा नहीं पहना था। बाहर निकलते वक़्त सर पर चादर डाल लेती थीं।

रुख़साना ख़ाला ने अपने दुपट्टे से अम्माँ की पेशानी का पसीना पोंछा और नुसरत से कहा - "जल्दी से अम्माँ के लिए पानी लाओ।"

नुसरत दौड़ कर पानी लाई। रुख़साना ख़ाला ने सहारा दे कर अम्माँ को बिठाया और अपने हाथ से पानी पिलाने की कोशिश की तो अम्माँ ने हाथ के इशारे से ये बताया कि अब मैं ठीक हूँ और गिलास अपने हाथ में ले कर जल्दी-जल्दी पानी पिया। कुछ देर के बाद जब अम्माँ की तबीअत ज़रा सँभल गई तो उन्होंने तकिए की टेक लगा के दीवार के सहारे बैठते हुए कहा - "तौबा है, अल्लाह किसी दुश्मन को भी अस्पताल न ले जाए।"

रुख़साना ख़ाला ने कहा - "सरकारी अस्पतालों का यही हाल है

आदमी वहाँ जा के और बीमार हो जाता है।"

अम्माँ ने कहा - "अभी खाना भी पकाना होगा।"

"तुम लेटी रहो। मैं पका देती हूँ। आओ नुसरत चल कर पकाते हैं।" रुख़साना ख़ाला नुसरत का हाथ पकड़ कर बावर्ची ख़ाने की तरफ़ जाने लगीं तो अम्माँ ने कहा - "रुख़साना रोटी-वोटी का झंझट न करना। अरहर की खिचड़ी चढ़ा दो।"

खिचड़ी चढ़ाते वक़्त रुख़साना ख़ाला ने नुसरत से कहा - "अब अपनी अम्माँ का ज़्यादा ख़याल रखना। तुम्हारे घर में मेहमान आने वाला है।"

नुसरत ने ख़ुश होकर रुख़साना ख़ाला से पूछा - "बहन आएगी कि भाई?"

रुख़साना ख़ाला ने कहा - "अब ये तो अल्लाह ही जान सकता है, दुआ करो कि भाई ही आए।"

रुख़साना ख़ाला के ये ख़बर देने के बाद मैं और नुसरत इस ख़याल से बहुत ख़ुश थे कि अब हम दो से तीन हो जाएँगे और हमारे घर में ज़्यादा चहल-पहल रहा करेगी।

* * *

फ़ज्र की अज़ान से हमारी आँख खुल गई। अम्माँ पहले से ही जाग रही थीं। लाइट नहीं आ रही थी। अम्माँ ने चराग़ जला के दरवाज़े के पास ऐसे रुख़ पर रख दिया था कि चराग़ की आधी रौशनी कमरे में आ रही थी और आधी रौशनी आँगन में जा रही थी। हमने वुज़ू कर के फ़ज्र की नमाज़ पढ़ी और अम्माँ के साथ हाथ उठा कर सच्चे दिल से अब्बा के आने की दुआ माँगी। अम्माँ कहती थी कि अल्लाह सच्चे दिल की दुआ ज़रूर सुनता है।

नमाज़ के बाद अम्माँ ने हम लोगों से कहा - "सिपारे ले कर आ जाओ, जब तक मैं चाय बनाती हूँ तुम लोग सिपारा पढ़ना।"

हम लोग अम्माँ के पास बैठ कर सिपारे पढ़ने लगे। जब ज़रा रौशनी हो गई तो अम्माँ ने कहा - "तुम लोगों के मदरसे जाने में अभी वक़्त है

ज़रा देर के लिए दरबा खोल देती हूँ। मुर्ग़ी और चूज़े ताज़ा हवा खा लेंगे।"

अम्माँ ने जैसे ही दरबा खोला मुर्ग़ी उचक कर बाहर निकली और उसके दोनों चूज़े भी दरबे से निकल कर अपने परों को फैलाते हुए आँगन में दौड़ने लगे। चूज़ों के पर ज़रा बड़े हो गए थे और अब वो मुर्ग़ी के पीछे नहीं भाग रहे थे, अपने लिए ख़ुद दाना तलाश कर रहे थे। अम्माँ अपनी पटरी पर बैठीं जाने क्या सोच रही थीं।

नुसरत ने अम्माँ से पूछा - "अम्माँ मेरी बहन कब आएगी?"

अम्माँ कुछ देर ख़ामोश रहीं फिर उन्होंने ख़ुद से बातें करने के अन्दाज़ में कहा - "बहन भाई जिसे भी आना होगा अपने वक़्त पर आ जाएगा। तुम लोग बस अपने अब्बा के आने की दुआ करो।"

* * *

अब्बा जो सामान छोड़ कर गए थे ख़त्म हो चुका था और अब सामान ख़रीदने के लिए अम्माँ के पास फूटी कौड़ी भी नहीं बची थी। अब्बा की दुकान का एक ज़रा सा आसरा रह गया था। अम्माँ हमारे साथ दुकान जा कर डिब्बों और कनस्तरों को पलट-पलट कर सामान ले आती थीं। उनमें भी अब ज़रूरियात का थोड़ा सामान रह गया था। अब्बा के न आने और सामान ख़त्म हो जाने की वजह से अम्माँ को हौल उठता। कभी तो वो बेचैनी के साथ टहलने लगतीं और कभी सर पकड़ कर लेट जातीं। अब्बा को याद करने के साथ-साथ वो नाराज़गी का इज़हार करते हुए कहतीं - "भला ये भी कोई तरीक़ा है बीवी-बच्चे को अल्लाह के सहारे छोड़ कर चले गए। साफ़-साफ़ बता कर भी नहीं गए कि कब लौटेंगे।"

उस दिन शाम को रुख़साना ख़ाला अम्माँ का हाल-चाल मालूम करने के लिए आईं तो अम्माँ ने उनसे कहा - "रोज़े दरवाज़े पर खड़े हैं और मेरे पास एक दमड़ी नहीं बची। रोज़ाना की चीज़ें, इफ़्तारी और सहरी ईद के लिए बच्चों के कपड़े इन सबका इन्तिज़ाम कहाँ से करूँगी। और हाँ अभी दुकान का किराया भी देना होगा।"

रुख़साना ख़ाला ने कहा - "अभी तुम्हारी दवा भी आनी है।"

अम्माँ ने कहा - "इतनी मँहगी दवा तो अब मैं खाने से रही। जो ले आई हूँ वही खा कर सब्र कर लूँगी।"

"तबीअत ख़राब होगी तो खानी ही पड़ेगी।" रुख़साना ने कहा।

अम्माँ ने कहा - "यहाँ खाने के लाले पड़े हैं दवा कहाँ से खाऊँगी?"

रुख़साना ख़ाला कुछ देर ख़ामोश रहीं फिर उन्होंने कहा - "आज कल मेरा हाथ भी तंग है वर्ना मैं कुछ करती, हाँ थोड़ी बहुत मदद कर सकती हूँ।"

"जो भी हो सके कर दो। वलीद के आते ही तुम्हारा क़र्ज़ अदा कर दूँगी।" अम्माँ ने कहा तो रुख़साना ख़ाला ने कुछ पैसे ला कर अम्माँ के हाथ पर रख दिए।

अम्माँ ने मुझे भेज कर कल्लू चचा की दुकान से ज़रूरत का थोड़ा बहुत सामान मँगवाया और इस तरह रुख़साना ख़ाला के हल्के से धक्के से हमारे घर की गाड़ी ज़रा देर के लिए चल पड़ी।

* * *

बहुत रात हो चुकी है। हाफ़ी जी गहरी नींद में हैं और उनके ख़र्राटों की आवाज़ें ऊँची होती जा रही हैं। बकरी अभी तक नहीं सोई है। मैंने अच्छी तरह घास चरा दी थी और पानी भी पिला दिया था फिर भी मालूम नहीं क्यों ज़रा-ज़रा देर के बाद उसके हूक सी उठती है और हूँ हूँ हूँ हूँ हूँ करने लगती है। किसी वक़्त समझ में नहीं आता कि वो क्या चाहती है। उसके दिल का हाल तो उसी को मालूम है या फिर अल्लाह मियाँ जान सकते हैं।

* * *

तुम रौशनी में जिस रास्ते से गुज़र चुके हो उस पर अंधेरे में भी चलोगे तो ठोकर नहीं लगेगी।

जब मैं जुमे की नमाज़ के लिए जाने लगा तो अम्माँ ने कहा - "इमाम साहब से कहना कि वो अब्बा के आने की दुआ करें।"

जिस वक़्त मैं मस्जिद पहुँचा इमाम साहब रमज़ान-उल-मुबारक की फ़ज़ीलतें बयान करते हुए कह रहे थे - "ये बरकतों वाला महीना है। इस महीने में अल्लाह मोमिनों का रिज़्क़ बढ़ा देता है उन पर अपनी नेमतों और रहमतों की बारिशें कर देता है।"

उन्होंने ये भी बताया कि इस मुबारक महीने में दोज़ख़ के दरवाज़े बन्द कर दिए जाते हैं और जन्नत के दरवाज़े खोल दिए जाते हैं। इनके अलावा और भी बहुत सी अच्छी-अच्छी बातें बताईं जो अब मुझे याद नहीं। उसके बाद उन्होंने ख़ुत्बा पढ़ना शुरू किया। ख़ुत्बा बहुत लम्बा था। रमज़ान की वजह से मस्जिद में नमाज़ियों की तादाद बढ़ गई थी और देर से जाने की वजह से मुझे धूप में जगह मिल सकी थी। लाइट भी नहीं आ रही थी, इसलिए बहुत गर्मी लग रही थी। कुर्ता पसीने से भीग गया था। मैं परेशान हो रहा था और जी चाह रहा था कि इमाम साहब जल्दी से ख़ुत्बा ख़त्म कर के नमाज़ के लिए खड़े हो जाएँ। बहुत देर तक ख़ुत्बा पढ़ने के बाद इमाम साहब नमाज़ के लिए खड़े हो गए।

नमाज़ के बाद इमाम साहब ने और दूसरे नमाज़ियों ने उनके साथ दुआ के लिए हाथ उठाए। पहले तो इमाम साहब ने सारी दुनिया के मुसलमानों की सलामती और उनको सीधे रस्ते पर चलाने की दुआ माँगी। सबके गुनाहों की मुआफ़ी माँगी और बहुत देर तक दोज़ख़ के अज़ाब से नजात

की दुआएँ माँगते रहे। दुआ माँगते वक़्त इमाम साहब रोज़ाना की तरह सिसकियों से रो रहे थे और उनके साथ तमाम नमाज़ी भी आमीन कह कर रो रहे थे। जिस दिन अहमद मेरे साथ नमाज़ पढ़ रहा होता था तो दुआ के वक़्त हम लोग कनखियों से एक-दूसरे की तरफ़ देख-देख कर और कन्धे उचका-उचका के रोने की आवाज़ें निकालते और ख़ूब हँसते। उस दिन मैंने नमाज़ तो बेदिली के साथ पढ़ी ही थी, इमाम साहब की क़यामत जैसी दुआ से जी और घबराने लगा था और फिर उनकी दुआओं में मेरे मतलब की कोई दुआ भी नहीं थी इसलिए मैं इमाम साहब की दुआओं से अलग अपनी दुआएँ माँगने लगा। सबसे पहले मैंने अल्लाह मियाँ से कहा कि मेरे अब्बा जहाँ भी हों उन्हें घर पहुँचा दे। उनके न आने से हम लोग बहुत परेशान हैं। अम्माँ की तबीअत भी ठीक नहीं है, उनको भी ठीक कर दीजिए। फिर मैंने अल्लाह मियाँ से कहा कि मेरे घर में दो मुर्ग़ियाँ थी। एक काली और एक चितकबरी। काली वाली मुर्ग़ी को बिल्ली उठा ले गई है। मेरी वो काली मुर्ग़ी फिर से मेरे घर में वापस आ जाए। मरे हुए चूज़े भी वापस आ जाएँ और मुर्ग़ी को ले जाने वाली बिल्ली मर जाए। हाफ़ी जी किसी दूसरे मदरसे में चले जाएँ और उनकी जगह कोई अच्छे हाफ़ी जी आ जाएँ। मैंने अल्लाह मियाँ को ये भी बताया कि मेरी अम्माँ को सोने के कंगन पहनने की आरज़ू है और वो कई बार कह चुकी हैं कि जब घर में ख़ुशहाली आएगी तो मैं सबसे पहले अपने लिए कंगन बनवाऊँगी। इसलिए मेरे घर में ख़ुशहाली कर के उनके लिए कंगन का इन्तिज़ाम कर दीजिए।

दुआ माँगने के बाद मैंने सोचा मालूम नहीं अल्लाह मियाँ ने इमाम साहब की इतनी दुआओं के साथ मेरी दुआएँ सुनी भी होंगी या नहीं। और अगर सुनी भी होंगी तो पता नहीं उन्हें याद रहेंगी या नहीं याद रहेंगी। नमाज़ियों की भीड़ की वजह से मैं इमाम साहब से नमाज़ से पहले अम्माँ की बात नहीं कह सका था। जब नमाज़ी चले गए तो मैंने इमाम साहब को वो बात बताई। इमाम साहब ने कहा, "तुमको ये बात नमाज़ से पहले बतानी चाहिए थी। ख़ैर! अपनी अम्माँ से कह देना कि मैं सब नमाज़ों में

उनके लिए दुआ करूँगा और उनसे कहना इन्ना लिल्लाहि व-इन्ना इलैही राजिऊन का विर्द करें। वो जहाँ भी होंगे इंशाअल्लाह वापस आ जाएँगे।"

मस्जिद से घर जाते वक़्त मैंने देखा आबिद चचा मस्जिद की दीवार के साए में खड़े मेरा इन्तिज़ार कर रहे थे। उन्होंने इशारे से मुझे अपने पास बुला कर कहा - "रमज़ान शुरू होने वाला है। मैं रमज़ान में तीतर के बच्चे पकड़वाने नहीं जा सकूँगा। रमज़ान के बाद तक उनके पर बड़े हो जाएँगे और वो पकड़े न मिलेंगे इसलिए आज चल कर पकड़ लिए जाएँ।"

मैंने इरादा कर लिया था कि आबिद चचा के साथ जा कर तीतर के बच्चे पकड़ूँगा मगर उसी वक़्त रुख़साना ख़ाला उधर से गुज़रीं। वो मेरे घर जा रही थीं। रुक कर हमें देखने लगीं तो आबिद चचा ख़ामोशी के साथ वहाँ से चले गए। रुख़साना ख़ाला ने मुझे अपने पास बुला कर पूछा कि आबिद तुमसे क्या कह रहा था। मैंने उन्हें बताया कि आबिद चचा मुझे सुर्ख़ परों और नीली आँखों वाले तीतर के बच्चे पकड़वाने के लिए ले जा रहे थे।

रुख़साना ख़ाला ने कहा - "उस बदमाश की बातों में न आना। इस रंग के तीतर नहीं होते।" और वो मुझे अपने साथ ले कर घर चली गईं। घर पहुँच कर उन्होंने अम्माँ से कहा - "आबिद बदमाश इसे फुसला कर ले जा रहा था। इससे कह रहा था चलो तुमको सुर्ख़ परों और नीली आँखों वाले तीतर के बच्चे पकड़वा दूँ।"

अम्माँ ने आँखे दिखाते हुए कहा - "ख़बरदार जो कभी उसके साथ गए, टाँगें तोड़ कर रख दूँगी।"

अम्माँ ने ये हिदायत भी की कि अगर बाहर वाले तुमसे कोई बात किया करें तो घर वालों को ज़रूर बताया करो। अम्माँ और रुख़साना ख़ाला की इन बातों के बाद सुर्ख़ परों और नीली आँखों वाले तीतरों का ख़याल दिल से निकल गया और मैं आबिद चचा से दूर-दूर रहने लगा।

* * *

चाँद रात को हमारे घर में चहल-पहल हो जाती थी। अम्माँ शाम से ही सहरी का इन्तिज़ाम करने लगती थीं मगर उस दिन ख़ामोश थीं और दीवार की टेक लगाए कुछ सोच रही थीं। नुसरत और मैं कभी एक-दूसरे की तरफ़ देखते और कभी अम्माँ का मुँह तकने लगते। जब मस्जिद से ये ऐलान हुआ कि कल पहला रोज़ा होगा तो नुसरत ने पूछा - "क्या कल हम लोग रोज़ा रखेंगे?"

अम्माँ ने कहा - "कैसे रखेंगे? घर में पैसे बचे हैं न कोई सामान है। और तुम्हारे अब्बा भी अभी तक नहीं आए हैं।"

कुछ देर तक सोच-विचार करने के बाद अम्माँ ने कहा - "चलो चचा जान के घर चलते हैं।"

अम्माँ खूँटी से बुर्क़ा उतार कर पहनने लगीं। मैंने और नुसरत ने तख़्त पर से कूद कर जल्दी-जल्दी चप्पलें पहनीं और अम्माँ के साथ चचा जान के घर की तरफ़ चल पड़े। मुझे ये ख़ुशी थी कि चचा जान के घर चॉकलेट वाले बिस्किट खाने को मिलेंगे।

चचा जान का घर मदरसे के पीछे ही है। मैं और नुसरत रोज़ाना मदरसे जाते ही थे और मालूम था कि कहाँ पर नाली है और कहाँ पर गड्ढा है। इसलिए उस वक़्त अंधरे में भी बेपरवाई से चल रहे थे। मगर अम्माँ बहुत सँभल-सँभल कर चल रही थीं। जहाँ पर ज़्यादा अंधेरा होता और रास्ता दिखाई न देता तो अम्माँ हमारा हाथ पकड़ लेतीं और उस दिन मैंने महसूस किया कि अम्माँ के हाथ सख़्त और खुरदुरे हो गए हैं।

चचा जान के घर का दरवाज़ा बन्द था। अम्माँ ने दस्तक दी तो क़ितमीर भारी आवाज़ में भौंकता हुआ दरवाज़े के पास आ गया। अम्माँ और मैं क़ितमीर की आवाज़ों से डरने लगे तो नुसरत ने कहा - "डरिए नहीं, वो डराने के लिए भौंकता है, काटता नहीं है।"

ज़रा देर के बाद चचा जान ने आकर क़ितमीर को डाँटा तो वो समझ गया कि हम लोग कोई ग़ैर नहीं हैं और ख़ामोश हो गया। अंधेरे की वजह

से चचा जान हम लोगों को पहचान नहीं पाए तो अम्माँ ने कहा - "मैं नाहीद हूँ।"

"आ जाओ नाहीद।" चचा जान ने कहा।

हम लोगों ने चचा जाँ को सलाम किया तो उन्होंने जवाब दे कर हमारे सरों पर मोहब्बत से हाथ फेरा और हमें ले जा कर आँगन में रखी हुई कुर्सियों पर बिठाया। अम्माँ ने चचा जान को अब्बा के बारे में और अपनी परेशानियों के बारे में बताया तो उन्होंने कहा - "ये तो वलीद ने बहुत ग़ैर-ज़िम्मेदारी का काम किया है। रमज़ान से पहले उसे घर आ जाना चाहिए था।" और ये भी कहा कि मैं पता लगाने की कोशिश करूँगा कि वो अब तक क्यों नहीं आया।

चचा जान ने हम लोगों से बहुत सी बातें कीं। ये भी पूछा कि तुम लोग स्कूल जाते हो या नहीं। जब अम्माँ ने उन्हें ये बताया कि इनके अब्बा इन्हें हाफ़िज़-ए-क़ुरान बनाना चाहते हैं और उन्होंने स्कूल में नाम नहीं लिखाया है तो चचा जान ने अब्बा पर नाराज़गी का इज़हार करते हुए कहा - "वो अपनी तरह बच्चों को भी दुनियावी तालीम से महरूम कर के सिर्फ़ दीन के रास्ते पर चलाना चाहता है। मालूम नहीं ये क्या फ़िक्र है और कौन सा फ़लसफ़ा है?"

कुछ देर के बाद चची जान चाय और बिस्किट ले कर आ गईं। हम लोगों ने उन्हें सलाम किया तो उन्होंने व-अलैकुम-अस्सलाम कहा मगर उनके जवाब में चचा जान की सी ख़ुशी नहीं थी। उन्होंने हमारे सरों पर हाथ भी नहीं फेरा। अम्माँ से दो-चार रस्मीं बातें करने के बाद कहा- "वलीद ने कभी अपने बड़े भाई को भाई नहीं समझा। हमेशा दूरियाँ रखीं और यही समझा कि हम लोग गुमराही के रास्ते पर चल रहे हैं और वो सीधे रास्ते पर हैं।"

चचा जान ने कहा - "इस वक़्त इन बातों का कोई तुक नहीं है।" चची जान ने चचा जान की तरफ़ देखा और उठ कर अपने कमरे में चली गईं। चची जान के जाते ही नुसरत दौड़ कर दादी माँ के पास चली गई।

यूसुफ़ भाई और रुख़सार बाजी हम लोगों से मिलने नहीं आए। वो अपनी पढ़ाई कर रहे होंगे या हो सकता है चची जान ने उन्हें आने ही न दिया हो। कुछ देर के बाद चचा जान उठ कर अन्दर गए और रूपए ले कर अम्माँ को देते हुए कहा - "अभी इनसे काम चलाओ। दो-एक रोज़ में और इन्तिज़ाम करता हूँ।"

अम्माँ ने कहा - "इस तरह कब तक काम चलता रहेगा। बस दुआ कीजिए कि वलीद जल्दी से घर वापस आ जाएँ।"

"परेशान न हो, आ जाएगा।" चचा जान ने अम्माँ को दिलासा देते हुए कहा।

जब अम्माँ वहाँ से उठने लगीं तो मेरा जी चाहा कि एक बिस्कुट और खा लूँ मगर इस ख़याल से नहीं खाया कि अम्माँ चुपके से चुटकी न ले लें। चलते वक़्त अम्माँ ने कहा, ज़रा अम्माँ से भी मिल लूँ और वो दादी माँ के पास गईं। दादी माँ नुसरत से खुसुर-फुसुर कर रही थीं। अम्माँ ने उन्हें सलाम किया पहले तो वो अम्माँ को पहचान नहीं पाईं। वहाँ ज़रा अंधेरा भी था। जब अम्माँ ने कहा - "मैं हूँ नाहीद" तो दादी माँ ने पूछा- "किसकी लड़की हो?"

नुसरत ने ज़ोर से कहा - "ये मेरी अम्माँ हैं।"

दादी माँ ने कहा - "तो ये कहो।" फिर उन्होंने अम्माँ से शिकायत करते हुए कहा - "ऐ! तुमको तो ये तौफ़ीक़ नहीं होती कि कभी-कभार झाँक कर मेरा हाल-चाल मालूम कर लिया करो।"

दादी माँ तो चाह रही थीं कि हम लोग कुछ देर तक बैठकर उनसे बातें करें मगर चचीजान ने अम्माँ से कहा - "इनके पास जब तक बैठी रहोगी, शिकवे-शिकायतें करती रहेंगी और दुखड़े सुनाती रहेंगी।" इसलिए अम्माँ दादी माँ से ये कहकर कि फिर किसी दिन आऊँगी, वहाँ से उठ गईं। क़ितमीर ज़मीन पर हमारे सामने बैठकर ज़रा-ज़रा देर के बाद हमारी तरफ़ देखता और दुम हिलाता रहा। जब चचा जान हम लोगों को दरवाज़े तक

छोड़ने आए तो वो भी हम लोगों के पैर सूँघता हुआ दरवाज़े तक आया। अम्माँ तो नापाकी के ख़याल से उससे बच-बच के चल रही थीं मगर मुझे उससे डर नहीं लग रहा था और उसका पैर सूँघना अच्छा लग रहा था।

* * *

अम्माँ मरने-जीने और बीमारी-दुखी में तो किसी के घर चली जाती थीं मगर रुख़साना ख़ाला की तरह बिला वजह कहीं नहीं जाती थीं और मैंने उन्हें किसी की दुकान पर जाते हुए तो कभी देखा ही नहीं था। लेकिन उस दिन जब मैं सामान लेने के लिए जाने लगा और उन्होंने बुर्क़ा पहनते हुए ये कहा कि इतनी चीज़ें तुमको याद नहीं रहेंगी, चलो मैं भी तुम्हारे साथ चलती हूँ, तो मुझे ताज्जुब हुआ।

जिस वक़्त हम लोग अहमद के घर की तरफ़ से गुज़र रहे थे। हमें अहमद के डैडी मिल गए। शायद वो शहर से रमज़ान के लिए सामान ख़रीद कर लाए थे जिसे वो अपनी कार से निकाल रहे थे। हम लोगों ने उन्हें सलाम किया तो उन्होंने जवाब देने के बाद पूछा - "क्या वलीद जमाअत से वापस नहीं आए?"

"अभी तक नहीं आए भाई साहब।" अम्माँ ने रुहाँसी आवाज़ में जवाब दिया।

"हो सकता है रेल से आना चाहते हों और रिज़र्वेशन न मिल रहा हो। देर-सवेर आ जाएँगे इंशा-अल्लाह। आप परेशान न हों।"

अहमद के डैडी ने अम्माँ को तसल्ली देते हुए कहा और कार से सामान निकालने लगे।

कल्लू चचा की दुकान से आटा, दाल, चावल और दूसरे छोटे-मोटे सामान लाने के बाद अम्माँ ने जल्दी-जल्दी खाना पका कर हमें दिया और ये कह कर कमरे में चली गईं कि मैं बाद में खाऊँगी। शायद वो अब्बा के आने का वज़ीफ़ा पढ़ने गईं थीं।

* * *

रात को बादलों की गरज के साथ बारिश होने लगी और ठण्डी हवा चलने लगी तो अम्माँ ने कहा - "अल्लाह मियाँ ने रोज़ेदारों के लिए रहमत की बारिश कर दी है।"

बरामदे में बारिश की बौछार आने लगी इसलिए हम लोग कमरे में जा कर अब्बा के आने का वज़ीफ़ा पढ़ने लगे। उसी वक़्त लाइट आ गई और कमरा जगमगाने लगा। अम्माँ ने जल्दी से उठ कर लाइट बुझाते हुए कहा - "अभी बिजली का बिल भी देना होगा।"

चराग़ की रौशनी लाइट आने से पहले तेज़ और अच्छी लग रही थी, मगर लाइट बुझने के बाद कुछ देर तक धुँधली और बुरी लगती रही। अम्माँ और नुसरत वज़ीफ़ा पढ़ती रहीं और मैं सो गया। मालूम नहीं रात का कौन सा पहर था। अम्माँ की आवाज़ से मेरी आँख खुल गई और मैं उठ कर बैठ गया। मैंने देखा अम्माँ नाक से आवाज़ निकाल के इस तरह वज़ीफ़ा पढ़ रही थीं जैसे रो रही हों। उन्होंने मुझसे कहा - "सो जाओ अभी बहुत रात बाक़ी है।" मैं फिर सो गया। सुब्ह जब हम लोग मदरसे जाने लगे तो अम्माँ ने कहा - "हाफ़ी जी से कहना कि अब्बा के जल्द आने की दुआ करें।"

जब मैंने हाफ़ी जी को बताया कि अब्बा बहुत दिन पहले जमाअत के साथ तबलीग़ के लिए गए थे, अभी तक वापस नहीं आए हैं और ये कि अम्माँ ने आपसे दुआ करने के लिए कहा है तो हाफ़ी जी ने कहा - "अल्लाह की राह पर जाने वालों की देर क्या और सवेर क्या।" इसके बाद उन्होंने एक काग़ज़ पर दुआएँ लिख कर मुझे देते हुए कहा - "अम्माँ से कहना कोई चीज़ या कोई शख़्स गुम हो जाए तो इन दुआओं का विर्द करे। इंशा-अल्लाह चीज़ें मिल जाएँगी और गुमशुदा शख़्स वापस आ जाएगा।"

उन्होंने सब बच्चों से कहा कि तुम लोग भी ये दुआएँ याद कर लो। क़दम-क़दम पर इनकी ज़रूरत पड़ेगी।

उस दिन मेरे और नुसरत के अलावा सब बच्चे रोज़े रख कर आए थे जब उन्होंने मुझसे पूछा कि तुम्हारा रोज़ा है कि नहीं तो मैंने उनसे कह

दिया कि हाँ हमारा भी रोज़ा है। मदरसे से वापस आने के बाद नुसरत ने अम्माँ से कहा कि मदरसे में बच्चों से झूठ बोलना पड़ेगा कि मैं रोज़े से हूँ। मैं झूठ नहीं बोलूँगी और रोज़ा रख कर जाऊँगी।

अम्माँ ने कहा - "हाँ हाँ, रख लेना, मैं सुब्ह उठ कर तुम लोगों के लिए सहरी का इन्तिज़ाम कर दूँगी।" इसके बाद उन्होंने ख़ुद-कलामी के लहजे में कहा - "शायद रोज़ों की बरकत से तुम्हारे अब्बा वापस आ जाएँ।"

* * *

उस दिन दोपहर को लाइट आ रही थी। अम्माँ ने हमारे कपड़ों पर जल्दी-जल्दी प्रेस की ताकि बिजली ज़्यादा न ख़र्च हो जाए। हमने नहा कर प्रेस किए हुए कपड़े पहने। कपड़ों पर जो शिकनें रह गईं थीं, उन्हें हाथों से बराबर कर के अस्र की नमाज़ पढ़ी और हाफ़ी जी की बताई हुई दुआएँ पढ़ने बैठ गए। मग़रिब से पहले चचा जान मुझे आवाज़ देते हुए घर में दाख़िल हुए। उनके हाथ में बड़ी सी पॉलिथीन थी जिसमें बहुत से फल और बिस्किटों के पैकेट थे जो हमें दूर से ही नज़र आ गए। चचा जान ने पॉलिथीन अम्माँ के हाथ में देते हुए पूछा - "वलीद की कोई ख़ैरियत मिली?"

"कुछ पता नहीं चल पा रहा है।" अम्माँ ने कहा।

चचा जान ने कहा - "मैंने अपने तौर पर मालूम करने की बहुत कोशिश की। उसके कई दोस्तों से भी पूछा मगर कोई ख़ैर-ख़बर नहीं मिली।"

अम्माँ ने कहा - "अल्लाह उन्हें अपने हिफ़्ज़-ओ-अमान में रखे जहाँ भी हों ख़ैरियत से हों।"

चचा जान ने कहा - "आज मसरूफ़ियत की वजह से तबलीग़ी जमाअत के मर्कज़ नहीं जा सका, कल जा कर मालूम करूँगा, हो सकता है वहाँ से कुछ पता चल सके।"

"जी भाई साहब आप ही पता लगा सकते हैं, अल्लाह के बाद आप ही हम लोगों का सहारा हैं।" अम्माँ ने कहा।

कुछ देर तक अम्माँ को तसल्ली देने के बाद चचा जान ये कह कर चले गए कि किसी चीज़ की ज़रूरत हो तो जिब्रान से कहला देना। मुझे केले और खजूरों के साथ बिस्किट के पैकेट दिखाई तो दे रहे थे मगर ये समझ में नहीं आ रहा था कि बिस्किट सादे हैं या चॉकलेट वाले। मैंने पॉलिथीन में झाँक कर देखने की कोशिश की तो अम्माँ ने जल्दी से पॉलिथीन अपनी तरफ़ खींच कर कहा - "चलो अल्लाह मियाँ ने तुम लोगों की इफ़्तार का इन्तिज़ाम करवा दिया।"

* * *

मस्जिद में सहरी का ऐलान हुआ तो हमारी आँख खुल गई। मैंने और नुसरत ने हाथ-मुँह धोए और इस ख़याल से अम्माँ के पास जा कर बैठ गए कि उठ कर सहरी का इन्तिज़ाम करेंगी। अम्माँ से उठा नहीं जा रहा था मगर जब मस्जिद में ये ऐलान हुआ कि सहरी का वक़्त ख़त्म होने में पच्चीस मिनट रह गए हैं तो अम्माँ ने नुसरत से कहा - "तुम जल्दी से आटा गूँध कर चूल्हे में आग जलाओ, मैं आती हूँ।"

नुसरत आटा गूँधने के लिए चूल्हे के पास गई तो मैं भी वहाँ चला गया और अब्बा की पटरी पर बैठ कर चूल्हे में आग जलाने लगा। कुछ देर के बाद अम्माँ कमर पकड़े-पकड़े आईं। जल्दी-जल्दी रोटियाँ पकाने के बाद चाय बनाई और हमसे कहा - "इस वक़्त यही खा लो, चचा जान की लाई हुई चीज़ों को हाथ मत लगाना। वो इफ़्तारी में काम आएँगी।"

सहरी का वक़्त ख़त्म होने का ऐलान होते ही हमने हाथों के निवाले रख दिए। जो निवाले मुँह में थे उन्हें जल्दी से निगल कर कुल्ली की और अम्माँ के साथ अब्बा के आने का वज़ीफ़ा पढ़ते हुए फ़ज्र की अज़ान का इन्तिज़ार करने लगे।

* * *

सहरी में उठने के बाद फ़ज्र की नमाज़ पढ़ कर अम्माँ के साथ अब्बा के आने का वज़ीफ़ा पढ़ते-पढ़ते मदरसे आने का वक़्त हो गया था इसलिए मैं सो नहीं सका और झपकियाँ आ रही थीं सबक़ भी याद नहीं हो पा रहा था। दूसरे बच्चे भी और दिनों की तरह ज़्यादा जोश के साथ हिल-हिल कर सिपारे नहीं पढ़ रहे थे। सबके चेहरे बुझे हुए और आँखों में नींद का ख़ुमार था। हाफ़ी जी तो आम दिनों में ही ऊँघते रहते थे। रोज़ा रखने के बाद तो ऐसा लग रहा था कि जैसे उन्होंने अफ़ीम खा ली हो। ज़रा-ज़रा देर के बाद तकिए की टेक लगा कर आँखे बन्द कर लेते और उनका मुँह टेढ़ा हो जाता। हमारी आवाज़ें धीमी हो जातीं या हम लोग बातें करने लगते तो हाफ़ी जी घबरा के उठ बैठते। आँखे फाड़ कर ग़ुस्से से हमारी तरफ़ देखते और इबरत की छड़ी फ़र्श पर पटक देते। अब वो हमें डराने के लिए इबरत की छड़ी को फ़र्श पर पटक देते थे। ग़ुस्सा हल्का होता तो ज़रा धीरे से पटकते और जब ज़्यादा ग़ुस्सा आ जाता तो ज़ोर से पटक देते।

उन्होंने हम लोगों को सबक़ तो दे दिया था मगर बाद में सुना नहीं। वो बकरी के चिल्लाने की वजह से भी परेशान हो रहे थे और बार-बार उठ कर उसके पास जा रहे थे। जब वो बकरी के पास जाते तो वो ख़ामोश हो जाती या हल्की आवाज़ में हँू हँू हँू हँू करने लगती और जैसे ही वापस आकर बैठते फिर गला फाड़ कर चिल्लाने लगती। उस दिन सिपारा पढ़ते वक़्त मैंने नीम के दरख़्त में लटकती हुई पतंग को देखा तो उसमें मुझे कशिश नहीं महसूस हुई। बारिश और तेज़ हवाओं से उसका बे-रंग काग़ज़ काँपों से छूट कर ठड्डे में लटक रहा था। वो हिल भी नहीं रही थी। ऐसा लग रहा था कि जैसे अब उसमें ज़िन्दगी नहीं रह गई हो या दरख़्त से छूट कर फ़ज़ा में उड़ जाने की ख़्वाहिश ख़त्म हो गई हो।

* * *

शाम को सिपारा पढ़ते वक़्त नुसरत ने कहा - "भाई मुझे तो अभी से प्यास लगने लगी, रोज़ा खुलने तक तो मेरा दम ही निकल जाएगा।"

मैंने कहा - "हम लोग घर चल कर सो जाएँगे और शाम को उठेंगे।"

मैं सोच रहा था कि अगर ज़्यादा प्यास लगेगी तो कोठरी का दरवाज़ा बन्द कर के थोड़ा बहुत पानी पी लूँगा।

जिस वक़्त मैं घर पहुँचा मुझे बहुत ज़ोर की प्यास लग रही थी मगर मैंने इस ख़याल से पानी नहीं पिया कि अगर अल्लाह मियाँ नाराज़ हो गए और मेरे अब्बा के साथ कुछ बुरा हो गया तो क्या होगा। अम्माँ वैसे ही परेशान थीं और उनकी तबीअत भी ठीक नहीं थी इसलिए मैं ये सोच कर सो गया कि ज़्यादा से ज़्यादा वक़्त सोकर गुज़ार दिया जाए। जब मैं सो रहा था, नुसरत ने अस्र की नमाज़ के लिए कई बार जगाने की कोशिश की मगर मैं नहीं उठा। लेकिन जब उसने ये कह कर जगाने की कोशिश की कि रोज़ा खुलने का वक़्त क़रीब है तो जल्दी से उठ बैठा।

मुझे मालूम था कि मस्जिद में ख़ूब इफ़्तारी आएगी इसलिए मस्जिद में रोज़ा खोलना चाहता था। मैंने अम्माँ से कहा कि मैं मस्जिद में रोज़ा खोलूँगा।"

अम्माँ ने कहा - "हाँ ये अच्छा है तुम मस्जिद चले जाओ।"

हालाँकि चलना-फिरना मुश्किल हो रहा था मगर मस्जिद में रोज़ा-इफ़्तार करने के लिए मैंने जल्दी-जल्दी वुज़ू किया और तेज़-तेज़ चलता हुआ मस्जिद पहुँच गया। मस्जिद रोज़ेदारों से भरी हुई थी। सब इफ़्तारी ले कर आए थे। एक मैं ही था जो ख़ाली हाथ गया था। कुछ नमाज़ी बर्तनों में सजी हुई इफ़्तारी का जायज़ा ले रहे थे और कुछ इफ़्तारी की प्लेटों को बराबर कर के दिल बहला रहे थे। अज़ान दिए जाने से ज़रा पहले नाज़िम चचा ने प्लेट से एक गुलगुला उठा लिया तो आबिद चचा ने उन्हें टोकते हुए कहा - "सब्र करो अभी थोड़ा वक़्त बाक़ी है।"

नाज़िम चचा को आबिद चचा की बात अच्छी नहीं लगी और उन्होंने कहा - "तुम अपना काम करो और मुझे सब्र की तलक़ीन मत करो।" आबिद चचा ने कहा - "अगर सब्र नहीं कर सकते तो रोज़ा क्यों रखते हो?"

आबिद चचा की इस बात पर नाज़िम चचा को ज़्यादा ग़ुस्सा आ गया और उन्होंने गुलगुला आबिद चचा के मुँह पर मार दिया। इसके जवाब में आबिद चचा ने प्लेट से केला उठा कर नाज़िम चचा के इतनी ज़ोर से मारा कि वो फट कर उनके कपड़ों पर फैल गया। नाज़िम चचा आपे से बाहर होकर आबिद चचा की तरफ़ झपटे मगर इमाम साहब और दूसरे नमाज़ियों ने दोनों को रोक लिया वरना उस दिन मस्जिद अखाड़ा बन जाती। दो-तीन दिन के बाद नाज़िम चचा और आबिद चचा के दरमियान इतना झगड़ा हुआ कि पुलिस थाने तक की नौबत आ गई।

ख़ैर! जैसे ही अज़ान हुई, सब अपनी-अपनी पसन्द की चीज़ें खाने लगे। मैंने पहले तो जी भर के शर्बत पिया, उसके बाद ख़ूब इफ़्तारी खाई। इफ़्तारी और शर्बत से मेरा पेट इतना भर गया कि जब मैं रुकू में जाता था तो ये महसूस होता मुँह के बल फ़र्श पर गिर जाऊँगा।

* * *

शाम से आसमान पर बादल छाए हुए हैं। उमस हो रही है। शायद बारिश होने वाली है। उस दिन तेज़ बारिश की वजह से अम्माँ की क़ब्र की मिट्टी कई जगह से कट कर पानी के साथ बह गई थी और क़ब्र बेडौल लगने लगी थी। मैंने दूसरी मिट्टी समेट कर क़ब्र को फिर सुडौल कर दिया था। मिट्टी नम थी और क़ब्र में ख़ूब अच्छी तरह चिपक गई थी। अगर ना रुक सकी और बह गई तो मैं दूसरी मिट्टी चिपका के क़ब्र को फिर सुडौल कर दूँगा।

* * *

तुम रौशनी में बैठ कर अंधेरे की चीज़ों को नहीं देख सकते।

मस्जिद से घर जा कर मैं नुसरत को ये बता रहा था कि मैंने इफ़्तारी में क्या-क्या चीज़ें खाईं कि उसी वक़्त दरवाज़े की कुण्डी ज़ोर-ज़ोर से बजने लगी। मैंने जा कर दरवाज़ा खोला तो देखा बाहर अहमद के डैडी खड़े थे। उन्हें अपने दरवाज़े पर देख कर मुझे ज़रा ताज्जुब हुआ क्योंकि वो इससे पहले मेरे दरवाज़े पर कभी नहीं आए थे। उनके चेहरे पर घबराहट थी। उन्होंने पूछा - "तुम्हारी अम्माँ कहाँ हैं?"

मैंने बताया कि अम्माँ की तबीअत ख़राब है और वो लेटी हैं। अहमद के डैडी ने कहा - "उनसे कहो बहुत ज़रूरी बात करनी है।"

मैं दौड़ता हुआ अम्माँ के पास गया और उनको ये बात बताई कि अहमद के डैडी आपसे कोई ज़रूरी बात करने के लिए आए हैं तो उन्होंने ग़ुस्से के साथ मेरी तरफ़ देखते हुए कहा - "क्या तुमने फिर अहमद से झगड़ा किया है?"

मैंने अम्माँ से कहा कि मैं रोज़ा खोलने और नमाज़ पढ़ने के बाद मस्जिद से सीधा घर आ गया था और अहमद से झगड़ा नहीं किया है। अम्माँ सर पर दुपट्टा डाल कर ख़ुद को सँभालती हुई गईं और दरवाज़े का पट ज़रा-सा खोल कर अहमद के डैडी को सलाम कर के पूछा - "सब ख़ैरियत तो है सज्जाद भाई?"

अहमद के डैडी ने कहा - "आपके लिए एक बहुत बुरी ख़बर है।"

"क्या ख़बर है भाई साहब?" अम्माँ ने घबरा के पूछा।

अहमद के डैडी ने कहा - "मैं अभी टी०वी० पर ख़बर सुन कर आ रहा हूँ। वलीद को पुलिस ने गिरफ़्तार कर लिया है।"

अम्माँ अपनी बीमारी और घर के हालात से पहले ही परेशान थीं, अब्बा की गिरफ़्तारी की ख़बर सुन कर साकित रह गईं। वो दरवाज़े पर मत्था टिकाए कुछ देर ख़ामोश खड़ी रहीं फिर धीमी आवाज़ में पूछा - "पुलिस ने क्यों गिरफ़्तार कर लिया?"

अहमद के डैडी ने कहा - "उन्हें शक है कि वलीद दहशतगर्द तंज़ीम के लिए काम करते हैं।"

"मगर वो तो जमाअत में गए थे।" अम्माँ ने कहा।

"मालूम नहीं सच्चाई क्या है। पता चलेगा तो आपको बताऊँगा अब मैं चलता हूँ।"

ये कह कर अहमद के डैडी चले गए। अम्माँ तो जैसी गूँगी और अपाहिज हो गई थीं। वो सर पकड़ कर दरवाज़े के पास बैठ गईं। कुछ देर के बाद मैंने और नुसरत ने सहारा दे कर अम्माँ को कमरे में पहुँचाया। वो कुछ देर तख़्त पर बेसुध लेटी रहीं। फिर ख़ुद-कलामी के अन्दाज़ में कहने लगीं - "हाय अब मैं क्या करूँ, कहाँ जाऊँ?"

अम्माँ को अचानक चचा जान का ख़याल आया। उन्होंने जल्दी से उठ कर खूँटी से बुर्क़ा उतारते हुए कहा - "चलो चचा जान के घर चलते हैं।"

बुर्क़ा पहनते-पहनते अम्माँ तख़्त पर ढेर हो गईं और उन्होंने मुझसे कहा - "तुम जा कर चचा जान को बुला लाओ।"

मैं दौड़ता हुआ चचा जान के घर गया। चचा जान उस वक़्त किताबों वाले कमरे में बैठे कोई किताब पढ़ रहे थे। जब मैंने उनको ये बात बताई कि अब्बा को पुलिस ने गिरफ़्तार कर लिया है तो जल्दी से मेरे साथ चल पड़े। रास्ते में उन्होंने पूछा कि अम्माँ को ये बात कैसे मालूम हुई तो मैंने

बताया कि अहमद के डैडी ने टी०वी० पर ख़बर सुनी थी। वही बताने आए थे। इस पर चचा जान ने कहा - "इसका मतलब है कि कोई बड़ा मामला है।"

चचा जान को देख कर अम्माँ रोने लगीं। चचा जान ने अम्माँ को तसल्ली देते हुए कहा - "परेशान मत हो, पुलिस को कोई ग़लत-फ़हमी हुई है। मैं ज़रा सज्जाद से तफ़्सील मालूम कर के आता हूँ।"

चचा जान अहमद के घर गए और उसके डैडी से बात करने के बाद वापस आकर अम्माँ से कहा - "वलीद को दहशतगर्द होने के शक में गिरफ़्तार किया गया है और वो गुजरात पुलिस की कस्टडी में हैं।"

"अब क्या होगा?" अम्माँ ने चचा जान से पूछा।

कुछ देर तक सोच-विचार करने के बाद चचा जान ने कहा - "कल शहर जा कर किसी अच्छे वकील से बात करनी होगी।"

अम्माँ को कुछ देर तक तसल्ली देने के बाद चचा जान ये कह कर चले गए कि कल वकील से बात करने के बाद आऊँगा।

अम्माँ रो-रो कर वज़ीफ़ा पढ़ती रहीं। उनके साथ मैं और नुसरत भी रोते और वज़ीफ़ा पढ़ते रहे। उस दिन हम खाना खाए बग़ैर सो गए। मालूम नहीं अम्माँ कब तक जागती रहीं। रात में देर तक जागने की वजह से हम सहरी में नहीं उठ सके। शायद अम्माँ जाग रही थीं मगर उन्होंने हमें जगाया नहीं। हमारी आँख उस वक़्त खुली जब दरवाज़े पर तेज़ दस्तक हुई। अम्माँ दरवाज़े की तरफ़ जाने लगीं तो मैं और नुसरत भी उनके साथ चले गए। अम्माँ बहुत डरी हुई थीं और मुसीबत को टालने वाला वज़ीफ़ा पढ़ रही थीं।

अम्माँ ने दरवाज़े की दराज़ से झाँक कर पूछा - "कौन है?"

"पुलिस, दरवाज़ा खोलो।" बाहर से कड़कदार आवाज़ आई।

अम्माँ के हाथ-पाँव काँपने लगे। उन्होंने मेरी और नुसरत की तरफ़ देखा तो हम दोनों रोने लगे।

"दरवाज़ा खोलो।" अबकी बार बाहर से और ऊँची आवाज़ के साथ दरवाज़े पर लात मारने की भी आवाज़ आई।

अम्माँ ने जल्दी से दरवाज़ा खोल दिया। चार लम्बे-चौड़े आदमी बड़ी तेज़ी से हमारे घर में दाख़िल हो गए। वो पुलिस की वर्दी में नहीं थे मगर उनके हाथों में पिस्तौल थे। वो चारों पिस्तौल का निशाना लगाते हुए इस तरह आँगन में गए जैसे मुठभेड़ होने वाली हो। उन्होंने आँगन में खड़े होकर घर का जायज़ा लेते हुए अम्माँ से पूछा - "घर में और कौन है?"

"हम तीनों के अलावा कोई नहीं है।" अम्माँ ने जवाब दिया।

उन लोगों को यक़ीन नहीं आया। दो आदमी पिस्तौल तान कर कोठरी के दरवाज़े पर गए और दीवार की आड़ से अन्दर का जायज़ा लेने लगे। कोठरी में अंधेरा था। कुछ देर के बाद जब उन्हें इत्मीनान हो गया कि कोठरी में कोई नहीं है तो दोनों अन्दर चले गए। इसी तरह दो आदमी बड़ी मुस्तैदी और होशियारी के साथ कमरे में दाख़िल हुए।

कुछ देर के बाद वो दोनों कोठरी से निकल कर कमरे में जाने लगे तो मैंने देखा उनके हाथों में हमारे सिपारे, बग़दादी क़ायदे, 'दुनिया के चन्द अज़ीम लोग' और 'जन्नत की नेमतें' थीं।

हम लोग डरे सहमे कमरे के दरवाज़े पर इस तरह खड़े उन्हें देख रहे थे जिस तरह आँधी को आते हुए देखते थे।

उन्होंने कमरे में रखा हुआ बक्स खोल कर पहले सब सामान फ़र्श पर फेंका, उसके बाद अपने काम की चीज़ें छाँटने लगे। अम्माँ और अब्बा के पासपोर्ट, पाकिस्तान से आए हुए ख़त, बैंक की पास बुक और अम्माँ की शादी की तस्वीरों के अलावा दूसरी तस्वीरें जो अम्माँ पाकिस्तान से लाई थीं या डाक से आई थीं, उन्होंने दूसरे सामान से अलग कर के एक तरफ़ रख दीं। एक आदमी ने क़ुरान पाक को ग़ौर से देखा मगर हाथ नहीं लगाया। हाँ हदीसों और दुआओं की किताबें उठा लीं।

मैं और नुसरत अम्माँ का दामन पकड़े कमरे में झाँक कर उन लोगों

को तलाशी लेते हुए देख रहे थे। अम्माँ भी ख़ामोश खड़ी ख़ौफ़ के साथ सब कुछ देख रही थीं। इंसान पर बड़ी मुसीबत आती है तो वो छोटी परेशानियाँ भूल जाता है। शायद अम्माँ को उस वक़्त अपनी बीमारी और दर्द का एहसास नहीं हो रहा था।

जब अम्माँ ने डरते-डरते उनसे पूछा कि आप लोग क्या तलाश रहे हैं तो उनमें से एक आदमी ने डाँटते हुए कहा - "चुप रहो, तुमको अच्छी तरह मालूम है कि हम लोग क्या तलाश कर रहे हैं।"

सामान की तलाशी लेने के बाद वो चारों अम्माँ को घेर कर खड़े हो गए और उनमें से एक ने कहा - "अब तुम से जो कुछ पूछा जाए उसका सही सही जवाब दो।"

उसने अम्माँ से पूछा।

"तुम्हारा नाम क्या है?"

"तुम्हारे हसबैंड का क्या नाम है?"

"तुम्हारा हसबैंड क्या करता है?"

"किस चीज़ की दुकान है?"

"और भी कोई काम करता है?"

"दुकान कितने बजे जाता है?"

"दुकान से कितने बजे वापस आता है?"

"दुकान उसकी अपनी है या किराए की है?"

"दुकान किराए पर क्यों ली? ख़रीद भी तो सकता था?"

"दुकान मालिक का क्या नाम है?"

"तबलीग़ के लिए कब गया था?"

"किन-किन शहरों में जाने की बात की थी?"

"इससे पहले कितनी बार जा चुका है?"

"कितने-कितने दिनों के लिए गया था?"

"कितना पढ़ा लिखा है?"

"तुमने कितनी तालीम हासिल की है?"

"बच्चे कहाँ पढ़ते हैं?"

"स्कूल में क्यों नहीं पढ़ते हैं?"

"मदरसे की फ़ीस कितनी है?"

"तुम्हारे हसबैंड के पास और कितने पासपोर्ट हैं?"

"बच्चों के पासपोर्ट बनवाए या नहीं?"

"पाकिस्तान कितनी बार जा चुका है?"

"पाकिस्तान में कितने-कितने दिन रहा?"

"और किन-किन देशों में गया है?"

"हज और उमरा करने भी नहीं गया?"

"उससे मिलने के लिए कौन-कौन आता है?"

"वो किस-किस से मिलने जाता है?"

"उसके क़रीबी दोस्तों के क्या नाम हैं?"

"क्या बैंक में तुम्हारा और बच्चों का भी खाता है?"

"यहाँ तुम लोगों के और कौन-कौन रिश्तेदार हैं?"

"तुम्हारी शादी भारत में हुई थी कि पाकिस्तान में?"

"तुम्हारे घर वालों ने तुम्हारी शादी यहाँ क्यों की?"

"पाकिस्तान में तुम्हारे कौन-कौन रिश्तेदार हैं?"

"क्या वो लोग तुमसे मिलने के लिए आते हैं?"

ये वो सवालात हैं जो मुझे याद रह गए। अम्माँ ने सोच-सोच कर उनके सब सवालों के जवाब दिए। एक आदमी अम्माँ के कुछ जवाबात डायरी में नोट करता रहा। उन्होंने चचा जान के बारे में भी तफ़सील से पूछा और उनका पता भी डायरी में नोट किया।

उन लोगों ने जो सामान अपने साथ ले जाने के लिए अलग किया था, उसे बैग में रखने के बाद अम्माँ से पूछा - "दुकान की चाबी कहाँ है?"

अम्माँ ने अलमारी के ऊपर से दुकान की चाबी उतार कर दी तो उन्होंने मुझसे पूछा - "तुमको मालूम है दुकान कहाँ है।"

"जी!" मैंने कहा।

वो लोग मुझे ले कर अब्बा की दुकान पर गए, वहाँ उन्होंने रखे हुए ख़ाली डिब्बे और कनस्तर खोल कर देखे। जिस चौकी पर अब्बा बैठते थे उसका गद्दा हटा कर देखा, चौकी के नीचे देखा। वहाँ उन्हें उन अख़बारात के सिवा कुछ न मिला जिनमें अब्बा सौदा बाँधा करते थे। अख़बारात बैग में रखने के बाद दुकान की चाबी मुझे देते हुए पूछा - "क्या तुमको इस दुकान के मालिक का पता मालूम है?"

"जी मालूम है।" मैंने कहा।

उन्होंने कहा - "चल कर बताओ।"

असग़र चचा का घर ज़्यादा दूर नहीं था। हम ज़रा सी देर में वहाँ पहुँच गए असग़र चचा के घर के दरवाज़े पर पहुँच कर उन्होंने मुझसे कहा - "अब तुम जाओ।"

जब मैं दौड़ता हुआ घर जा रहा था तो मैंने देखा मोहल्ले के बहुत से लोग अपने दरवाज़ों पर इस तरह हैरान-ओ-परेशान खड़े थे जैसे कोई मुसीबत उनके यहाँ भी आने वाली हो। रुख़साना ख़ाला और आबिद चचा ने मुझे रोक कर कुछ पूछना चाहा मगर मैं जल्दी घर पहुँचना चाह रहा था, इसलिए नहीं रुका।

अम्माँ और नुसरत दरवाज़े पर खड़ी बेचैनी से मेरा इन्तिज़ार कर रही थीं। अम्माँ ने पूछा - "वो लोग दुकान से क्या चीज़ें ले गए हैं?"

"रद्दी अख़बार।" मैंने अम्माँ को बताया।

"क्या चले गए?" अम्माँ ने पूछा।

"अभी नहीं गए हैं असग़र चचा से कुछ पूछ रहे हैं।" मैंने बताया तो अम्माँ ने कहा - "अब देखो उस ग़रीब को कितनी देर हलकान करते हैं। मालूम नहीं उन्हें किन चीज़ों की तलाश है।"

अम्माँ कमरे में जा कर कुछ देर तक सर पकड़े बैठी रहीं उसके बाद क़ुरान पाक पढ़ने लगीं और हम लोगों से कहा - "तुम लोग मुसीबत टालने वाला वज़ीफ़ा पढ़ो।"

मैं और नुसरत वज़ीफ़ा पढ़ने लगे। क़ुरान पढ़ते-पढ़ते अम्माँ को ज़ोर की उबकाई आई और मतलियाँ होने लगीं। उन्होंने कुछ खाया नहीं था इसलिए पानी की मतलियाँ हो रही थीं मगर इन मतलियों में बहुत बदबू थी। कमरे से निकल कर भागने को जी चाह रहा था। ख़ूब मतलियाँ करने के बाद अम्माँ औंधी होकर बैठ गईं। नुसरत उनकी पीठ सहलाने लगी तो हाँफते हुए कहा - "पहले फ़र्श की सफ़ाई कर दो।"

नुसरत ने झाड़ू देने के बाद पोंछा लगाया तब ज़रा बदबू कम हुई।

अम्माँ ने औंधे लेटे-लेटे मुझसे कहा - "जा कर देखो अगर चचा जान घर पर हों तो उन्हें बुला लाओ।"

मैं दौड़ता हुआ चचा जान के घर के पास पहुँचा तो देखा कि चचा जान के पड़ोसी अपने घरों के दरवाज़ों पर खड़े चचा जान के घर की तरफ़ देख रहे थे और चचा जान के घर से क़ितमीर के ज़ोर-ज़ोर से भौंकने की आवाज़ आ रही थी। रेहान की मम्मी ने मेरा हाथ पकड़ कर अपनी तरफ़ खींचते हुए पूछा - "कहाँ जा रहे हो?"

"चचा जान के घर।" मैंने कहा।

उन्होंने कहा - "वहाँ मत जाना। पुलिस वालों की पूछ-ताछ चल रही है।"

मैं वहाँ से भागता हुआ घर गया और अम्माँ को ये बात बताई तो अम्माँ ने कहा - "लगता है सारे ख़ानदान का शजरा खंगाल डालेंगे।

इस परेशानी में भी मुझे बहुत ज़ोर की भूख लग रही थी मगर मैं कह नहीं पा रहा था। जब अम्माँ की तबीअत ज़रा सँभली तो उन्होंने नुसरत से कहा - "नुसरत तुम जा कर अरहर की खिचड़ी चढ़ा दो।" और मुझसे कहा कि तुम मेरी पीठ सहला दो।

नुसरत चूल्हे पर खिचड़ी चढ़ाने चली गई और मैं अम्माँ की पीठ सहलाने लगा।

* * *

सुब्ह जब हम लोग मुसीबत टालने का वज़ीफ़ा पढ़ रहे थे, दरवाज़े की कुण्डी बजने लगी।

अम्माँ ने कहा - "लगता है फिर कोई मुसीबत आ गई। जा कर देखो कौन है।"

मैं नंगे पाँव, डरता-डरता गया और दरवाज़ा खोले बग़ैर पूछा कि कौन है।

बाहर से असग़र चचा की आवाज़ आई - "मैं हूँ असग़र।"

मैंने दरवाज़ा खोला तो असग़र चचा ने कहा - "अपनी अम्माँ से कहो मेरी दुकान ख़ाली कर दें।"

मैंने जा कर अम्माँ को ये बात बताई तो अम्माँ ने कहा - "लगता है अल्लाह मियाँ सारे इम्तिहान ले डालेंगे।" वो एक हाथ से कमर पकड़ के दूसरे हाथ से दीवार का सहारा ले कर दरवाज़े तक गईं। असग़र चचा को सलाम किया और पूछा - "क्या बात है असग़र भाई? आप दुकान क्यों ख़ाली कराना चाहते हैं?"

असग़र चचा ने कहा - "भाभी! मैं किसी मुसीबत में नहीं पड़ना चाहता। कल पुलिस वालों ने मुझसे बहुत पूछ-ताछ की है। हम लोग रात भर सो नहीं सके।"

अम्माँ ने कहा - "असग़र भाई ! पुलिस वालों को कोई ग़लतफ़हमी हुई है। जमील भाई उन्हें जल्दी ही रिहा करा लेंगे और उनके आते ही आपको दुकान का किराया भी मिल जाएगा।"

असग़र चचा ने कहा - "अब मैं दुकान किराए पर उठाना ही नहीं चाहता। आप दुकान से अपना सामान निकलवा लीजिए।"

अम्माँ ने ज़रा देर सोचने के बाद मुझसे कहा - "चाबी ला कर असग़र चचा को दे दो।"

मैंने चाबी ला कर असग़र चचा को दी तो उन्होंने अम्माँ से पूछा - "दुकान से सामान कब निकलवाइएगा?"

अम्माँ ने कहा - "दुकान में सामान ही क्या रह गया है जिसे निकलवाया जाए।" और वो दीवार के सहारे कमरे में जा कर तख़्त पर ढेर हो गईं।

मुझे बहुत ज़ोर की भूख लग रही थी। मैं जा कर चूल्हे के पास बैठ गया और खिचड़ी पकने का इन्तिज़ार करने लगा।

दवा खाने के बाद अम्माँ की कमर का दर्द कम हो गया था। वो आँखे बन्द कर के लेटे-लेटे वज़ीफ़ा पढ़ रही थीं और ज़रा-ज़रा देर के बाद दुपट्टे से आँखें पोंछ लेती थीं।

पुलिस वाले दूसरे सामान के साथ किताबें और सिपारे भी ले कर चले गए थे। अब पढ़ने के लिए हमारे पास क़ुरान पाक रह गया था या फिर वो दुआएँ और वज़ीफ़े जो हमें ज़बानी याद थे। मैं और नुसरत कभी अब्बा के आने का वज़ीफ़ा पढ़ते, कभी पुलिस वालों की तलाशी की बातें करते और कभी ये बातें करने लगते कि मालूम नहीं अब्बा जेल में किस तरह रह रहे होंगे। क्या खा रहे होंगे। क्या पहन रहे होंगे। वो उकड़ूँ नहीं बैठ पाते हैं अगर उनको पटरी नहीं मिल पा रही होगी तो खाना किस चीज़ पर बैठ कर खाते होंगे। मुझे तो ख़ैर इतनी फ़िक्र नहीं थी मगर नुसरत को उन किताबों की भी फ़िक्र सता रही थी जिनको पुलिस वाले ले कर चले गए थे और वो बार-बार ये कह रही थी - "मालूम नहीं मेरी किताबें वापस मिल सकेंगी या नहीं मिल सकेंगी।"

रात को चचा जान आए तो उन्होंने अम्माँ से वो सब बातें बताईं जो पुलिस वालों ने उनसे पूछी थीं और ये भी कहा कि मामला बड़ा नाज़ुक है। उन्होंने कहा कि अब्बा को गुजरात की पुलिस ने गिरफ़्तार किया है उन पर इल्ज़ाम है कि उन्होंने दूसरे दहशत-गर्दों के साथ गुजरात के कई शहरों में बम धमाके किए हैं। चचा जान ने वो अख़बारात भी दिखलाए जिनमें अब्बा के पकड़े जाने की ख़बर छपी थी। ख़बर के साथ अब्बा का फ़ोटो भी छपा था।

अब्बा का चेहरा काले कपड़े से ढका हुआ था मगर आँखें खुली हुई थीं। हम लोगों ने अब्बा को उनकी आँखों और कपड़ों से पहचाना।

अम्माँ ने ख़बर पढ़ने के बाद चचा जान से पूछा - "क्या आपने किसी वकील से बात की है?"

चचा जान ने अम्माँ को बताया कि मैंने कई वकीलों से बात की मगर उन्होंने केस लेने से इंकार कर दिया। बड़ी मुश्किल से एक वकील राज़ी हुआ मगर इस शर्त पर कि हर पेशी पर पच्चीस हज़ार रूपए लेगा। वकील की फ़ीस, आने-जाने का किराया, होटल में रहने और खाने पर एक पेशी में तक़रीबन चालीस-पचास हज़ार रूपए ख़र्च हो जाएँगे।

अम्माँ ने कहा - "यहाँ तो खाने के लाले पड़े हैं। इतना पैसा कहाँ से आएगा?"

चचा जान ने कहा - "दो-एक पेशियों में ज़मानत हो जाने की उम्मीद हो तो इन्तिज़ाम किया भी जा सकता है लेकिन एक अदालत से दूसरी अदालत और दूसरी अदालत से तीसरी अदालत तक फ़ैसला होने में मालूम नहीं कितना पैसा ख़र्च हो जाए और कितना वक़्त लग जाए।"

"तो फिर अब क्या होगा?" अम्माँ ने पूछा।

चचा जान ने अम्माँ को बताया कि दिल्ली की एक तंज़ीम मुफ़्त में मुसलमानों के मुक़दमों की पैरवी करती है। इस तंज़ीम ने कुछ मुसलमानों को रिहा कराया है। दिल्ली जा कर इस तंज़ीम के लोगों से बात करना पड़ेगी। अगर उन्हें यक़ीन हो गया कि वलीद बेगुनाह है तो वो अपना वकील मुक़र्रर कर के पैरवी करेंगे। मगर ये ज़रूरी नहीं कि वो लोग भी जल्दी रिहाई करा दें। ऐसा भी हुआ है कि कुछ लोग दूसरी और तीसरी पेशी में छूट गए हैं और अगर अल्लाह ने चाहा तो वलीद भी दो-एक पेशियों में छूट जाएगा।"

अम्माँ ने कहा - "इंशा-अल्लाह।"

कुछ देर तक अब्बा की रिहाई की बातें करने और अम्माँ को तसल्ली देने के बाद चचा जान ने कहा - "अब मैं चल रहा हूँ। हलीमा और बच्चे परेशान हो रहे होंगे। उस दिन पुलिस की पूछ-ताछ के बाद से वो लोग भी

बहुत परेशान हैं।"

चचा जान उठ कर जाने लगे तो अम्माँ ने पूछा - "तंज़ीम वालों से बात करने दिल्ली कब जाएँगे?"

चचा जान ने कहा - "कल स्कूल से छुट्टी मंज़ूर करा के जितनी जल्दी मुमकिन होगा, रिज़र्वेशन कराऊँगा।"

चचा जान के जाने के बाद अम्माँ ने हाथ उठा कर अल्लाह मियाँ से कहा - "ऐ अल्लाह! तू बड़ा रहीम-ओ-करीम है। मुश्किल-कुशा है। अब तू ही उनको रिहा करा के घर ला सकता है।"

अंधेरा हो जाने के बाद नुसरत ने चराग़ जलाया तो अम्माँ ने कहा - "इसकी लौ धीमी रखना, तेल ख़त्म होने ही वाला है।"

नुसरत ने लौ धीमी कर के चराग़ दरवाज़े के पास रख दिया और उसकी धुँधली रौशनी में हमने वज़ू किया। इशा की नमाज़ पढ़ी। कुछ देर तक अब्बा के आने का वज़ीफ़ा पढ़ा और चराग़ बुझा कर लेट गए।

* * *

जुमे का दिन था। अम्माँ ने कहा - "नमाज़ पढ़ने जाना तो इमाम साहब से कहना आज फिर अब्बा की रिहाई के लिए दुआ करें और अगर तुमसे कोई ये पूछे कि पुलिस वालों ने तुम्हारी अम्माँ से क्या-क्या बातें की थीं तो कुछ मत बताना, कह देना कि मैं नहीं सुन पाया और कोई कुछ भी कहे, उसकी बात पर यक़ीन न करना।"

अल्लाह मियाँ ने हमारी कोई दुआ नहीं सुनी थी, इसलिए मैं उनसे नाराज़ था और नमाज़ पढ़ने नहीं जाना चाहता था। मैं अम्माँ को दिखाने के लिए झूठ-मूठ का वज़ू कर के सर पर टोपी जमाता हुआ घर से निकला मगर मस्जिद नहीं गया बल्कि अपने घर के पीछे वाली गली से होता हुआ क़ब्रिस्तान के पास वाले उस जंगल में चला गया जहाँ बकरी चराने जाता हूँ। जंगल में भम्भीरियों को दौड़ा-दौड़ा कर पकड़ने की कोशिश करता रहा और कोयल के साथ उसकी बोली बोलता रहा।

जब ये अन्दाज़ा हो गया कि नमाज़ पढ़ के नमाज़ी अपने घरों को जा चुके होंगे तो माथे पर थोड़ी सी मिट्टी लगाई ताकि अम्माँ को ये शक न हो पाए कि मैं नमाज़ पढ़ने नहीं गया था और जिस गली से आया था उसी गली से घर चला गया। जब घर पहुँचा तो अम्माँ ने पूछा - "किसी ने पुलिस वालों के बारे में तो कोई बात नहीं की?"

"किसी ने नहीं की।" मैंने जवाब दिया और सोने के लिए लेट गया। गर्मी बहुत थी मगर नींद आ गई।

* * *

हम लोगों को मुर्ग़ी और चूज़े तो याद ही नहीं रहे। उन्हें दो दिन से न दरबे से निकाला था और न दाना-पानी दिया था। जब एक कौआ दीवार पर बैठ कर काँव-काँव करने लगा तो नुसरत ने कहा - "भाई हम लोग मुर्ग़ी और चूज़ों को दाना-पानी तो देना भूल ही गए।"

नुसरत ने दरबा खोला तो मुर्ग़ी गर्दन को झटके देती हुई बाहर आ गई मगर चूज़े नहीं आए। हमने दरबे में झाँक कर देखा। दोनों चूज़े दरबे में सूखे हुए फूलों की तरह पड़े थे।

नुसरत दौड़ती हुई अम्माँ के पास गई और उन्हें बताया कि चूज़े मर गए तो अम्माँ ने कहा -"तुम लोगों ने उनकी ख़ैर-ख़बर नहीं ली मर न जाते तो क्या करते, अब उन्हें चुटकी से पकड़ के बाहर फेंक आओ।"

मैंने चुटकी से पकड़ के दोनों चूज़े दरबे से निकाले और दरवाज़े पर खड़े होकर घूरे की तरफ़ उछाल दिए। जब मैंने अम्माँ को बताया कि मुर्ग़ी का दाना ख़त्म होने वाला है तो उन्होंने कहा - "जा कर रुख़साना ख़ाला को बुला लाओ।"

मैं रुख़साना ख़ाला के घर गया और उनसे कहा कि अम्माँ आपको बुला रही हैं तो उन्होंने पहले तो बड़ी राज़दारी और तजस्सुस से ये पूछा कि पुलिस वाले अम्माँ से क्या बातें कर रहे थे। मैंने उनसे कहा कि मैं सो रहा था, इसलिए उनकी बातें नहीं सुन सका। उसके बाद रुख़साना ख़ाला

ने कहा - "तुम चलो मैं थोड़ी देर में आती हूँ।"

वापस जा कर मैनें अम्माँ को ये बात बताई तो अम्माँ ने कहा - "सारा मोहल्ला इसी टोह में लगा हुआ है।"

देर तक इन्तिज़ार करने के बाद रुख़साना ख़ाला नहीं आईं तो अम्माँ ने मुझसे कहा - "अहमद के घर जा कर उसकी मम्मी से पूछो कि क्या वो हमारी मुर्ग़ी ख़रीदेंगी?"

मैंने और नुसरत ने हैरत से अम्माँ की तरफ़ देखा। मुझे यक़ीन नहीं आ रहा था कि अम्माँ हमारी मुर्ग़ी को किसी के हाथ बेच भी सकती हैं।

नुसरत ने कहा - "मैं अपनी मुर्ग़ी नहीं बेचूँगी।"

अम्माँ ने नुसरत को समझाते हुए कहा - "बेटी मुर्ग़ी बिक जाएगी तो दो वक़्त की रोटी का इन्तिज़ाम हो जाएगा और चराग़ जलाने के लिए मिट्टी का तेल भी आ जाएगा। वैसे भी अब दाना मँगवाने के लिए हमारे पास पैसे नहीं हैं। अब्बा आ जाएँगे तो हम फिर मुर्ग़ियाँ पाल लेंगे।"

अम्माँ की ये बातें सुन कर नुसरत ख़ामोश हो गई। अहमद के घर जा कर जब मैंने उसकी मम्मी से ये कहा कि मेरी अम्माँ अपनी मुर्ग़ी बेचना चाहती हैं और पूछ रहीं हैं कि क्या आप उसे ख़रीदेंगी तो अहमद की मम्मी ने कहा - "मुर्ग़ी ले आओ, देखूँ कितनी बड़ी है।"

जानवरों और परिन्दों को तो सब बातें पहले से ही मालूम हो जाती हैं हमारी मुर्ग़ी को पता चल गया होगा कि उसे बेचा जा रहा है इसीलिए वो हमारे हाथ नहीं आ रही थी। उसने घर का कोई ऐसा कोना-खुदरा नहीं छोड़ा जहाँ जा कर छुपने की कोशिश न की हो। हमें देर तक दौड़ाने और थका देने के बाद उस वक़्त पकड़ में आई जब अपने दरबे में घुस कर दुबक गई।

हमारी मुर्ग़ी बड़ी और वज़नी थी। लटका के ले जा पाना मुश्किल था इसलिए मैंने उसे गोद में ले लिया। जब मैं अहमद के घर जा रहा था तो वो मेरे हर क़दम पर कैं-कैं की आवाज़ें निकाल कर मेरी गोद से कूद कर

भाग जाने के लिए बेचैन थी। अहमद की मम्मी ने हमारी मुर्ग़ी का जायज़ा लेने के बाद कहा - "अपनी अम्माँ से कहना मैं इसके पचास रूपए दूँगी।"

घर जा कर मैंने अम्माँ को ये बात बताई तो उन्होंने कहा - "जो दे दें ले आओ।"

मैं मुर्ग़ी को गोद में लिए-लिए फिर अहमद के घर गया और उसकी मम्मी से कहा कि अम्माँ कह रही हैं जो दे दें, ले आओ।

अहमद की मम्मी ने मुझे सुतली दे कर कहा - "इसे अनार के दरख़्त में बाँध दो।"

मैंने सुतली का एक सिरा मुर्ग़ी की टाँग में बाँधा और दूसरा सिरा अनार के तने में और अहमद की मम्मी से पचास रूपए ले कर चला आया।

जब मैं घर पहुँचा और नुसरत दिखाई नहीं दी तो मैं समझ गया कि कोठरी में बैठी रो रही होगी। वो यही करती थी। जब उसे रोना आता तो कोठरी में चली जाती और अंधेरे में बैठ कर रो लेती। उस दिन जब अब्बा की गिरफ़्तारी की ख़बर आई थी तब भी उसने यही किया था। कोठरी में अंधेरा था इसलिए नुसरत मुझे दिखाई नहीं दे रही थी। मैंने कोठरी की खिड़कियाँ खोलीं तो ज़रा रौशनी हुई और दिखाई देने लगी। वो वहाँ खड़ी ख़ूब रो रही थी। उसके कन्धे हिल रहे थे। जब मैं रोता था वो मुझे तसल्ली देने के लिए कभी मेरे कन्धे पर हाथ रख कर खड़ी हो जाती थी और कभी चिपटा लेती थी। उस दिन मैंने भी उसे चिपटा लिया तो वो और रोने लगी।

नुसरत ने कहा - "मुर्ग़ी कहीं और चली जाती, उनके घर न जाती। वो लोग टी०वी० नहीं देखने देते। मुर्ग़ी को भी नहीं देखने देंगे।" मैंने नुसरत से कहा - जब दाना चुगने के लिए बाहर निकला करेगी तो देख लिया करेंगे।"

मेरी बात से नुसरत को ज़रा तसल्ली हुई और वो आँसू पोंछती हुई अम्माँ के पास चली गई।

* * *

सुब्ह अम्माँ ने मुझे पैसे दे कर कहा - "जाओ कल्लू चचा की दुकान से सौदा ले आओ और पैसे कम पड़ें तो कहना कि अब्बा के आते ही भिजवा दूँगी।"

(अब मुझे याद नहीं कि अम्माँ ने क्या-क्या मँगवाया था हाँ ये याद है कि शकर भी मँगवाई थी शकर इसलिए याद रह गई कि कल्लू चचा ने शकर जिस काग़ज़ में बाँध कर दी थी, वो काग़ज़ मैंने कुर्ते की जेब में रख लिया था और वो मनहूस काग़ज़ मेरी ज़िन्दगी का बदनुमा दाग़ बन कर रह गया।) जब मैं सौदा लेने के लिए जाने लगा तो अम्माँ ने नुसरत से कहा - "इसके साथ तुम भी चली जाओ इसे याद नहीं रहता और कुछ का कुछ ले आता है।"

नुसरत ने जल्दी से सर पर दुपट्टा लपेटा और मेरे साथ चल दी। हम लोग अहमद के घर के पास पहुँचे तो नुसरत ने ठिठक कर घूरे की तरफ़ देखते हुए ख़ूब ज़ोर से कहा - "भाई ! वो देखो हमारी मुर्ग़ी के पर पड़े हैं।"

मैंने परों की तरफ़ देखा और हम लोग दौड़ते हुए परों के पास गए। वो चित्तीदार पर वाक़ई हमारी मुर्ग़ी के ही थे। परों के पास मुर्ग़ी के पंजे और सर-पाँव भी पड़े हुए थे। मैंने झुक कर देखा, हमारी मुर्ग़ी की आँखें नीले पपोटों से बन्द थीं और उनमें बेशुमार चीटियाँ चिपटी हुई थीं।

हम लोग दौड़ कर घर गए और अम्माँ को ये बात बताई तो उन्होंने कहा - "उन लोगों से एक दिन भी सब्र न हो सका।"

उसके बाद कुछ सोचते हुए कहा - "ख़ैर.... मुर्ग़ी उनकी हो गई थी। वो पालते या खा जाते। इससे हमें क्या लेना देना। तुम लोग उसका सोग न मनाओ जल्दी जाओ और सौदा ले कर आओ।"

कल्लू चचा की दुकान जाते वक़्त हम गली का मोड़ मुड़ने तक मुड़-मुड़ कर परों को देखते रहे।

कल्लू चचा ने हम लोगों से ये तो नहीं पूछा कि पुलिस वालों ने अम्माँ से क्या-क्या बातें कीं मगर ये पूछा कि पुलिस वाले तुम्हारे घर से क्या-क्या

सामान ले गए। मैं कुछ बताने ही वाला था कि नुसरत ने मेरा हाथ दबा दिया और मैं बोलते-बोलते रह गया।

अम्माँ ने जितना सौदा मँगवाया था उसके हिसाब से हमारे पास पैसे कम थे। मैनें कल्लू चचा से कहा - "अम्माँ ने कहा है जो पैसे कम पड़ेंगे, अब्बा के आने के बाद भिजवा देंगी।" इसके जवाब में कल्लू चचा ने कहा - "सौदा तो मैं दिए दे रहा हूँ मगर अपनी अम्माँ से कहना अगर अब्बा जल्दी नहीं आ सके तो कहीं से भी इन्तिज़ाम करवा के भिजवा दें। मुझे भी सामान ख़रीद कर लाना पड़ता है।"

कल्लू चचा की दुकान से बाहर निकलने के बाद मैंने कहा - "अम्माँ पैसे कहाँ से लाएँगी जो कल्लू चचा को देंगी।"

नुसरत ने कहा - "अल्लाह मियाँ इन्तिज़ाम करवा देंगे।"

जिस वक़्त हम लोग सौदा ले कर घर जा रहे थे, तेज़ हवाएँ चलने लगी थीं। घूरे पर पड़े हुए मुर्ग़ी के छोटे पर इधर-उधर उड़ते फिर रहे थे और बाज़ुओं में लगे पर आहिस्ता-आहिस्ता इस तरह हिल रहे थे जैसे उनका दम निकल रहा हो। जब हम लोग अहमद के घर पास पहुँचे, अहमद अपने दरवाज़े की दहलीज़ पर बैठा बिला तार के टेलीफ़ोन से अपनी ख़ाला के बेटे नोमान से बातें कर रहा था। उसने जैसे ही मुझे देखा टेलीफ़ोन अपने मुँह से हटा के मुझसे कहने लगा - "ये देखो मेरे पापा बिना तार वाला टेलीफ़ोन ले कर आए हैं, इसे मोबाइल कहते हैं।"

नुसरत तो उसके टेलीफ़ोन पर एक निगाह डाल के आगे बढ़ गई। मैं रुक कर देखने लगा। मैं समझा कि वो प्लास्टिक का कोई खिलौना है और अहमद मुझे बेवक़ूफ़ बना रहा है। मैंने उससे कहा - "मुझे बेवक़ूफ़ न बनाओ ये टेलीफ़ोन नहीं कुछ और है।"

अहमद ने कहा - "अगर तुमको यक़ीन न आ रहा हो तो लो नोमान से बात कर लो।"

अहमद ने जल्दी से टेलीफ़ोन अपने मुँह से लगा के कहा - "नोमान

ज़रा इनको बता दो कि ये कुछ और नहीं, टेलीफ़ोन ही है।"

अहमद ने टेलीफ़ोन मेरे कान में लगा के कहा - "इसमें हेलो-हेलो कहो।"

मैंने हेलो-हेलो कहा तो दूसरी तरफ़ से हेलो-हेलो की आवाज़ आई। मैंने फिर हेलो-हेलो कहा तो फिर हेलो-हेलो की आवाज़ आई। जब मैंने आख़िरी बार हेलो-हेलो कहा तो उधर से आवाज़ आई - "चूतिए ज़ोर से बोलो क्या खाना नहीं मिला जो बिल्ली की तरह मियाँऊ-मियाऊँ कर रहे हो।"

ये सुन कर मैंने जल्दी से टेलीफ़ोन अपने कान से हटा दिया।

अहमद ने कहा, "अब यक़ीन आ गया कि बिना तार का असली वाला टेलीफ़ोन है।" उसके बाद टेलीफ़ोन को अपने कान में लगा के कहा - "नोमान! इसकी समझ में नहीं आएगा। ये बेवक़ूफ़ है।"

उधर से नोमान ने शायद ये पूछा होगा कि ये कौन चूतिया है जो बिल्ली की तरह मियाँऊ-मियाऊँ कर रहा था, जिस पर अहमद ने इधर से कहा - "भाई ये जिब्रान है जो मेरे पड़ोस में रहता है।"

फिर उधर से नोमान ने शायद ये कहा होगा कि मैं नहीं समझ पा रहा हूँ। उस पर अहमद ने कहा - "अरे यार, वही जिब्रान जिसके बाथरूम में झाँक कर हम लोग उसकी बहन को नहाते हुए देखते थे।"

नोमान के चूतिया कहने पर मुझे ग़ुस्सा तो आ ही रहा था, अहमद की इस बात पर और आ गया। मैंने उसके मुँह पर ऐसा मुक्का मारा कि उसका टेलीफ़ोन तो दूर जा कर गिरा ही, वो भी लुढ़कनी खा गया। अहमद अपना मोबाइल उठाने लगा और मैं वहाँ से खिसक लिया।

* * *

ये न समझ लेना कि अगर तुम्हारे घर में कोई मर गया है तो किसी के घर में शादियाने नहीं बजेंगे।

हम लोग कल्लू चचा की दुकान से जो सामान ले कर आए थे, उसे नुसरत शीशियों और डिब्बों में रखने लगी। जब उसने शकर डिब्बे में डाल कर पुड़िया वाला काग़ज़ फेंका तो मुझे उसमें दो ख़ूबसूरत आँखें दिखाई दीं। मैंने उस मुड़े हुए काग़ज़ को खोल कर देखा, उसमें किसी हीरोइन की तस्वीर थी। हीरोइन थोड़े-से कपड़े पहने हुए थी और बड़ी ख़ूबसूरत लग रही थी। मैंने काग़ज़ तह कर के इस ख़याल से जेब में रख लिया कि इत्मीनान से तन्हाई में देखूँगा।

नुसरत दलिया बना तो लेती थी मगर उसमें इतना पानी डाल देती थी कि वो साबूदाने की तरह पतला हो जाता था। उसे चम्मच से खा पाना मुश्किल होता था और प्याला या प्लेट मुँह में लगा कर सुड़ुप-सुड़ुप की आवाज़ के साथ पीना पड़ता था।

मुझे दलिया देने के बाद नुसरत ने एक प्लेट में दलिया निकाल कर दूसरी प्लेट से झल कर उसे ठण्डा करते हुए कहा - "अम्माँ को दे दूँ उन्होंने रात में कुछ नहीं खाया था।"

नुसरत दलिया ठण्डा कर के अम्माँ के पास ले गई और ज़रा ही देर के बाद उसने कमरे से झाँक कर कहा - "भाई जल्दी आओ। अम्माँ की तबीअत बहुत ख़राब हो रही है।"

मैंने प्लेट में बचा हुआ दलिया जल्दी से पिया और दौड़ता हुआ

अम्माँ के कमरे में गया। अम्माँ मछली की तरह तड़प रही थीं और नुसरत जल्दी-जल्दी उनकी पीठ सहला रही थी।

अम्माँ ने कराहते हुए मुझसे कहा - "दौड़ कर जाओ और जल्दी से रुख़साना ख़ाला को बुला लाओ।"

मैं दौड़ता हुआ रुख़साना के घर गया और उनसे कहा कि अम्माँ की तबीअत बहुत ख़राब है। वो आपको बुला रही हैं। रुख़साना ख़ाला ने पहले तो ये पूछा कि क्या पुलिस वाले फिर आए थे। उसके बाद कहा - "तुम चलो मैं ज़रा देर में आती हूँ।"

जब मैं रुख़साना ख़ाला के घर से वापस गया तो अम्माँ औंधी पड़ी थीं और नुसरत बदहवासी के साथ उनकी पीठ सहला रही थी। मुझे देखते ही नुसरत ने पूछा - "क्या रुख़साना ख़ाला आ रही हैं?"

"उन्होंने कहा है कि मैं ज़रा देर में आऊँगी।" मैंने बताया तो अम्माँ ने कराहते हुए रूहाँसी आवाज़ में कहा - "सब डरे हुए हैं। तुम चचा जान के घर जाओ अगर वो घर पर हों तो उन्हें बुला लाओ।"

मैं दौड़ता हुआ चचा जान के घर गया। क़ितमीर के डर से बाहर ही रुक कर कुण्डी खटखटाई तो चची जान दरवाज़े पर आईं और उन्होंने कहा - "इतनी ज़ोर-ज़ोर से कुण्डी क्यों खटखटा रहे हो?"

जब मैंने उन्हें बताया कि अम्माँ की तबीअत बहुत ख़राब है और अम्माँ चचा जान को बुला रही हैं तो चची जान ने कहा - "वो अभी किसी काम से गए हुए हैं। अपनी अम्माँ से कहना कुछ देर के बाद आएँगे।"

चचा जान के घर से वापस जा कर जब मैंने अम्माँ को ये बात बताई तो उन्होंने रोते हुए कहा - "ऐ अल्लाह! मुझ पर रहम कर।"

नुसरत भी रोने लगी और मुझे भी रोना आ गया। उसी वक़्त इमाम साहब का ख़याल आया और मैं दौड़ता हुआ मस्जिद गया। उस वक़्त इमाम साहब हुजरे में बैठे कोई हदीस पढ़ रहे थे। मुझे देखते ही उन्होंने पूछा कि क्या पुलिस आई है। मैंने उन्हें बताया कि पुलिस नहीं आई है, मेरी

अम्माँ की तबीअत ख़राब है उनके पेट में बहुत दर्द हो रहा है।

इमाम साहब ने कहा - "मैं ना-महरम क्या कर सकता हूँ। तुम किसी रिश्तेदार के पास जाओ।"

मैं दौड़-दौड़ के थक चुका था और अब मेरी समझ में नहीं आ रहा था कि कहाँ जाऊँ। अहमद के घर इसलिए नहीं गया कि उन लोगों ने मेरी मुर्ग़ी खा ली थी और मैं उनसे बहुत नाराज़ था। आख़िरकार जब थक हार कर घर वापस गया तो देखा नुसरत रो-रो कर अम्माँ के बदन को हिला रही थी मगर अम्माँ के बदन में कोई हरकत नहीं हो रही थी।

हम लोगों के अम्माँ के बदन को हिलाने और उन्हें आवाज़ें देने के बाद भी जब कोई हरकत नहीं हुई तो नुसरत बदहवासी के साथ दौड़ती हुई रुख़साना ख़ाला को बुलाने के लिए चली गई। ज़रा ही देर में रुख़साना ख़ाला आ गईं। उन्होंने आते ही पहले तो अम्माँ की नब्ज़ देखी। उसके बाद नाक पर हाथ रख कर ये समझने की कोशिश की कि साँसे चल रही हैं या वो मर चुकी हैं। उसके बाद उनके होंठ थरथराने लगे और वो अम्माँ के बदन से चिपट कर ज़ोर-ज़ोर से रोने लगीं। रुख़साना ख़ाला के साथ हम लोग भी अम्माँ से चिपट के रोने लगे। अम्माँ की आँखे खुली रह गई थीं। रुख़साना ख़ाला ने आँखों पर हथेली रख कर पुतलियाँ नीचे सरकाईं तो आँखे बन्द हो गईं।

ज़रा देर तक रोने के बाद रुख़साना ख़ाला ने मुझसे कहा - "जल्दी से अपने चचा को बुला कर लाओ।"

मैं दौड़ता हुआ चचा जान के घर गया। चचा जान घर आ चुके थे और लाइब्रेरी में बैठे किताब पढ़ रहे थे। मैंने उन्हें अम्माँ के मरने की ख़बर सुनाई तो वो कुछ देर तक मेरी तरफ़ इस तरह देखते रहे जैसे उनकी समझ में ही नहीं आया हो कि मैंने क्या कहा है। फिर उन्होंने कहा - "तुम चलो मैं आ रहा हूँ।" और वो चची जान को आवाज़ देते हुए कमरे में चले गए।

जिस वक़्त मैं अपने घर वापस गया, वहाँ मोहल्ले के बहुत से लोग

आ चुके थे। मर्द बाहर खड़े थे और औरतें कमरे में एक-दूसरे के पहलू से झाँक-झाँक कर अम्माँ के जनाज़े को देख रही थीं। रुख़साना ख़ाला पंखा झल कर अम्माँ के जनाज़े से मक्खियाँ उड़ा रही थीं। ज़रा देर के बाद चचा जान और चची जान भी आ गए। उनके साथ यूसुफ़ भाई और रुख़सार बाजी भी थे। जब चचा जान कमरे में आए तो पर्दे वाली औरतें वहाँ से हट कर आँगन में चली गईं। कुछ देर तक अम्माँ का जनाज़ा देखने के बाद चचा जान बाहर चले गए। चची जान ने नुसरत से अम्माँ की बीमारी और मरने से पहले की बातें पूछीं। नुसरत रो-रो कर बताने लगी तो मुझे भी रोना आने लगा। मैं कमरे से निकल कर कोठरी में चला गया और अंधेरे में खड़े होकर देर तक रोता रहा।

अम्माँ के आख़िरी दीदार के लिए कहीं से कोई आने वाले तो था नहीं, इसलिए अहमद के डैडी और दूसरे लोगों ने चचा जान को ये मश्वरा दिया कि गर्मी ज़्यादा है, लिहाज़ा बेहतर होगा कि जनाज़ा अस्त्र की नमाज़ के बाद दफ़्ना दिया जाए। चचा जान को ये बात अच्छी लगी और वो जल्दी-जल्दी तदफ़ीन का इन्तिज़ाम करने लगे।

जब अम्माँ का जनाज़ा क़ब्रिस्तान ले जाया जाने लगा तो नुसरत दौड़ती हुई बाहर आई और ख़ूब रोकर कहने लगी- "मैं भी अम्माँ के साथ क़ब्रिस्तान जाऊँगी।"

जब लोगों ने उससे कहा कि लड़कियाँ क़ब्रिस्तान नहीं जातीं तो वो पछाड़ें खाने लगी। रुख़साना ख़ाला ने नुसरत को चिपटाया और समझा-बुझा के अन्दर ले गईं।

क़ब्रिस्तान मेरे घर के क़रीब है। अम्माँ का जनाज़ा ज़रा सी देर में क़ब्रिस्तान पहुँच गया। इमाम साहब ने नमाज़-ए-जनाज़ा पढ़ाई। उसके बाद चचा जान क़ब्र में उतरे। अब दो महरम लोगों की ज़रूरत थी जो अम्माँ के जनाज़े को क़ब्र में उतार सकते। मोहल्ले में अम्माँ का कोई महरम नहीं था इसलिए जनाज़े को क़ब्र में उतारने के लिए कोई आगे नहीं बढ़ रहा था। कुछ देर की पस-ओ-पेश के बाद चचा जान ने अहमद के

डैडी और रफ़ीक़ चचा से कहा - "आप लोग आ जाइए, मजबूरी है क्या किया जाए।"

अहमद के डैडी और रफ़ीक़ चचा ने दूसरा वाला कफ़न अम्माँ की पीठ के नीचे किया और जनाज़ा आहिस्ता-आहिस्ता क़ब्र में उतार दिया।

जिस वक़्त अम्माँ का जनाज़ा क़ब्र में उतारा जा रहा था क़ब्र से ज़रा दूरी पर एक कटी हुई पतंग की डोर का सिरा घास और दरख़्तों को छूता हुआ जा रहा था। दानिश देख रहा था। उसने तेज़ी से दौड़ कर माँझे का सिरा पकड़ के पतंग तान ली। पतंग में माँझा बहुत था। दानिश ने जल्दी-जल्दी पतंग उतारी और माँझे का तिकल्ला करने लगा। तिकल्ला करते वक़्त अम्माँ की क़ब्र की तरफ़ देखता जा रहा था कि कहीं क़ब्र में मिट्टी तो नहीं डाली जा रही है। जिस वक़्त क़ब्र में मिट्टी डाली जाने लगी उस वक़्त तक वो तिकल्ला कर चुका था। उसने तिकल्ला जेब में रख कर पतंग उठायी और आकर चुपके से सबके पीछे खड़ा हो गया। वो पतंग को अपने पीछे छिपाए था मगर काँपें दिखाई दे रही थीं। पतंग ख़ूब बड़ी और ख़ूबसूरत थी। उस दिन अगर मेरी अम्माँ की जगह दानिश की अम्माँ मरी होतीं तो पतंग मुझे मिल गई होती।

जब चचा जान ने अम्माँ को क़ब्र में ठीक से लिटा दिया तो इमाम साहब ने कहा - "चेहरे का रूख क़िबले की तरफ़ कर दीजिए।"

चचा जान ने अम्माँ के चेहरे का रूख़ क़िबले की तरफ़ कर दिया। उसके बाद अहमद के डैडी ने चचा जान को पटरे पकड़ाए। मुझे याद है कि अम्माँ की क़ब्र के लिए सात पटरे बनवाए गए थे। ये बात मुझे इसलिए याद रह गई कि पटरों पर नम्बर लिखे थे। छः नम्बर का पटरा रखे जाने तक अम्माँ का जनाज़ा दिखाई दे रहा था। जब सातवाँ पटरा रखा गया तो जनाज़ा बिल्कुल छुप गया। पटरा बराबर करने के बाद चचा जान क़ब्र के अन्दर से ऊपर आए और क़ब्र में मिट्टी डाली जाने लगी तो मुझे रोना आ गया। चचा जान ने मुझे चिपटाया और मेरे सर पर हाथ रख कर तसल्ली दी। इमाम साहब ने कहा - "रोने से तुम्हारी अम्माँ की रूह को तकलीफ़

पहुँचेगी। रो मत। उनकी मग़फ़िरत की दुआ करो।"

गोरकन ने फावड़े से मिट्टी खींच कर क़ब्र ऊँची और सुडौल कर दी तो चचा जान ने दूसरा वाला कफ़न क़ब्र पर फैला दिया। उसके बाद सबने हाथ उठाकर अम्माँ की मग़फ़िरत की दुआ की। मैंने अल्लाह मियाँ से कहा कि मेरी अम्माँ को जन्नत में रहने के लिए ख़ूब अच्छी जगह दीजिएगा।

फ़ातिहा के बाद इमाम साहब दरख़्त के साए में खड़े होकर ज़िन्दगी और मौत पर तक़रीर करने लगे। धूप बहुत तेज़ थी, इसलिए कुछ लोग चले गए और कुछ लोग पहलू बदल-बदल कर और माथे का पसीना पोंछ-पोंछ कर तक़रीर सुनने लगे। जब इमाम साहब की तक़रीर ख़त्म हुई और सब लोग जाने लगे तो मैं मुड़ कर क़ब्र को देखने लगा। चचा जान ने मेरे कन्धे पर हाथ रख कर कहा - "चलो हम लोग कल फिर फ़ातिहा पढ़ने आएँगे।"

जिस दिन मेरी अम्माँ मरी थीं, उस दिन की एक और बात मुझे याद है। उसी दिन ज़ीशान की बहन की शादी थी। घर जाते वक़्त मैंने देखा क़ब्रिस्तान से निकलने के बाद आलिम साहब ज़ीशान के अब्बा के साथ निकाह पढ़ाने जा रहे थे।

मुझे ज़ीशान की बहन की शादी में न जाने का बहुत दुख था। शादी में हम लोगों का बुलावा आया था। मैं और नुसरत बहुत दिनों से शादी में जाने की तैयारियाँ कर रहे थे। मैंने अपना पीला वाला कुर्ता और पाजामा इसीलिए एक बार भी नहीं पहना था कि उसे शादी में पहनूँगा। नुसरत ने अपने जम्पर पर अम्माँ से लचका गोटा लगवा लिया था और उसे शादी के लिए सेंत के रख दिया था।

अम्माँ को दफ़्नाए जाने के बाद जब मैं चचा जान के साथ घर पहुँचा, मोहल्ले के और लोग जा चुके थे। सिर्फ़ रुख़साना ख़ाला रह गई थीं वो चची जान से अब्बा के बारे में राज़दाराना तरीक़े से कोई बात कर रही थीं। चचा जान को देखते ही ख़ामोश हो गईं।

रुख़साना ख़ाला अपने घर से खिचड़ी पका कर ले आई थीं। उन्होंने मुझसे और नुसरत से कहा - "तुम लोग हाथ-मुँह धोकर खिचड़ी खा लो।"

मुझे अम्माँ के मरने का बहुत दुख था। मगर दिन भर दौड़ने-भागने की वजह से भूख भी लग रही थी इसलिए मैं ज़्यादा इंकार नहीं कर सका। मगर नुसरत इंकार करती रही। जब चचा जान और रुख़साना ख़ाला ने उसे समझाते हुए ये कहा कि अगर तुम खाना नहीं खाओगी तो अम्माँ की रूह को तकलीफ़ पहुँचेगी तो वो खाने बैठ गई। जिस वक़्त हम लोग खिचड़ी खा रहे थे गोले दाग़ने की आवाज़ें आईं। उसके बाद शादियाने बजने लगे। रुख़साना ख़ाला ने कहा - "अब किसी को किसी के मरने का ग़म नहीं होता।"

जब हम लोग खिचड़ी खा चुके तो चचा जान ने कहा - "तुम लोग अपना ज़रूरी सामान ले लो और हमारे साथ चलो।"

चची जान ने चौंक कर चचा जान की तरफ़ देखा तो चचा जान ने कहा - "अब ये दोनों यहाँ अकेले कैसे रह पाएँगे।"

चची जान ने उनकी बात का कोई जवाब तो नहीं दिया मगर उनके चेहरे से ये लग रहा था कि वो चचा जान के फ़ैसले से मुत्तफ़िक़ नहीं थीं। हमारे पास ज़रूरी सामान में चप्पलों और कपड़ों के अलावा और तो कुछ था नहीं। चप्पलें तो मैं पहने ही हुए था। हाँ कपड़े जो इधर-उधर पड़े थे, समेट कर एक पोटली बना ली। और जब मैंने तख़्त के नीचे से वो चप्पलें निकालीं जिनके पट्टों में सुतली बँधी हुई थी तो चची जान ने कहा - "क्या अब ये कूड़ा-कबाड़ भी ले चलोगे?"

मैंने वो चप्पलें तख़्त के नीचे फेंक दीं। नुसरत ने अपने कपड़े सलीक़े से तह कर तख़्त पर रखे। अपनी वो चप्पलें उठाईं जो ईद में पहनने के लिए अब्बा के साथ ले कर आई थी। खूँटी से अम्माँ का बुर्क़ा उतार कर कपड़ों के साथ रखा और दौड़ कर वो टेढ़ी पटरी उठा लाई जिस पर अम्माँ बैठा करती थीं।

चची जान ने कहा कि ये पटरी किस काम आएगी तो नुसरत रोने लगी और उसने पटरी को अपने सीने से चिपटा के कहा - "ये मेरी अम्माँ की पटरी है। मैं इसे अपने पास रखूँगी।"

चचा जान ने नुसरत के सर पर हाथ रख कर कहा - "कोई बात नहीं। तुम इसे ले चलो।"

हमने अपने सामान की पोटलियाँ उठाईं और दरवाज़े में ताला लगा के चचा जान के घर की तरफ़ चल दिए।

* * *

जब मैं और नुसरत अपनी पोटलियाँ ले कर चचा जान, चची जान, यूसुफ़ भाई और रुख़सार बाजी के साथ उनके घर में दाख़िल हुए तो क़ितमीर दीवानों की तरह दौड़ता हुआ हमारे पास आया। अपने घर वालों को देख कर तो वो बहुत ख़ुश हुआ। उनके पाँवों को सूँघ-सूँघ कर ख़ूब दुम हिलाई मगर मुझे और नुसरत को देख कर उसके तेवर बदल गए और हमें आँखे दिखा के ग़ुर्राने लगा। जब चचा जान ने डाँटा तो गर्दन झुका के किनारे हट गया। मगर टेढ़ी नज़रों से देखता रहा। कुछ देर के बाद जब उसे यक़ीन हो गया कि हम लोग ग़ैर नहीं और वहाँ रहने के लिए आए हैं, तब ज़रा-ज़रा दुम हिलाने लगा।

* * *

माँ के मरने का ग़म क्या होता है ये वही जान सकता है जिसकी माँ मर गई हो।

चचा जान का घर बहुत बड़ा था। उसमें चार कमरे थे। एक कमरे में चचा जान और चची जान सोते थे। एक कमरे में यूसुफ़ भाई और रुख़सार बाजी। एक बाहरी कमरा था जिसे चचा जान के घर के सब लोग ड्रॉइंग रूम कहते थे। यहाँ टी०वी० रखा था और उसी में मेहमानों को बिठाया जाता था। ड्रॉइंग रूम में दो दरवाज़े थे। एक घर के अन्दर जाने के लिए और दूसरा मेहमानों के आने के लिए ताकि मेहमान ड्योढ़ी से सीधे ड्रॉइंग रूम में दाख़िल हो सकें। इस ड्रॉइंग रूम की ख़ूबी ये थी कि इसमें एक बड़ी सी खिड़की थी, जिसके पट खोल देने से आम का दरख़्त और आसमान दिखाई देते थे। ड्रॉइंग रूम से मिला हुआ एक और ज़रा छोटा कमरा था, जिसमें चचा जान की किताबें रखी थीं। इसे चचा जान लाइब्रेरी और कुतुबख़ाना कहते थे। यहाँ बैठ कर चचा जान रुख़सार बाजी और यूसुफ़ भाई को पढ़ाते थे। (बाद में वो मुझे और नुसरत को भी उर्दू और थोड़ी-थोड़ी अंग्रेज़ी पढ़ाने लगे थे।)

हम लोगों को पढ़ाने के बाद चचा जान वहाँ रात को देर तक बैठ कर किताबें पढ़ते रहते थे। एक बड़ा सा बावर्ची ख़ाना था जिसे चचा जान के घर वाले किचेन कहते थे। यहाँ गैस से खाना पकाया जाता था। बावर्चीख़ाने के क़रीब एक मेज़ और उसके चारों तरफ़ कुर्सियाँ पड़ी हुई थीं जिन पर बैठ कर सब लोग खाना खाते थे। यहीं पर एक फ्रिज रखा था जिसमें खाने-पीने का सामान और पानी की बोतलें रखी रहती थीं।

सब से किनारे पर एक स्टोर था, जिसमें बेकार या फिर ऐसा सामान रखा जाता था जो कभी-कभार काम आता था। इनके अलावा लाल खपरैल वाला बड़ा सा बरामदा था जिसमें पलंग बिछे रहते थे। जाड़ों के दिनों में सब लोग कमरों में सो जाते थे मगर गर्मी और बरसात के दिनों में जब लाइट नहीं आ रही होती थी तो बरामदे या आँगन में सोते थे। बरामदे के एक कोने में दादी माँ का पलंग पड़ा रहता था, जिस पर दादी माँ लेटी तस्बीह के दाने गिना करती थीं। उन्हें सर्दी तो लगती थी मगर गर्मी नहीं लगती थी।

चचा जान के घर में एक और अच्छी बात ये थी कि यहाँ तीन पाख़ाने थे। एक पाख़ाना चचा जान और चची जान के कमरे में, एक यूसुफ़ भाई रुख़सार बाजी के कमरे में और एक ड्योढ़ी के पास था जो मेरे और नुसरत के इस्तेमाल में आता था। चचा जान के घर वाले उन्हें लैटरीन कहते थे। बाद में जब चची जान ने मुझे टोक कर ये कहा कि तुम सुन कर भी नहीं सीखते हो तो मैं भी लैटरीन कहने लगा। ये पाख़ाने हमारे घर के जैसे नहीं थे। उनकी दीवारें और फ़र्श पर सफ़ेद पत्थर लगे थे और लोटे या बाल्टी से पानी नहीं डाला जाता था बल्कि प्लास्टिक के डिब्बे लगे थे जिनके बटन दबाने पर पानी निकलता था और गन्दगी साफ़ हो जाती थी।

एक बड़ा सा आँगन था जिसके तीन तरफ़ फूलों के दरख़्तों की क्यारियाँ थीं यहाँ हर मौसम में फूल खिलते रहते थे और सारे घर में ख़ुशबू फैली रहती थी। उन क्यारियों के बीच में घर से बाहर जाने के लिए लाल ईंटों का पगडण्डी जैसा रास्ता बना दिया गया था जिसके आख़िर में दीवार के पास आम का एक ठिठुरा हुआ दरख़्त था जो आँगन की तरफ़ झुक गया था और उसके तने में थोनी लगा दी गई थी ताकि और न झुक जाए। अंधेरे में उसे देख कर ऐसा लगता था कि जैसे कोई बूढ़ा आदमी लाठी के सहारे खड़ा हो। इस दरख़्त के नीचे क़ितमीर की झोंपड़ी बना दी गई थी। हालाँकि वो इस झोंपड़ी में कम ही बैठता था। दिन भर सबकी शक्लें देख कर दुम हिलाता रहता और दुम की तरफ़ लपक-लपक कर मक्खियों को

चबा डालने की कोशिश में मुँह से कटाक-कटाक की आवाज़ें निकालता रहता। ज़्यादा गर्मी होती तो किसी ठण्डी क्यारी में पड़ कर सो जाता या लाइब्रेरी के दरवाज़े पर बैठ जाता और थूथन को पंजों पर रख कर चचा जान को किताबें पढ़ते हुए देखता रहता।

मैं ये सब बातें बताने बैठ गया और ये नहीं बताया कि मेरे और नुसरत के रहने का इन्तिज़ाम कहाँ किया गया। चचा जान तो ये चाहते थे कि हम लोग दादी माँ के पास रहें मगर चची जान ने कुछ आगा-पीछा सोच कर कहा कि इन लोगों का वहाँ पर रहना मुनासिब नहीं है। इनके रहने का इन्तिज़ाम स्टोर में कर दिया जाए। इसलिए स्टोर का कुछ सामान पीछे खिसका के हम लोगों के लेटने के लिए वो तख़्त वहाँ डाल दिया गया, जो चचा जान हमारे घर से उठवा के लाए थे। तख़्त के पास कोने में बिजली का पंखा रख दिया गया। स्टोर की दीवार में दो कीलें ठोंक दी गईं जिनमें नुसरत और मैं अपने कपड़े टाँगने लगे। इस स्टोर में एक रौशनदान था जिसका पट खोल देने पर हवा आती थी और तख़्त पर लेटे-लेटे थोड़ा आसमान देखा जा सकता था। चूँकि उससे धूल मिट्टी आ जाती थी, इसलिए आमतौर पर ये बन्द रहता था। जब ज़्यादा गर्मी और उमस होती तो मैं काठ-कबाड़ पर चढ़ कर रौशनदान का पट खोल दिया करता था और सुब्ह दरवाज़ा खोलने से पहले बन्द कर देता था।

चचा जान के घर में किसी को ज़्यादा बोलने की आदत नहीं थी। क़ितमीर भी दुसरे कुत्तों की तरह हर वक़्त नहीं भौंकता था। मगर जब भौंकता तो आवाज़ ऐसे गूँजती जैसे उसके मुँह में भोंपू लगा हो। वो अच्छी नस्ल का था। वहाँ एक दादी अम्माँ ही थी जिन्हें बातें करने का शौक था मगर वो ऊँचा सुनती थीं और कुछ समझ भी नहीं पाती थीं इसलिए चचा जान के घर वाले उनसे बातें करते हुए घबराते थे। शुरू-शुरू में, जब चचा जान बच्चों को पढ़ाने के लिए स्कूल चले जाते, यूसुफ़ भाई और रुख़सार बाजी भी पढ़ने के लिए अपने स्कूल चले जाते और घर में सन्नाटा हो जाता तो मैं और नुसरत दादी माँ के पास बैठ जाते और उनके कान में मुँह

लगा के ज़ोर-ज़ोर से बातें किया करते मगर जब एक दिन चची जान ने ये कहा कि तुम लोग हर वक़्त पंचायत क्यों करते रहते हो, कुछ काम-धाम करो, तब से नुसरत घर के काम-काज में चची जान का हाथ बटाने के साथ-साथ दादी माँ की देख-भाल करने लगी और मैं दौड़-दौड़ कर बाहर से सौदा-सुलफ़ लाने लगा।

ख़ाली वक़्त में मैं और नुसरत स्टोर में बैठ कर अम्माँ, अब्बा और मुर्ग़ी चूज़ों की बातें करते रहते। मुझे तो इतना रोना नहीं आता था मगर नुसरत जब भी अम्माँ और अब्बा की बातें करती तो रोने लगती। मेरी समझ में नहीं आता कि मैं क्या करूँ। उसे रोते हुए देखता रहता। ख़ूब रो लेने के बाद वो सो जाती।

जब चची जान दोपहर के खाने के बाद कमरे का दरवाज़ा बन्द कर के सो जातीं तो हम चुपके से जा कर दादी अम्माँ के पास बैठ जाते और अपने मुँह पर हाथों की आड़ कर के उनसे बातें करने की कोशिश करते ताकि चची जान को पता न चल सके कि हम लोग दादी माँ से बातें कर रहे हैं। दादी माँ कुछ बातें सुन लेती थीं और कुछ नहीं सुन पाती थीं। वो ये जानती थीं कि चची जान को ज़ोर-ज़ोर से बातें करना अच्छा नहीं लगता है इसलिए तस्बीह के दाने घुमा-घुमा के वो भी इस तरह बोलतीं जैसे राज़दारी की बातें कर रही हों।

चचा जान ने हम लोगों से कह दिया था कि उनसे अब्बा के बारे में कोई बात न करना। इसलिए हम दादी माँ से अब्बा की बातें नहीं करते थे। हाँ अम्माँ के मरने की बात शायद चचा जान ने उन्हें बता दी थी और वो उनके बारे में पूछती रहती थीं। उन्हें कुछ याद तो रहता नहीं था। इसलिए एक ही बात बार-बार पूछती थीं। क्या बीमारी हो गई थी, कब मरीं, वलीद ने तुम लोगों को यहाँ रहने के लिए क्यों भेज दिया। नुसरत उनसे ये कह देती थी कि वो जमाअत में गए हैं। ज़्यादा दिनों के बाद वापस आएँगे। इसलिए हम लोगों को यहाँ भेज दिया है।

दादी माँ ये बात पूछती रहती थीं कि जब वलीद जमाअत में जाता

है तो तुम लोगों के लिए खाने-पीने की चीज़ें लाता है या ख़ाली हाथ ही चला आता है तो नुसरत अपनी पसन्द की मिठाइयों के नाम ले कर कभी ये कहती कि हलवा सोहन ले कर आते हैं कभी कहती बेसन की पपड़ी लाते हैं और कभी कह देती कि क़लाक़न्द ले कर आते हैं। दादी माँ की आँखों में चमक आ जाती और वो कहतीं - "अब की लाए तो मेरे लिए भी ले कर आना।"

नुसरत ख़ामोश हो जाती क्योंकि उसे पता था कि अब्बा जेल में हैं और अब वो कुछ नहीं ला पाएँगे। दादी माँ बड़ी चटोरी थीं। उनका हर वक़्त कुछ न कुछ खाते रहने को जी चाहता रहता था। जब हम लोग जा कर उनके पास बैठते तो चुपके से कहतीं, ज़रा फ्रिज से कोई मीठी चीज़ निकाल लाओ।

नुसरत चची जान की इजाज़त के बिना पानी के अलावा कोई चीज़ नहीं निकालती थी। इसलिए वो दादी माँ की बात अनसुनी कर देती मगर मैं चुपके से फ्रिज खोल कर अंगूर, मिठाई या कोई दूसरी मीठी चीज़ निकाल कर ख़ुद भी खाता था और दादी माँ को खिलाता था। नुसरत नहीं खाती थी। कहती थी - "भय्या मैं नहीं खाऊँगी। अगर चची जान को पता चल गया तो नाराज़ होंगी और गुनाह भी पड़ेगा।"

दादी माँ के पास चचा जान के दिए हुए थोड़े बहुत पैसे रहते थे जिन्हें वो सबसे छुपा के तकिए के नीचे रखती थीं। इसीलिए मुझसे चौकन्ना रहती थीं और सिरहाने नहीं बैठने देती थीं। जब कभी मैं सिरहाने की तरफ़ बैठ जाता तो आँखें दिखा के कहतीं - "तुम फिर सिरहाने बैठ गए, पैंताने बैठो।"

दरअसल दादी माँ मुझे सिरहाने इसलिए नहीं बैठने देती थीं क्योंकि उन्हें मुझ पर भरोसा नहीं और सोचती होंगी कि कहीं मैं उनके पैसे न चुरा लूँ। इसकी वजह ये थी कि जब दादी माँ चलती-फिरती थीं तो यूसुफ़ भाई के साथ रिक्शे पर बैठ कर हमारे घर आ जाया करती थीं। उन दिनों उनके दुपट्टे के पल्लू में पैसे बँधे रहते थे। एक दिन जब वो तख़्त पर

बैठी अम्माँ से बातें कर रही थीं और पल्लू नीचे लटक रहा था, मैं आड़ में पंजों के बल बैठ कर पल्लू की गिरह खोल कर पैसे निकालने लगा और तवाज़ुन बिगड़ जाने की वजह से फ़र्श पर औंध गया। गाँठ खुल चुकी थी, इसलिए सिक्के और नोट फ़र्श पर गिर गए। दो-एक सिक्के फ़र्श पर इधर-उधर दौड़ने और नाचने लगे। दादी माँ ने जल्दी से दुपट्टा समेट कर पल्लू देखा फिर झुक कर नोट और सिक्कों की तरफ़ देखते हुए अम्माँ से कहने लगीं - "अरी, तुम्हारा लड़का तो अभी से डकैतियाँ डालने लगा।"

अम्माँ ने तख़्त पर से कूद कर मेरे मुँह पर दो-चार तमाचे मारे, बाल नोचे और कान पकड़ कर घर के दरवाज़े से बाहर निकाल कर दरवाज़ा बन्द करते हुए कहा - "अब जाओ, ख़ूब चोरियाँ करो और डकैतियाँ डालो।"

उस दिन गर्मियों की पूरी दोपहर मैंने कहाँ गुज़ारी, क्या-क्या किया और रात को अब्बा ने मेरी क्या दुर्गत बनाई, ये एक अलग कहानी है। ख़ैर! उस दिन के बाद से दादी माँ को मुझसे चिढ़ हो गई थी जब उनके क़रीब जाता तो मुझे शक की नज़र से देखतीं और अपने दुपट्टे के पल्लू को इस तरह सँभालने लगती थीं जैसे मैं कोई नापाक जानवर हूँ।

यूसुफ़ भाई और रूख़सार बाजी चार बजे तक स्कूल से वापस आ जाते थे। उनके दरवाज़े पर क़दम रखते ही क़ितमीर को पता चल जाता था कि वो लोग आ रहे हैं और वो दीवानों की तरह दौड़ता हुआ दरवाज़े पर पहुँच जाता। ख़ूब उछलता-कूदता और उनसे चिपटने लगता। वो लोग ज़रा देर तक उसके नाज़-नख़रे उठाते फिर डाँट देते और क़ितमीर सर झुका के किनारे बैठ जाता। दोनों कमरे में जा कर कपड़े बदलते। खाना खा कर ज़रा देर के लिए सो जाते, फिर उठ कर शतरंज खेलने बैठ जाते। उन्हें घर के काम-काज या बाहर के खेल-कूद में ज़्यादा दिलचस्पी नहीं थी। मुझसे और नुसरत से ज़्यादा बातें भी नहीं करते थे। अम्माँ उन्हें पढ़ाकू कहती थीं और उन लोगों की मिसाल दे कर मुझसे कहा करती थीं कि एक जमील भाई के बच्चे हैं जो किसी ख़ुराफ़ात में नहीं पड़ते और अपने काम

से काम रखते हैं और एक तुम हो कि हर वक़्त खेल-कूद और पतंगबाज़ी में सरगर्दां रहते हो। देखना एक दिन वो लोग पढ़-लिख कर अपने माँ-बाप और ख़ानदान का नाम रौशन करेंगे और तुम घास खोदोगे।

यूसुफ़ भाई और रुख़सार बाजी के आने के बाद चचा जान भी अपने स्कूल से वापस आ जाते। चचा जान के आने की मुझे तो ख़ुशी होती ही थी, क़ितमीर भी बहुत ख़ुश होता था वो दौड़ कर पहले तो उनके जूतों को सूँघता, फिर पिछली टाँगों पर खड़ा होकर गोद में जाने की कोशिश करने लगता ऐसा ख़ुश होता जैसे उन्हें बरसों के बाद देख रहा हो। चचा जान को भी उसके साथ खेलने में मज़ा आता। कुछ देर तक क़ितमीर के साथ खेलने के बाद चचा जान नहाने-धोने और कपड़े बदलने के बाद ड्रॉइंग रूम में बैठ कर चाय पीते और टी०वी० पर ख़बरें सुनते। ख़बरें सुनने के बाद टी०वी० बन्द कर के हम लोगों को पढ़ाने बैठ जाते। उसके बाद सब लोग साथ बैठ कर खाना खाते।

एक दिन जब हम लोग खाना खा रहे थे तो चचा जान ने चची जान से कहा कि मैं सोचता हूँ इन दोनों का स्कूल में ऐडमिशन करा दूँ। इस पर चची जान ने कहा कि दाख़िला करा देना तो आसान है मगर उसके बाद क़लम, किताबें, स्कूल की ड्रेस और वैन के किराए के ख़र्च कहाँ से पूरे होंगे। अपने बच्चों के ही इतने ख़र्चे हैं कि कुछ दिनों के बाद माली परेशानी पेश आ जाती है और फिर जब उनके अब्बा ही उनको दुनियावी तालीम नहीं दिलवाना चाहते थे और मदरसे में पढ़ा कर हाफ़िज़-ए-क़ुरान बनाना चाहते थे तो आपको क्या पड़ी है कि स्कूल में इनके एडमिशन कराएँ। इनके अब्बा जेल से छूट कर आएँगे तो ख़ुद इनका अच्छा बुरा सोचेंगे।

ये बातें करने के बाद चची जान, यूसुफ़ भाई और रुख़सार बाजी से उनके स्कूल की बातें करने लगीं और चचा जान उठ कर लाइब्रेरी में चले गए।

चचा जान ने मुझे थोड़े ही दिनों में अंग्रेज़ी और हिन्दी के साथ इतनी उर्दू सिखा दी कि मैं बच्चों की कहानियाँ पढ़ने लगा। नुसरत तो ख़ैर पहले

से ही उर्दू की किताबें आसानी के साथ पढ़ने लगी थी लेकिन मैं अटक-अटक कर पढ़ता था। जो लफ़्ज़ समझ में नहीं आता, नुसरत से पूछता।

नुसरत की भी समझ में न आता तो उसके नीचे पेंसिल से निशान बना देता और बाद में चचा जान से पूछ लेता। चचा जान ने मुझे और नुसरत को बच्चों की किताबें दीं और कहा पहले ये पढ़ो। जब मुश्किल अल्फ़ाज़ समझ में आने लगेंगे तो बड़ों की किताबें पढ़ने के लिए दूँगा। मुझे किताबें कहानियाँ पढ़ने-पढ़ाने का शौक नहीं था मगर चचा जान को पढ़ते हुए देख कर मैं भी पढ़ने लगा और फिर इतना मज़ा आने लगा कि जब भी वक़्त मिलता किताब ले कर बैठ जाता। अगर रात को लाइट आ रही होती तो पढ़ते-पढ़ते सो जाता।

चचा जान के पास किताबें भी ऐसी उम्दा और मज़ेदार थीं कि उन्हें बार-बार पढ़ने को जी चाहता था। बोस्ताँ की कहानियाँ, क़िस्सा गुल-ए-बकाउली, अल्फ़ लैला और जाने कौन-कौन सी किताबें थीं जिनके नाम मुझे याद नहीं रहे। कुछ तो ऐसी किताबें थीं जिनके नाम ही पढ़ना मुश्किल था।

चचा जान लाइब्रेरी में बैठे कोई किताब पढ़ रहे होते और मैं उनसे कोई लफ़्ज़ पूछने जाता तो कभी-कभी अपने पास बैठा लेते और ख़ूब बातें करते। उन्होंने ये बताया कि मैं बचपन में पतंगे उड़ाता था, लट्टू नचाता था और शरारतें भी ख़ूब करता था। जब अपनी शरारतों के क़िस्से सुनाते तो मुझे बड़ा मज़ा आता था।

एक दिन मैंने चचा जान से पूछा क्या आपके पास 'मौत की किताब' भी है (मुझे वो किताब याद आ गई थी जो अब्बा ने ला कर दी थी।) चचा जान ने मुस्कुराकर कहा - "बेटे मेरे पास ज़िन्दगी की किताबें हैं।"

चचा जान के घर में गुज़ारे हुए दिन ज़रा देर का ख़्वाब मालूम होते हैं।

* * *

चची जान ने काम के बग़ैर घर से बाहर जाने पर पाबन्दी कर रखी

थी इसलिए घर ही में रहता था। हाँ, ये ज़रूर था कि जब किसी दिन दादी माँ नुसरत को पैसे दे कर कोई चीज़ मँगवाती थीं तो चुपके से दुकान जा कर जल्दी से वापस आ जाता था। ख़ाली वक़्त में नुसरत से बातें करता या किताब पढ़ता रहता। जब चची जान आराम करने के लिए अपने कमरे में जा कर दरवाज़ा बन्द कर लेतीं तो नुसरत जा कर दादी माँ के पास बैठ जाती मैं क़ितमीर के साथ खेलने लगता। क़ितमीर भी इसी इन्तिज़ार में रहता। वो मक्खियों से परेशान होकर किसी कोने में बैठा होता या साए में बैठ कर आम के दरख़्त पर बोलते हुए परिन्दों को देख रहा होता। मेरी सीटी और चुटकी की आवाज़ पर तेज़ी से दौड़ता हुआ आता, ख़ूब उछलता-कूदता मेरे चारों तरफ़ चक्कर लगाता। जब ज़्यादा जोश में होता तो भौंक-भौंक कर कोई बात कहता ये सोच कर चची जान उसकी आवाज़ सुन कर बाहर न आ जाएँ मैं अपने होठों पर उँगली रख कर ख़ामोश रहने का इशारा करता और कहता - "भौंको मत। चची जान सो रही हैं, जाग जाएँगी।" तो वो ख़ामोशी के साथ खेलने लगता। जब वो दोनों पाँव उठा कर मेरे कन्धों पर रखने की कोशिश करता तो मैं उससे कहता - "पाँव नीचे करो। मेरे कपड़े गन्दे हो जाएँगे।" तो वो जल्दी से पाँव नीचे कर लेता।

चचा जान रोज़ाना फ़ज्र की नमाज़ के बाद क़ितमीर को सैर कराने के लिए बाहर ले जाते। क़ितमीर के साथ किसी-किसी दिन मुझे भी ले जाते।

एक दिन सैर करते वक़्त मैंने चचा जान से पूछा क्या जानवर सब बातें समझते हैं तो चचा जान ने कहा - "हाँ सब समझते हैं उनके जज़्बात भी होते हैं। तुमने देखा नहीं कि जब बन्दर का बच्चा मर जाता है तो वो अपने मुर्दा बच्चे को चिपटा के घूमता रहता है और जब कोई परिन्दे के बच्चे को पकड़ लेता है तो उसके माँ-बाप कितने परेशान हो जाते हैं। हाँ ये ज़रूर है कि जानवर और परिन्दे उन्हें ज़्यादा दिनों तक याद नहीं रख पाते।"

चचा जान के मरने के बाद मुझे यक़ीन हो गया कि जानवर सोचते हैं और उनके भी जज़्बात होते हैं।

चचा जान के घर में मेरा ज़्यादा वक़्त क़ितमीर के साथ गुज़रा। मैं उसे कभी भुला नहीं सकूँगा। वो अक्सर मेरे ख़्वाबों में आता है और इस तरह उछलता, कूदता और अपने बदन से चिपटता हुआ देखता हूँ जैसे सचमुच उसे देख रहा हूँ।

उस दिन सैर करते वक़्त चचा जान ने मुझसे कहा - "तुम्हारे अब्बा ने तुम्हारा नाम बहुत अच्छा रखा है।" और उन्होंने पूछा कि क्या तुमको मालूम है कि जिब्रान कौन थे।

"नहीं।" मैंने कहा।

"वो एक अदीब और मुफ़क्किर थे। उनका पूरा नाम ख़लील जिब्रान था। मुफ़क्किर जानते हो किसे कहते हैं?"

"नहीं।" मैंने कहा।

"फ़िक्र करने और अच्छी-अच्छी बातें सोचने वाले को मुफ़क्किर कहते हैं। जब बड़े हो जाना तो उनकी किताबें पढ़ना। उससे समझ-बूझ आएगी, ज़ेहन बेदार होगा और तुम दुनिया को ज़्यादा बेहतर ढंग से समझ सकोगे।"

चचा जान दूसरे-तीसरे महीने दिल्ली और गुजरात जाया करते थे। चची जान को उनका जाना अच्छा नहीं लगता था। वो चचा जान के जाने के बाद कुछ उखड़ी-उखड़ी सी रहती थीं। मुझे और नुसरत को ज़रा-ज़रा सी बात पर डाँट देतीं इसलिए उन दिनों हम दोनों उनसे दूर-दूर रहते थे। पैसों के ख़र्च के अलावा चची जान को इस बात की भी फ़िक्र थी कि कहीं चचा जान भी किसी मुसीबत में न पड़ जाएँ। एक दिन खाना खाते वक़्त चची जान ने मेरे और नुसरत के सामने कहा ज़रूरी नहीं है कि वलीद पर लगाया गया इल्ज़ाम ग़लत ही हो। चचा जान ने कोई जवाब नहीं दिया और उठकर लाइब्रेरी में चले गए।

जब आख़िरी बार चचा जान गुजरात से वापस आए तो उन्होंने वहाँ की बहुत सी बातें करने के बाद चची जान को ये भी बताया कि रिहाई

कराने वाली तंज़ीम ने मुसलमान वकील के साथ-साथ एक बड़ा हिन्दू वकील कर लिया है जिसने कुछ दिन पहले चार मुसलमानों को रिहा कराया है।

इस पर चची जान ने कहा - "तंज़ीम वालों को पैरवी करने दीजिए आपको अदालतों के चक्कर लगाने की क्या ज़रूरत है।"

चचा जान ने कहा - "अब जो भी हो, हाथ पर हाथ रख कर नहीं बैठा जा सकता। आख़िर को वो है तो मेरा भाई ही।"

इस पर चची जान को ग़ुस्सा आ गया और उन्होंने कहा - "मालूम नहीं कैसा भाई है उसने तो कभी आपको भाई नहीं समझा। आपको गुमराह और बिदअती कहता रहा। मेरी बे-पर्दगी पर ऐसा नाराज़ था कि मुझसे बात तक करना गवारा नहीं करता था। हद तो ये है कि बूढ़ी और लाचार माँ तक की ख़ैर-ख़बर नहीं लेता था। बीवी-बच्चों तक पर यहाँ आने की पाबन्दी लगा रखी थी और एक आप हैं कि उसके और उसके बच्चों के लिए परेशान हुए जा रहे हैं।"

चचा जान ने चची जान की इन बातों का कोई जवाब नहीं दिया। वो ख़ामोशी से खाना खा के उठे और लाइब्रेरी में चले गए। उसके बाद मैंने कई दिनों तक दोनों को बात करते हुए नहीं देखा।

* * *

कुछ देर पहले मुझे नुसरत की आवाज़ सुनाई दी। वो दरवाज़े पर ज़ोर-ज़ोर से दस्तक दे कर कह रही थी - "भाई जल्दी दरवाज़ा खोलो। यहाँ बहुत अंधेरा है। मुझे डर लग रहा है।"

मैं जल्दी से उठ कर दरवाज़े की तरफ़ जाने लगा तो हाफ़ी जी की भी आँख खुल गई और उन्होंने पूछा - "कहाँ जा रहे हो?"

मैंने कहा कि नुसरत दरवाज़े पर दस्तक दे रही है। दरवाज़ा खोलने जा रहा हूँ।

"इस वक़्त नुसरत यहाँ क्या करने आई है?" हाफ़ी जी ने कहा और मेरे साथ दरवाज़े पर गए। दरवाज़े की कुण्डी खोली और झाँक कर बाहर देखने लगे। मैंने भी देखने की कोशिश की। बाहर अंधेरा था और नुसरत दिखाई नहीं दे रही थी। हाफ़ी जी ने नुसरत को पुकारा और कोई जवाब नहीं आया तो उन्होंने मुझसे कहा - "तुमने ख़्वाब में उसकी आवाज़ सुनी होगी या फिर तुम सौदाई हो गए हो। देर तक जागोगे तो यही होगा। चलो चल कर सो जाओ।"

हाफ़ी जी ने दरवाज़ा बन्द किया और हुजरे की तरफ़ चल पड़े। ये सोचता हुआ कि शायद नुसरत की आवाज़ फिर आ जाए, मैं भी हुजरे में चला गया। बिस्तर पर लेटने के बाद मैं देर तक जागता रहा और ये सोचता रहा कि अगर नुसरत आई थी तो कहाँ चली गई।

* * *

चचा जान के घर का खाना अच्छा होता था। चची जान दो-तीन दिन के बाद कोई मीठी चीज़ भी बना लिया करती थीं और किसी-किसी दिन चचा जान फल भी ले आते थे जो गर्मियों के दिनों में फ्रिज में रख दिए जाते थे और जाड़ों के दिनों में खाने की मेज़ पर एक टोकरी में फूलों की तरह सजा दिए जाते।

खाना खाने के बाद चची जान फल काट कर सबको हिसाब से दे दिया करती थीं। मैं तो चची जान की परवाह किए बिना पेट भर के खाना खा लेता था और चची जान सो रही होतीं तो चुपके से छोटा-मोटा फल या मीठी चीज़ निकाल कर खा लेता। कभी-कभी इस चोरी के माल में दादी माँ भी साझेदार बन जाती थीं। एक दिन जब नुसरत ने दादी माँ से ये कहा कि आप चोरी की चीज़ खाती हैं आप पर इसका गुनाह पड़ेगा तो दादी माँ ने उसे डाँटते हुए कहा - "चुप रह मुल्लानी की बच्ची, ये सब है तो मेरे बेटे ही का।"

नुसरत को तो खाने-पीने का शौक ही नहीं रहा था। कपड़े भी ढंग के नहीं पहनती थी और पहले की तरह हँस-हँस कर बातें भी नहीं करती थी। घर के काम-काज से फ़ुर्सत पाकर सिपारा या किताब पढ़ने लगती या फिर दादी माँ के पास जा कर बैठ जाती। दादी माँ को पाख़ाना-पेशाब कराने, उनके बिस्तर की चादर बदलने और सफ़ाई-सुथराई कर के कपड़े बदलने

का काम नुसरत ही करती थी। अब वो कुछ डरी-डरी सी रहती थी और डरावने ख़्वाब देखने लगी थी। किसी-किसी दिन सोते में ऐसी आवाज़ें निकालती जैसी आवाज़ें बिल्लियाँ लड़ते वक़्त निकालती हैं।

उसकी इन डरावनी आवाज़ों से मेरी आँख खुल जाती। मैं उसे आवाज़ दे कर या लात मार कर जगाता। वो जल्दी से उठ बैठती और घबरा-घबरा के इस तरह इधर-उधर देखने लगती जैसे वहाँ कोई डरावनी चीज़ मौजूद हो।

एक दिन खाना खाते वक़्त जब मैंने चचा जान को ये बात बताई तो उन्होंने नुसरत से कहा - "बेटी अच्छी-अच्छी बातें सोचा करो। अच्छे ख़्वाब देखोगी।"

चची जान ने कहा - "कुछ दिनों से नीम के दरख़्त पर उल्लू आकर मनहूसियत फैलाने लगा है। मैं ख़ुद उसकी आवाज़ से डर जाती हूँ।"

चचा जान ने कहा - "ये सब बेकार की बातें हैं कोई परिन्दा मनहूस नहीं होता। वो भी ख़ुदा की मख़लूक़ है। ये मफ़रूज़ा यहीं पाया जाता है। दूसरे मुल्कों में तो इसे हिकमत और दानिश की अलामत समझा जाता है।"

"होगा" चची जान ने कहा - "मैं तो बचपन से यही सुनती आ रही हूँ कि उल्लू मनहूस होता है।"

चचा जान ख़ामोश हो गए।

* * *

जब तुम ये समझ रहे होते हो कि उल्लू बेवक़ूफ़ और मनहूस होता है तो कुछ लोग ये समझ रहे होते हैं कि वो बेवक़ूफ़ और मनहूस नहीं होता।

चची जान ने जिस दरख़्त पर उल्लू बोलने वाली बात बताई थी ये नीम का वही दरख़्त था जिसमें फँसी हुई पतंग को मैं मदरसे से देखा करता था। इसकी पुरानी पत्तियाँ गिर गई थीं और नई चमकदार कोंपलें निकल रही थीं। पतंग बारिशों में भीग कर और तेज़ हवाओं से शाखों में उलझ-उलझ कर फट चुकी थी। फटा हुआ बेरंग काग़ज़ लबीरें बन कर लटकता रहता था और तेज़ हवाएँ चलती थीं तो उसकी फड़फड़ाहट दूर तक सुनी जा सकती थी। अब मुझे इसमें कोई दिलचस्पी नहीं रही थी, इसलिए मैं इसे देखता ही नहीं था। लेकिन जब चची जान ने ये बताया कि नीम के दरख़्त पर उल्लू बोलता है तो किसी-किसी वक़्त मेरी निगाह उधर उठ जाती थी।

जबसे चचा जान ने ये बताया था कि उल्लू मनहूस नहीं होता, मेरे दिल से उसका डर निकल गया था मगर नुसरत के दिल में उसका डर बैठा हुआ था। वो अक्सर दरख़्त की तरफ़ देखा करती और जब उसे रात के वक़्त पेशाब के लिए जाना होता तो मुझे साथ ले कर जाती। जब तक नुसरत पाख़ाने से वापस नहीं आ जाती, मैं नीम के दरख़्त की तरफ़ कान लगाए उल्लू की आवाज़ सुनने की कोशिश करता रहता मगर मुझे पतंग के फटे हुए काग़ज़ की फड़फड़ाहट ही सुनाई देती।

* * *

उस दिन चचा जान स्कूल से वापस आए तो कुछ परेशान थे। उन्होंने क़ितमीर को चुमकारा न मुस्कुरा कर मेरी तरफ़ देखा। चची जान खाने की मेज़ पर बैठी नुसरत के साथ मटर की फलियों के दाने निकाल रही थीं, उनसे कहा - "ज़रा सुनो" और अपने कमरे में चले गए। अन्दर जा कर चचा जान ने चची जान से कुछ बताया होगा इसलिए वो भी परेशान हो गईं। ज़रा देर के लिए बाहर आईं और जल्दी-जल्दी मटर के दाने निकालने लगीं।

चचा जान कपड़े बदल कर फ़ौरन बाहर नहीं निकले, शायद लेट गए थे। चची जान बावर्ची ख़ाने में नुसरत के साथ रात के खाने की तैयारी करने लगीं मगर रोज़ाना की तरह इत्मीनान से नहीं बल्कि जल्दी-जल्दी। जैसे कहीं जाने की तय्यारी कर रही हों। उन्हें रह-रह कर ग़ुस्सा भी आ रहा था। एक बार मुझे डाँटा भी कि आँगन में खड़े क्या चील-कौवों को तक रहे हो। जाओ, जा कर मटर के छिलके बाहर फेंको और नुसरत को डाँटते हुए कहा कि तुम बर्तन आहिस्ता से नहीं रख सकती हो। नुसरत भी समझ गई थी कि कोई बात है ज़रूर जिसकी वजह से चची जान चिड़चिड़ी हो गई हैं। वो बर्तन धोकर स्टोर में आ गई और हम लोग धीमे-धीमें बातें करने लगे मगर चचा जान के घर की नहीं अपने घर की।

नुसरत चचा जान के घर की बातें कम ही करती थी। और हम लोग वहाँ की बातें सुनने की भी कोशिश नहीं करते थे। अगर टोह में रहते तो चची जान डाँट कर ये ज़रूर कहतीं कि तुम औरतों की तरह दूसरों की बातें सुनने के लिए कान खड़े क्यों कर लेते हो। इसलिए हम लोग अपने काम से काम रखते थे।

उस दिन सबने साथ बैठ कर खाना खाया मगर ज़्यादा बातें नहीं कीं। चचा जान ने मुझसे ये भी नहीं पूछा कि भाई जिब्रान आज क्या मशग़ला रहा। चची जान से सिर्फ़ ये पूछा कि क्या क़ितमीर को खाना दे दिया है। ज़रा सा खाकर उठे और अपने कमरे में चले गए। शायद कोई बड़ी बात हुई थी जिसने चचा जान और चची जान को परेशान कर दिया। मालूम

नहीं क्या बात थी चचा जान तो बिल्कुल गुम-सुम हो गए जिसने चचा जान को ऐसा बदल दिया था कि फिर वो पहले जैसे रहे ही नहीं और टूट-फूट कर मिट्टी में मिल गए।

मैं सुब्ह जल्दी जाग जाता था। नुसरत भी जाग जाती थी। इतनी सुब्ह घर का कोई काम तो होता नहीं था। हाँ दरख़्तों में पानी डालना होता था। उसके बाद चची जान के उठने का इन्तिज़ार करते रहते थे। चचा जान ज़्यादातर देर में ही उठते थे। किसी-किसी दिन जब जल्दी उठ जाते थे तो मुझे और क़ितमीर को ले कर सैर के लिए जाते थे।

उस दिन नुसरत मुँह-हाथ धो कर किताब पढ़ने लगी। क़ितमीर स्टोर के दरवाज़े के पास बैठा सोचता रहता था कि जिब्रान बाहर निकले तो उसके साथ खेला जाए। मैं क़ितमीर के साथ उछल-कूद करने लगा। उसी वक़्त लाइब्रेरी में कुछ गिरने की आवाज़ आई। मैं डरता-डरता गया और दरवाज़े से झाँक कर देखा। चचा जान कुर्सी पर इस तरह बैठे हुए थे कि उनकी गर्दन एक तरफ़ को झुक गई थी और सीधा हाथ कुर्सी से नीचे लटक रहा था। किताब ज़मीन पर पड़ी थी। शायद मुझे किताब गिरने की आवाज़ सुनाई दी थी। पहले तो मैं ये समझा कि चचा जान पढ़ते-पढ़ते सो गए हैं मगर क़रीब जा कर देखा तो वहाँ कोई और बात थी।

चचा जान का सीधी तरफ़ का चेहरा ऐसा हो गया था जैसे कोई कोई ख़रबूज़ा एक तरफ़ से सिकुड़ जाता है। उल्टी तरफ़ की आँख खुली हुई थी और सीधी तरफ़ की आधी बन्द थी। सीधे हाथ की उँगलियाँ भी टेढ़ी हो गई थीं। मैंने चचा जान को कई बार पुकारा तो उन्होंने सर को हिलाया और सीधी तरफ़ की आँख की पुतली ज़रा सी घूमी। क़ितमीर भी वहाँ पर पहुँच गया था और चचा जान के लटके हुए हाथ को सूँघ कर कूँकिया रहा था। मैंने चचा जान के लटके हुए हाथ को उठा कर उनकी गोद में रखने की कोशिश की मगर वो मुझसे नहीं उठ पाया क्योंकि भारी था और चचा जान उसी तरफ़ झुके हुए थे जिस तरफ़ हाथ लटक रहा था।

मैं दौड़ कर नुसरत के पास गया और उसे बताया तो वो किताब फेंक

कर नंगे पाँव दौड़ती हुई मेरे आगे-आगे लाइब्रेरी में गई। उसने चचा जान का कन्धा हिला-हिला कर कई बार पुकारा। जब चचा जान ने जवाब नहीं दिया तो दौड़ कर चची जान के पास गई। चची जान शायद उस वक़्त सो रही थीं तेज़-तेज़ चलती हुई आईं। चचा जान के कन्धे को हिला कर उनका नाम ले-ले कर कई बार पुकारा। फिर झुक कर चचा जान के चेहरे की तरफ़ देखते हुए रूहाँसी आवाज़ में कहा - "हाय! इनको क्या हो गया है।"

चची जान ने मेरी और नुसरत की मदद से चचा जान को पकड़ के सोफ़े पर लिटाया। उसी वक़्त यूसुफ़ भाई और रुख़सार बाजी भी आ गए। वो लोग भी परेशान हो गए। रुख़सार बाजी रोने लगीं तो चची जान ने उनसे कहा - "ये सब न करो वर्ना और परेशान हो जाएँगे।"

चची जान ने घबरा के इधर-उधर देखा फिर मुझसे कहा जल्दी से आरिफ़ के पापा को बुला लाओ।

मैं और क़ितमीर दौड़ते हुए आरिफ़ के घर गए। आरिफ़ के पापा कबूतर पकड़े खड़े थे। वो बहुत से कबूतर पाले हुए थे और रोज़ाना सुब्ह उड़ाते थे। जब मैंने उनको बताया कि चचा जान को कुछ हो गया है और चची जान आपको बुला रही हैं तो उन्होंने जल्दी से कबूतर उड़ाया और मेरे साथ चल पड़े।

आरिफ़ के पापा ने जैसे ही चचा जान को देखा घबरा के कहने लगे, "भाभी! इन पर तो फ़ालिज का असर हो गया है।"

चची जान ने कहा - "हाँ ज़ाकिर भाई! मुझे भी ऐसा ही लग रहा है। आप जल्दी से किसी डॉक्टर को बुला लाइए।"

आरिफ़ के पापा जल्दी से बाहर चले गए। चची जान कभी तो चचा जान का वो वाला हाथ सहलातीं जिसकी उँगलियाँ टेढ़ी हो गई थीं और कभी उनका सीधा वाला पाँव। यूसुफ़ भाई और रुख़सार बाजी ऐसे बेचैन थे जैसे वो भी कुछ करना चाहते हों। नुसरत ने वो चप्पल उतार कर नीचे

रखी जो चचा जान के पाँव से अलग नहीं हो पाई थी।

ज़रा देर के बाद आरिफ़ की मम्मी और मोहल्ले की दूसरी औरतें दौड़ती-भागती आ गईं। सब अपनी-अपनी दवाएँ और नुस्ख़ें बताने लगीं। किसी ने कहा। इसमें सेब और अंगूर का रस काम करता है। किसी ने कहा। कबूतर की यख़नी बहुत फ़ायदा करती है। किसी ने मशवरा दिया कि जंगली कबूतर का ख़ून सबसे ज़्यादा कारगर है। कबूतर के ख़ून वाली बात कई औरतों ने कही।

बाज़ार तो दूर है मगर आरिफ़ के पापा मोटर साइकिल पर बिठा कर एक डॉक्टर को ले आए। डॉक्टर ने देर तक मुआयना किया। हाथ-पाँव हिला-डुला कर देखे। आला लगाया। आँखों के पपोटे हटाकर पुतलियाँ देखीं और चची जान से कहा कि ज़्यादा ख़तरे वाली बात नहीं है। राइट साइड है। ये भी कहा कि अभी पानी मत पिलाइएगा दवा और मसाज के लिए तेल दूँगा, मालिश करवाइएगा। उसने चचा जान का सर ऊँचे तकिए पर रखवा दिया और भी कुछ बातें कही थीं, याद नहीं क्या थीं। कुछ देर के बाद चचा जान को उठा कर ले जाया गया और उनके कमरे में लिटा दिया गया।

चचा जान को दवाएँ दी जा रही थीं। एक आदमी आकर तेल की मालिश करता था। चची जान ने कहीं से चार-पाँच जंगली कबूतर पकड़वा लिए थे जो पिंजरे में फड़फड़ाते रहते थे। रोज़ाना एक कबूतर की गर्दन काट कर उसका ख़ून चचा जान के चेहरे और पाँव पर मला जाता। कबूतर की गर्दन आरिफ़ के पापा काटते थे। किसी दिन वो ख़ुद उसका ख़ून चचा जान के चेहरे और पाँव पर टपकाते और किसी दिन कटा हुआ कबूतर मुझे पकड़ा देते। एक दिन शायद कबूतर की गर्दन ठीक से कट नहीं पाई थी। वो इतनी ज़ोर से फड़फड़ाया कि मेरे हाथ से छूट गया। चची जान ने मुझे डाँटते हुए कहा - "तुमसे एक कबूतर नहीं सँभल पा रहा है।"

जब कबूतर काटा जा रहा होता यूसुफ़ भाई और रुख़सार बाजी वहाँ से भाग खड़े होते। नुसरत तो उसी वक़्त वहाँ से हट जाती जब कबूतर

पिंजड़े से निकाला जा रहा होता। चचा जान भी शायद कबूतरों का ख़ून मलवाना नहीं चाहते थे। उन्होंने हाथ से इशारा कर के मना किया तो चची जान ने ज़रा सख़्ती से कहा - "आप चुपके लेटे रहिए। जो किया जा रहा है, करने दीजिए।"

चचा जान ने आँख बन्द कर के मुँह फेर लिया।

थोड़े दिनों के बाद चचा जान की तबीअत ज़रा ठीक हो गई थी और वो तकिए की टेक लगा के बैठने लगे थे। बोलने की कोशिश करते थे मगर टूटे-फूटे और टेढ़े-मेढ़े लफ़्ज़ निकल पाते जो किसी की समझ में नहीं आते थे। सीधे हाथ की उँगलियाँ ज़रा-ज़रा चलने लगी थीं। उल्टी तरफ़ की आँख तो खुलती ही थी। अब सीधी तरफ़ की भी ज़रा खुलने लगी थी। मगर उसमें अंधेरा-अंधेरा सा था। पुतली ठीक से दिखाई नहीं देती थी। अभी चचा जान चल फिर नहीं पाते थे। बिस्तर पर लेटे-लेटे ही सब कुछ करते थे। एक दिन नुसरत से किताब मँगवाकर पढ़ने की कोशिश की मगर पढ़ नहीं पाए। चची जान ने टोका भी कि इस हालत में किताब पढ़ना ठीक नहीं आँख और दिमाग़ पर ज़ोर पड़ेगा और उन्होंने किताब चचा जान के सिरहाने से उठाकर अलमारी में रख दी।

बन्द कमरे में पड़े-पड़े चचा जान का जी घबरा गया तो उन्होंने इशारों में चची जान से कहा कि उन्हें बाहर लिटा दिया जाए। चची जान नहीं चाहती थीं कि चचा जान खुली जगह पर लेटें। डॉक्टर ने मना भी किया था मगर चचा जान नहीं माने और ज़िद करते रहे तो चची जान ने बरामदे के कोने में तख़्त डलवा के बिस्तर बिछवा दिया। यहाँ हवा कम आती थी मगर रौशनी कमरे से ज़्यादा थी। दो-तीन दिन के बाद यहाँ भी चचा जान का जी घबराने लगा। शायद दादी माँ से भी घबरा गए थे वो हर वक़्त पानदान खोलतीं और बन्द करती थीं जिससे खटर-पटर की आवाज़ तो होती ही थी, बक-बक झक-झक भी बहुत करती थीं। इसलिए चचा जान ज़िद करने लगे कि उन्हें लाइब्रेरी में पहुँचा दिया जाए। चची जान ने बहुत समझाया कि यहाँ आप हर वक़्त नज़र के सामने हैं वहाँ दूर हो जाएँगे और

हम लोगों को दौड़-दौड़ कर जाना पड़ेगा मगर चचा जान नहीं माने। ज़रा ग़ुस्सा भी किया तो चची जान ने तख़्त उठवा के लाइब्रेरी में डलवा दिया। चची जान ने रात को मेरे सोने का इन्तिज़ाम लाइब्रेरी में कर दिया था ताकि अगर चचा जान को किसी चीज़ की ज़रूरत हो तो मैं उन्हें दे सकूँ।

नुसरत स्टोर में अकेले डरती थी इसलिए उसे अपने पास लिटाने लगी थीं। रात को चची जान और नुसरत भी देर तक चचा जान के पास रहती थीं। यूसुफ़ भाई और रुख़सार बाजी को पढ़ाई से फ़ुर्सत मिलती तो वो भी आ कर बैठ जाते। क़ितमीर भी दरवाज़े के पास बैठा चचा जान को टुकुर-टुकुर देखता रहता। लाइब्रेरी में चचा जान का तख़्त ऐसी जगह पर था जहाँ से खिड़की आसानी से दिखाई देती थी। वो खिड़की की तरफ़ इशारा करते और मैं समझ जाता कि खिड़की खुलवाना चाहते हैं। मैं खिड़की खोल देता तो आसमान दिखाई देने लगता और हवा भी आने लगती। चचा जान तकिए की टेक लगा लेते और जब तक खिड़की खुली रहती आसमान की तरफ़ देखते रहते। चची जान ने कह दिया था कि धूप जाते ही खिड़की बन्द कर दिया करो। इसलिए जैसे ही सूरज पीछे की तरफ़ जाता था और धूप का खिड़की से आना बन्द हो जाता था, मैं खिड़की बन्द कर देता था।

चचा जान की तबीअत ज़रा-ज़रा ठीक हो रही थी। किसी-किसी वक़्त मुस्कुराते भी थे मगर अभी सीधे हाथ से कोई काम नहीं कर पाते थे। आँख भी पूरी नहीं खुल पाती थी और उनकी बातें तो समझ में आती ही नहीं थीं। बोलते थे तो लगता था ज़बान आधी रह गई है। उनके इशारों से कुछ बातें समझ में आ जाती थीं। लैटरीन के लिए कमरबन्द की तरफ़ इशारा करते, भूख लग रही होती तो उल्टे हाथ की उँगलियों को जोड़ कर मुँह की तरफ़ इशारा करते। कपड़े बदलना होते तो क़मीज़ को चुटकी से पकड़ कर ज़रा-ज़रा खींचते। बाद में उन्होंने इशारों में बता कर नुसरत से क़लम और डायरी मँगवा ली। अब उन्हें जो बात कहना होती थी उल्टे हाथ से लिख देते। उल्टे हाथ से लिखी हुई उनकी बातें बड़ी मुश्किल से किसी के समझ में आ पाती थीं। शुरू में अंग्रेज़ी में लिखते थे जिसे यूसुफ़ भाई और

रूख़सार बाजी पढ़ने की कोशिश करते थे फिर उर्दू में लिखने लगे। नुसरत सबसे ज़्यादा उर्दू पढ़ सकती थी इसलिए वही थोड़ा बहुत समझ पाती थी।

एक दिन चचा जान ने किताबों की तरफ़ इशारा किया तो मैंने एक किताब उतार कर दे दी। उन्होंने तकिए की टेक लगा कर किताब आँखों के क़रीब कर के पढ़ने की कोशिश की। उसी वक़्त चची जान आ गईं और उन्होंने जल्दी से किताब चचा जान के हाथ से ले कर कहा - "आपको अपनी सेहत का बिल्कुल ख़याल नहीं है। इस हालत में किताब नहीं पढ़ना चाहिए। आँख और दिमाग़ पर ज़ोर पड़ेगा।" और किताब चचा जान के हाथ से ले ली। चचा जान ने ऐनक उतार कर सिरहाने रखी और आँख बन्द कर ली।

चचा जान ने चची जान की बात मान ली थी और अब वो ख़ुद नहीं पढ़ते थे बल्कि किताबों की तरफ़ इशारा कर के नुसरत से कोई किताब उतरवाते और इशारे से कहते तुम पढ़ो। नुसरत पढ़ कर सुनाती। वो मज़े से सुनते रहते। कोई अच्छी बात होती तो मुस्कुराने लगते। अटक जाती तो बताने की कोशिश करते। न समझ पाती तो उल्टे हाथ से डायरी में लिख कर बताने की कोशिश करते। उनका लिखा हुआ ऐसा होता था जैसे किसी बच्चे ने लिखा हो। टेढ़ा-मेढ़ा कोई लफ़्ज़ छोटा कोई बड़ा।

किसी-किसी दिन मोहल्ले का कोई आदमी चचा जान से मिलने आ जाता। चचा जान के स्कूल से पण्डित जी भी आ जाते थे। सब लोग चचा जान से तरह-तरह की बातें करते रहते। चचा जान उनकी बातें ग़ौर से सुनते रहते। अगर उन्हें कोई बात कहना होती तो कॉपी में लिख देते। किसी की समझ में आ जाती किसी के न आ पाती। औरतों का आना शायद चचा जान को पसन्द नहीं था। वो बीमारों की बातें करती थीं और बोलती बहुत थीं।

जब चचा जान का पाँव ज़रा सीधा होने लगा और हाथ की उँगलियाँ चलने लगीं तो चची जान ने शहर से साइकिल जैसी तीन पहियों वाली गाड़ी मँगवा ली। उसे वहाँ सब लोग 'व्हील चेयर' कहते थे। चचा जान

को उस पर बैठा दिया जाता। उनको दादी के पास, उनके कमरे में या फूलों के दरख़्तों के पास जाना होता तो इशारा करते रहते और मैं या यूसुफ़ भाई गाड़ी को धक्का देते हुए उन्हें वहाँ ले कर चले जाते। आँगन में उन्हें ज़्यादा अच्छा लगता था। धूप में बैठ कर आसमान और दरख़्तों को देर तक देखते रहते। क़ितमीर भी चचा जान के पास बैठा दुम हिलाता रहता।

रात को देर तक जागना पड़ता इसलिए देर में उठता था। एक दिन चचा जान की आहट से मेरी आँख जल्दी खुल गई। अंधेरे में चचा जान ठीक से नज़र नहीं आ रहे थे। वो बड़बड़ाए तो मैं समझ गया कि बुला रहे हैं। पास गया तो ज़रा-ज़रा दिखाई दिए। उन्होंने लालटेन की तरफ़ इशारा किया तो मैंने लालटेन जला दी। उसके बाद मुँह पर हाथ फेर कर दरवाज़े की तरफ़ इशारा किया तो मैं समझ गया कि मुँह धोना चाहते हैं। मैं दौड़ कर पानी ले आया। चचा जान ने तसले की तरफ़ झुक कर उल्टे हाथ से मुँह धोया। तौलिया की तरफ़ इशारा किया। मैंने तौलिया दी। मुँह पोंछा, उसके बाद मेरे चेहरे की तरफ़ इशारा किया तो मैं मुँह धो कर आ गया। उन्होंने खिड़की की तरफ़ इशारा किया। मैंने खिड़की खोल दी। बाहर अंधेरा था। आसमान दिखाई नहीं दे रहा था। चचा जान ने खिड़की बन्द करवा दी और जैकेट की तरफ़ इशारा किया। मैंने जैकेट पहनाई। जैकेट पहनाने में बड़ी परेशानी होती थी। उल्टा हाथ तो वो ख़ुद आस्तीन में डाल लेते थे मगर सीधा हाथ उठाकर मुझे डालना पड़ता था। भारी था, बार-बार गिर जाता था। मफ़लर को वो उल्टे हाथ से सर पर डाल तो लेते थे मगर लपेट नहीं पाते थे। जब मैं उनके दोनों कानों पर मफ़लर अच्छी तरह लपेट कर गिरह लगा चुका तो उन्होंने उल्टा पाँव तो आसानी से लटका दिया मगर सीधा नहीं लटका पाए। चचा जान ऐसे रुख़ पर बैठे थे कि उनका सीधा पाँव दीवार की तरफ़ था। मैं तख़्त पर चढ़ कर उनके सीधे पाँव को बड़ी मुश्किलों से लटका सका।

चचा जान उल्टे पाँव का चप्पल तो आसानी से पहन लेते थे मगर सीधे में नहीं पहन पाते थे इसीलिए चची जान ने उनके लिए ऐसे चप्पल

मँगवा लिए थे जिन्हें पहनाकर तस्मा बाँध दिया जाता था। मैंने चप्पल पहना कर तस्मा बाँध दिया तो चचा जान ने गाड़ी की तरफ़ इशारा किया। मैं गाड़ी उनके पास ले गया तो उन्होंने अपने पीछे की तरफ़ आने का इशारा किया। मैंने तख़्त पर चढ़ कर उनके कन्धे पकड़े और पूरी ताक़त से गाड़ी की तरफ़ धकेला तो वो उचक कर बैठ गए। उसके बाद उन्होंने दरवाज़े की तरफ़ इशारा किया। गाड़ी को दरवाज़े से बाहर ले गया। वो इशारा करते रहे और मैं गाड़ी को धक्का देता रहा। क़ितमीर तो दरवाज़े के पास बैठा देख ही रहा था, वो भी दुम हिलाता हुआ आ गया। मैं सोच रहा था चचा जान ज़रा दूर जा कर वापस आ जाएँगे मगर वो आगे की तरफ़ इशारा करते रहे।

जब हम नदी के पुल पर पहुँच गए तो चचा जान ने रुकने का इशारा किया। सूरज अभी नहीं निकला था। हल्का-हल्का अंधेरा था। नदी के पानी से निकलती हुई धुएँ की जैसी भाप अच्छी लग रही थी। दरख़्तों पर परिन्दे भी ख़ूब चहचहा रहे थे। चचा जान दूर, दरख़्तों की तरफ़ इस तरह देखने लगे जैसे कुछ होने का इन्तिज़ार कर रहे हों। मैं भी उधर देखने लगा। क़ितमीर ने हम लोगों को देखते हुए देखा तो वो भी देखने लगा। कुछ देर के बाद दरख़्तों के पीछे दीवाली के अनार जैसी रौशनी निकली फिर अण्डे की ज़र्दी जैसा सूरज इस तरह ऊपर आने लगा जैसे कोई नीचे से उसे धकेल रहा हो। सूरज के ऊपर आने के साथ-साथ रौशनी बढ़ती जा रही थी। जब सूरज रौशनी और रंगों के साथ पूरा ऊपर आ गया तो चचा जान ने इस तरह मुस्कुरा के मेरी तरफ़ देखा जैसे कुछ कहना चाहते हों। (अब मैं बकरी को ले कर जल्दी जंगल जाता हूँ तो निकलते हुए सूरज को देख कर चचा जान बहुत याद आते हैं।)

जब धूप सब तरफ़ फैल गई तो चचा जान ने चलने का इशारा किया। मैं गाड़ी को धक्का देता हुआ घर की तरफ़ चल पड़ा।

जिस वक़्त हम लोग घर पहुँचे चची जान दरवाज़े के पास खड़ी थीं। हमें देखते ही पहले तो चचा जान पर ग़ुस्सा करते हुए कहा कि ऐसे मौसम

और इस हालत में आपको बाहर जाने की क्या ज़रूरत थी? उसके बाद मुझे डाँटते हुए कहा - "तुम भी कुछ सोचते-समझते नहीं हो। इन्होंने कह दिया और तुम चल पड़े।"

उस दिन चचा जान ने आख़िरी बार सूरज देखा था।

अब चचा जान ज़रा-ज़रा देर किताब पढ़ लेते थे मगर चची जान के डर से दिन में नहीं पढ़ते थे। रात को जब ये समझ लेते थे कि चची जान अब सो चुकी होंगी, मुझसे किताब उतरवाते और लालटेन सिरहाने कर के पढ़ लेते। उस दिन भी उन्होंने एक किताब उतरवाई और तकिए की टेक लगा कर पढ़ने लगे। किताब पढ़ने में शायद ज़्यादा मज़ा आ रहा था इसलिए देर तक पढ़ते रहे।

मुझे नींद आ रही थी और कोई काम भी नहीं था इसलिए सो गया। सुब्ह ज़रा देर में आँख खुल सकी। धूप खिड़की के शीशे से अन्दर आ चुकी थी। सो कर उठता था तो पहले चचा जान पर ही नज़र पड़ती थी। उस दिन आँख खुली तो देखा चचा जान की आँखों पर ऐनक लगी हुई थी। सीधा हाथ बिस्तर पर पड़ा हुआ था। उल्टा उनकी गोद में रखा था और बन्द किताब सीने पर रखी हुई थी। लालटेन जलते-जलते ख़ुद-ब-ख़ुद बुझ गई थी। शायद उसका तेल ख़त्म हो गया था। मैंने आहिस्ता से किताब उठा कर अलमारी में रखी। ऐनक उठा कर सिरहाने रखी। चचा जान जैसे लेटे थे वैसे ही लेटे रहे। मैंने उनका कन्धा छूकर उन्हें धीरे-धीरे पुकारा फिर ज़रा ज़ोर-ज़ोर से पुकारा। चचा जान नहीं बोले तो मैं दौड़ता हुआ चची जान के पास गया और उन्हें बताया कि चचा जान आँखे नहीं खोल रहे हैं।

चची जान ख़ूब तेज़-तेज़ चलती हुई गईं और चचा जान का कन्धा हिला-हिला कर ज़ोर-ज़ोर से उन्हें पुकारने लगीं। जब चचा जान नहीं बोले तो वो रोने लगीं। उन्हें रोता हुआ देख कर मैं भी रोने लगा। हमारे रोने की आवाज़ सुन कर नुसरत, यूसुफ़ भाई और रुख़सार बाजी भी दौड़ते हुए आ गए। सब रोने लगे और घर में कोहराम मच गया। कुछ ही देर में मोहल्ले के लोग भी आ गए। चची जान ने आरिफ़ के पापा को भेज कर डॉक्टर

को बुलवाया। डॉक्टर ने चचा जान की नब्ज़ देखी, सीने पर आला लगा के दिल की धड़कन सुनने की कोशिश की। उसके बाद होंठ सिकोड़ के इस तरह सर हिलाया जैसे कह रहा हो अब इनमें कुछ नहीं रहा। और मेरे चचा जान किताब पढ़ते-पढ़ते ख़ामोशी के साथ इस दुनिया से चले गए।

चचा जान के घर में कई दिनों तक ग़म का माहौल रहा। जो लोग उनकी तदफ़ीन के वक़्त नहीं आ सके थे, वो बाद में पुरसा देने के लिए आते रहे। सब लोग चचा जान की बातें करते, उनकी नेकियाँ बयान करते, शादी-ब्याह और दुनियादारी की दूसरी बातें करते और चची जान को सब्र की तलक़ीन कर के चले जाते। ये सिलसिला दो-तीन दिन तक चलता रहा। फिर सब लोग अपने-अपने कामों में लग गए। यूसुफ़ भाई और रूख़सार बाजी स्कूल जाने लगे और चची जान अपने भाई के साथ चचा जान की पेंशन वग़ैरह के लिए दौड़-भाग करने लगीं। दादी माँ तो बार-बार ये भूल ही जाती थीं कि चचा जान मर चुके हैं। जब भी कोई औरत पुरसे के लिए आती तो उसके जाने के बाद पूछती कि ये क्यूँ आई थी। नुसरत उनके कान में चुपके से बताती कि चचा जान का पुरसा देने के लिए आई थी तो वो घबराकर पूछती - "ऐ! तो क्या जमील मर गया है?"

जब नुसरत उन्हें बताती कि हाँ चचा जान का इन्तिक़ाल हो गया है तो वो रोने लगतीं। ज़रा देर रोने के बाद फिर भूल जातीं और दूसरी बातें करने लगतीं।

चचा जान के घर का माहौल पहले जैसा होता जा रहा था। नुसरत चची जान के साथ अच्छे-अच्छे खाने पकाने लगी थी। यूसुफ़ भाई और रुख़सार बाजी स्कूल से वापस आकर शतरंज खेलने लगे थे। किसी-किसी वक़्त उनके कमरे से तकरार और हँसी-मज़ाक़ करने की आवाज़ें भी आ जाती थीं। दादी माँ तो बस हर वक़्त कुछ न कुछ खाने की फ़िक्र में रहतीं।

एक क़ितमीर ही था जो चचा जान को भूल नहीं पा रहा था और हर वक़्त उनके ग़म में डूबा रहता था। वो उछल-कूद रहा था न भौंक रहा था। दो दिन तक सारे घर में दौड़-दौड़ कर फ़र्श को सूँघता रहा जब उसे

ये यक़ीन हो गया कि चचा जान घर पर नहीं हैं तो पंजों पर मुँह रख कर लाइब्रेरी के दरवाज़े पर बैठ गया। सबने उसे चुमकारा, उसके सर पर हाथ फेरा मगर उसने किसी की नहीं सुनी। खाना-पीना भी छोड़ दिया। खाने का बर्तन उसके सामने रखा जाता तो मुँह को ज़रा ऊपर कर के बर्तन को सूँघ लेता और फिर पंजों पर मुँह रख के आँखें बन्द कर लेता। अब वो अपने बदन पर से मक्खियाँ उड़ा रहा था न पहले की तरह दुम हिला रहा था। बहुत चुमकारा जाता तो उसकी दुम फ़र्श पर धीमे से रगड़ कर रुक जाती। वो दो दिन तक लाइब्रेरी के दरवाज़े के पास बैठा रहा फिर रात को किसी वक़्त उठ कर अपनी झोंपड़ी में चला गया और वहाँ तीन दिन तक बैठा रहा। जब सब लोग उसे मनाते-मनाते थक गए तो यूसुफ़ भाई ने चची जान से कहा - "क्या हम लोग क़ितमीर को जानवरों के डॉक्टर के पास ले चलें?"

चची जान ने कहा - "डॉक्टर इसे क्या दवा देगा? भला ग़म का भी कोई इलाज है?"

मैं सुब्ह जल्दी उठ कर क़ितमीर को देखने जाता था। उस दिन गया तो देखा वो उसी तरह बैठा था मगर उसका मुँह ज़रा आगे होकर झोंपड़ी के बाहर निकल आया था। आँसुओं से भीगी हुई आँखों पर ढेरों मक्खियाँ भिनभिना रही थीं। मैं दौड़ता हुआ चची जान के पास गया और उन्हें बताया कि क़ितमीर मर गया है। चची जान जल्दी से झोंपड़ी के पास गईं। यूसुफ़ भाई, रूख़सार बाजी और नुसरत भी दौड़ कर आ गए। चची जान ने दुपट्टे से अपनी नाक पकड़ के क़ितमीर की तरफ़ देखते हुए कहा - "बेचारा तुम्हारे अब्बू के ग़म में मर गया।"

चची जान की बात सुन कर मुझे रोना आने लगा मगर कुत्ता उन लोगों का था इसलिए मैं पहले नहीं रोया। जब यूसुफ़ भाई और रुख़सार बाजी रोने लगे तो मैं भी रोने लगा। नुसरत भी रोने लगी।

हम लोग कुछ देर तक क़ितमीर के मुर्दा बदन को देख-देख कर रोते रहे उसके बाद चची जान ने यूसुफ़ भाई से कहा - "जिब्रान के साथ जा

कर गंगू को बुला लाओ।"

गंगू का घर ज़्यादा दूर नहीं था। हम लोग ज़रा सी देर में उसे बुला कर ले आए।

चची जान ने गंगू से कहा - "इसे ले जा कर कहीं फेंक आओ।"

गंगू ने क़ितमीर की अगली टाँगे पकड़ कर झोंपड़ी से बाहर खींचते हुए कहा - "कुत्ता बहुत भारी है। मैं इसे फेंकने के पचास रूपए लूँगा।"

चची जान ने कहा - "मैं तीस रूपए दूँगी।"

गंगू ने कहा - "बीबी जी ! बच्चा या कोई देसी कुत्ता होता तो मैं तीस-चालीस रूपए में ही फेंक आता। ये अंग्रेज़ी कुत्ता बहुत भारी है।"

चची जान ने कहा -"हल्का होता तो मैं बच्चों से ही न फिंकवा देती। ख़ैर, ले जाओ मगर क़रीब न डाल देना जो मोहल्ले में बदबू फैले।"

"नहीं बीबी जी क़रीब नहीं, मैं इसे मरघट के पास नदी के किनारे फेंकूँगा। वहाँ गिद्ध दो दिन में इसे बराबर कर देंगे।"

चची जान ने गंगू को रूपए दिए। गंगू ने क़ितमीर के गले के ख़ूबसूरत पट्टे में रस्सी बाँधी और उसे घसीटता हुआ बाहर ले जाने लगा तो क़ितमीर की पिछली टाँग दरवाज़े में फँस गई। गंगू ने ज़ोर से झटका दे कर टाँग छुड़ाई तो चची जान ने कहा - "हाय इतनी बेदर्दी से तो न खींचो।"

मैं ज़रा दूर क़ितमीर के पीछे गया तो चची जान ने डाँट कर कहा - "क्या तुम मिट्टी देने जा रहे हो? वापस आओ।"

मैं वापस आकर सबके साथ क़ितमीर की लाश को रस्ते पर खिंचता हुआ देखता रहा। कुछ देर के बाद क़ितमीर की लाश हमारी नज़रों से ओझल हो गई और रस्ते पर उसके खींचे जाने का निशान बाक़ी रह गया। मैंने आते-जाते कई दिनों तक वो निशान देखा फिर आहिस्ता-आहिस्ता वो निशान मिट गया।

क़ितमीर के मरने वाले दिन जब मैं सोने के लिए लेटा तो मेरे कानों

में मक्खियाँ भिनभिनाने लगीं। मैं समझ गया कि ये वही मक्खियाँ हैं जो क़ितमीर के मुँह पर भिनक रही थीं। मैं जल्दी से उठ बैठा और दोनों कानों में उँगलियाँ डाल के देर तक हिलाता रहा तो मक्खियाँ ख़ामोश हो गईं और जब दोबारा सोने के लिए लेटा तो फिर भिनभिनाने लगीं। बहुत देर तक यही होता रहा। मैं कानों में उँगलियाँ डाल कर हिलाता तो ख़ामोश हो जातीं और जब लेटता तो भिनभिनाने लगतीं। उस रात बड़ी मुश्किल से नींद आ सकी।

* * *

तुम जहाँ से भागते हो, वक़्त अक्सर तुमको वहीं पहुँचा देता है।

ये बात चचा जान और क़ितमीर की मौत के कुछ ही दिनों के बाद की है। चची जान अपने कमरे में थीं और नुसरत दादी माँ से बातें कर रही थी। क़ितमीर अब था नहीं जिसके साथ मैं खेलता-कूदता। वो किताब भी दोबारा पढ़ चुका था जो चचा जान ने मरने से पहले दी थी। दादी माँ के पास बैठ कर बातें करने को जी नहीं चाहता था क्योंकि वो मुझे चोर समझती थीं और हर वक़्त यही सोचा करती थीं कि कहीं मैं उनके तकिए के नीचे से पैसे न निकाल लूँ। मुझसे सीधे मुँह बात भी नहीं करती थीं। अगर मेरे मुँह से कोई बात निकल जाती तो झिड़क कर कहतीं- "तुम चुप रहो, नुसरत को बात करने दो।"

सबसे ज़्यादा परेशानी की बात ये थी कि चची जान ने बाहर जाने पर पाबन्दी लगा रखी थी। मेरी समझ में नहीं आ रहा था कि क्या करूँ कि अचानक मुझे वो ख़ूबसूरत तस्वीर याद आ गई जो अम्माँ के मरने के बाद मेरी जेब में रखी रह गई थी। चचा जान के घर जाने के बाद मैं उसे अक्सर देखा करता था और कुछ देर देखने के बाद तह कर के तख़्त के नीचे पट्टी में फँसा दिया करता था। उसको छुपाने के लिए स्टोर में सबसे अच्छी जगह वही थी। स्टोर के दरवाज़े में बाहर से तो कुण्डी लगाई जा सकती थी मगर अन्दर कोई कुण्डी नहीं थी। इसलिए मैं तस्वीर देखते वक़्त दरवाज़ा भेड़ कर स्टूल या लकड़ी का अड़ाना लगा दिया करता था। उस दिन मैंने ये बेवक़ूफ़ी की कि दरवाज़े में अड़ाना नहीं लगाया और तस्वीर

देखने बैठ गया। अभी मैं तस्वीर को देख ही रहा था कि धड़ाम से दरवाज़ा खुला और चची जान अन्दर आ गईं। शायद वो स्टोर से कोई सामान लेने के लिए आई थीं। मैंने जल्दी से तस्वीर पीठ के पीछे छुपा ली। चची जान ने तस्वीर छुपाते हुए देख लिया और पूछा - "क्या छुपा रहे हो?"

मैंने कहा - "कुछ नहीं।"

उन्होंने कहा - "कुछ तो है।" और झपट कर मेरे हाथ से छीनने की कोशिश की तो तस्वीर फट गई। तस्वीर के दोनों टुकड़ों को जोड़ कर उन्होंने ग़ौर से देखा और एक ज़ोर का तमाचा मेरे मुँह पर मार कर कहा - "अब तुम ये बदमाशियाँ भी करोगे?"

उसके बाद चची जान ने तस्वीर फाड़ दी। खूँटी से मेरे कपड़े नोच-खसोंट कर मेरे मुँह पर फेंके और चीख़ कर कहा - "निकल जा मेरे घर से। अब मैं तुझे एक मिनट भी बर्दाश्त नहीं करूँगी।"

वो मुझे खींचती हुई दरवाज़े की तरफ़ ले गईं। चची जान की आवाज़ सुन कर यूसुफ़ भाई, रुख़सार बाजी और नुसरत भी दौड़ कर आ गए। उन लोगों की समझ में नहीं आ रहा था कि ये सब क्या हो रहा है। वो सब हैरत से मुझे और चची जान को देख रहे थे।

"मालूम नहीं, कैसे मनहूस बच्चे हैं। पहले माँ को खा गए, फिर बाप को जेल भिजवा दिया और अब चचा को दफ़्ना दिया।" ये कह कर चची जान ने मुझे बाहर निकाला और ज़ोर से दरवाज़ा बन्द कर लिया।

मेरे घर से निकाल दिए जाने की वजह से शायद नुसरत रो रही थी। मुझे चची जान की आवाज़ सुनाई दी। वो नुसरत से कह रही थीं - "चुप रह वर्ना तुझे भी बाहर निकाल दूँगी।"

ज़रा देर के बाद ख़ामोशी हो गई। मैं वहाँ इस ख़याल से देर तक रुका रहा कि शायद चची जान दरवाज़ा खोल कर ये कह दें कि अब की मुआफ़ किए दे रही हूँ। आइन्दा ऐसी हरकत करोगे तो कभी दरवाज़ा नहीं खोलूँगी। मगर चची जान के घर में तो ऐसा सन्नाटा हो गया था जैसे सब

सो गए हों। वहाँ खड़े-खड़े मेरे पाँवों में दर्द होने लगा। अंधेरा बढ़ रहा था कुत्तों के भौंकने की आवाज़ें आने लगी थी। समझ में नहीं आ रहा था क्या करूँ, कहाँ जाऊँ। उस वक़्त मुझे अम्माँ बहुत याद आ रही थीं। जी चाह रहा था कि वो ज़िन्दा हो जाएँ और मैं अपने घर चला जाऊँ। नुसरत और अब्बा भी याद आ रहे थे। उनकी बातें सोचते हुए मैं अपने घर के दरवाज़े पर पहुँच गया। दरवाज़े में ताला लगा हुआ था अंधेरे में वो और बड़ा लग रहा था मैंने दरवाज़े की दरार टटोल कर उस पर उँगली रखी और घर में झाँक कर उस कोठरी को देखने की कोशिश की जिसमें मैं और नुसरत रहते थे। ख़ूब मज़े-मज़े की बातें करते थे। मैं अम्माँ से छुपा कर पतंगें रखता था और डोर सुलझाता था। अम्माँ-अब्बा का कमरा और आँगन का वो कोना भी देखने की कोशिश की जहाँ अम्माँ अपनी टेढ़ी पटरी पर बैठ कर खाना पकाती थीं और वो जगह भी देखने की कोशिश की जहाँ हमलोग चूज़ों से खेला करते थे। मगर अंधेरे में मुझे कुछ भी दिखाई नहीं दिया। दरार में आँख लगाए-लगाए आँख में दर्द होने लगा और आँसू निकलने लगे। मैं दरवाज़े की दहलीज़ पर बैठ गया। ज्यूँ-ज्यूँ अंधेरा बढ़ता जा रहा था मेरा डर भी बढ़ता जा रहा था। उसी वक़्त मुझे रुख़साना ख़ाला का ख़याल आ गया और मैं उनके घर की तरफ़ चल पड़ा।

रुख़साना ख़ाला के घर पहुँच कर मैंने आहिस्ता-आहित्सा दरवाज़ा खटखटाया। ज़रा देर के बाद रुख़साना ख़ाला ने दरवाज़ा खोला। अंधेरे में वो मुझे पहचान नहीं पाईं और पूछा कौन?

मैंने बताया कि मैं जिब्रान हूँ तो उन्होंने कहा - "आ जाओ क्या बात है?"

पहले तो मेरी समझ ही में नहीं आया कि उन्हें क्या बताऊँ। जब उन्होंने दो-तीन बार पूछा तो मैंने कहा कि चचा जान मर गए हैं। इसलिए मुझे उनके घर में अच्छा नहीं लग रहा है।

"इसका मतलब है तुम अपनी चची को बताए बग़ैर चले आए हो। रुको, मैं तुम्हें वहाँ छोड़ने चलती हूँ।" - ये कह कर रुख़साना ख़ाला

शायद दुपट्टा ओढ़ने अन्दर चली गईं और मैं वहाँ से खिसक लिया। अभी मैं रुख़साना ख़ाला के घर से ज़रा ही दूर गया था कि हाफ़ी जी मिल गए। वो शायद मस्जिद से इशा की नमाज़ पढ़ कर मदरसे जा रहे थे। उन्होंने मेरे मुँह पर टॉर्च की रौशनी डाल कर कहा - "इस वक़्त कहाँ दौड़े चले जा रहे हो?"

मैंने बग़ैर सोचे-समझे ये कह दिया कि चचा जान के घर में मुझे भूत डराते हैं, इसलिए मैं उनके घर में नहीं रहना चाहता। इस पर हाफ़ी जी ने मुझे डाँटते हुए कहा - "ये भूतों का ख़याल तुम्हारे ज़ेहन में कहाँ से आ गया?"

मैंने हाफ़ी जी से कहा - "मैंने भूतों को देखा है।"

हाफ़ी जी ने ज़ोर से डाँट कर कहा - "तुमने मदरसे आना और सिपारा पढ़ना छोड़ दिया है इसलिए तुम्हारे दिमाग़ में उल्टे-सीधे ख़यालात आने लगे हैं। घर चले जाओ वर्ना जंगली जानवर चीर-फाड़ के खा जाएँगे।"

अंधेरा तो था ही और कुत्तों के भौंकने की आवाज़ें भी आ रही थीं। जब हाफ़ी जी ने जंगली जानवरों की बात की तो मुझे ज़्यादा डर लगने लगा और मैंने रोते हुए उनसे कहा - "चची जान ने मुझे अपने घर से निकाल दिया है।"

हाफ़ी जी ने कहा - "हाँ अब तुमने सही बात बताई। मैं पहले ही समझ रहा था कि दाल में कुछ काला है। तुमने चोरी की होगी इसलिए उन्होंने ये सज़ा दी है। चलो मैं तुम्हें उनके पास ले कर चलता हूँ।"

हाफ़ी जी ने ज़ोर से मेरी कलाई पकड़ी और मुझे चचा जान के घर की तरफ़ ले जाने लगे। मैंने कलाई छुड़ाने की कोशिश की तो उन्होंने मेरे सर पर खट से टॉर्च मार कर कहा - "शराफ़त से चलो वर्ना वहाँ तक मारता हुआ ले चलूँगा।" और वो मुझे ले कर चचा जान के दरवाज़े पर पहुँच गए।

जब हाफ़ी जी ने चचा जान के दरवाज़े की कुण्डी खटखटाई तो मेरा

दिल ज़ोर-ज़ोर से धड़कने लगा। कुछ देर के बाद चची जान ने दरवाज़े के पीछे से पूछा - "कौन है?"

"मैं हूँ हाफ़िज़ अब्दुर्रहमान।" हाफ़ी जी ने कहा।

"कौन हाफ़िज़ अब्दुर्रहमान?" चची जान ने पूछा।

हाफ़ी जी ने कहा - "मदरसे का हाफ़िज़ अब्दुर्रहमान।"

चची जान ने दरवाज़ा खोल कर हाफ़ी जी को सलाम किया और पूछा - "ख़ैरियत? इस वक़्त कैसे आना हुआ?"

मैं हाफ़िज़ जी की आड़ में हो गया था। हाफ़िज़ जी ने मुझे खींच कर चची जान के सामने किया और मेरे मुँह पर टॉर्च की रौशनी डालते हुए कहा - "इसे ले कर आया हूँ, ये रास्ते में भटक रहा था।"

चची जान ने कहा, "इसे ले कर क्यों आ गए। अब मैं क़यामत तक इसे अपने घर में घुसने नहीं दूँगी।"

हाफ़ी जी ने कहा - "बच्चा है मुआफ़ कर दीजिए। बच्चों से ग़लतियाँ हो ही जाती हैं।"

"अब ये बच्चा नहीं रहा। नंगी लड़कियों की तस्वीरें देखने लगा है। मेरे घर में मेरी बेटी जवान हो रही है। ऐसे बदमाशों का यहाँ रहना ठीक नहीं है।" ये कह कर चची जान ने दरवाज़ा बन्द कर लिया। हाफ़ी जी ज़रा देर तक वहाँ खड़े रहे फिर उन्होंने कहा - "मेरे साथ चलो।" और वो मुझे ले कर मदरसे की तरफ़ चल पड़े।

मदरसे पहुँच कर हाफ़ी जी ने कहा - "जब तक तुम्हारे अब्बा वापस नहीं आ जाते तुम यहाँ रह सकते हो मगर क़ायदे से रहना। अगर चोरी-चकारी की तो उल्टा लटका के खाल खींच लूँगा।" इसके बाद उन्होंने कहा - "तुमने खाना तो खाया नहीं होगा?"

"नहीं।" मैंने जवाब दिया तो उन्होंने कहा - "नल पर जा कर हाथ-मुँह धो और खा लो।"

हाथ-मुँह धोकर जब मैं खाना खाने बैठा तो हाफ़ी जी ने कहा - "खाना खाने से पहले की दुआ याद है कि भूल गए।"

"याद है।" मैंने कहा और दुआ पढ़ने लगा।

"और तुमने टोपी भी उतार कर फेंक दी। तुम्हारी चची सही कह रही थीं अब तुम वाक़ई पूरे इबलीस हो चुके हो।" ये कह कर हाफ़ी जी ने खूँटी से टोपी उतार कर मेरे सर पर पहना दी।

खाना मालूम नहीं किसके घर से आया था मगर था बड़ा मज़ेदार। जब मैं खा चुका तो हाफ़ी जी ने एक गद्दा दे कर कहा - "इसे तख़्त पर बिछा लो और दुआ पढ़ कर सो जाओ। सुब्ह फ़ज्र की नमाज़ के लिए उठ जाना।"

जब मैं तख़्त पर गद्दा बिछा कर लेट गया तो हाफ़ी जी कुछ देर तक अब्बा की, चचा जान की और दूसरी बातें करते रहे। उसके बाद उन्होंने पूछा- "वो तस्वीरें कहाँ हैं जो तुम चचा के घर में देखा करते थे।"

मैंने कहा - "एक ही थी। चची जान ने फाड़ कर फेंक दी।"

"कहाँ से लाए थे?" उन्होंने पूछा।

"कल्लू चचा की दुकान से शकर लाया था, उसकी पुड़िया में थी।" मैंने उन्हें बताया तो उन्होंने ज़रा हैरत के साथ कहा - "पुड़िया में नंगी तस्वीर कहाँ से आ गई? तुम बहुत चालाक हो। कहीं और से ले कर आए होगे, वर्ना चची तुम्हारे साथ ये सुलूक न करतीं।"

मुझसे ये बातें करने के बाद हाफ़ी जी ने सिरहाने रखा हुआ छोटा सा पुराना रेडियो उठाया और उसका बटन दबा के लट्टू घुमाने लगे। कुछ देर तक रेडियो खड़खड़ाता और सीटियाँ बजाता रहा। फिर उस पर बी० बी० सी० लन्दन से ख़बरें आने लगीं। ख़बरों में ये बताया जा रहा था कि इज़राइल ने फ़िलिस्तीन में बम गिरा दिया है जिससे कई लोग मर गए हैं और बहुत से लोग ज़ख़्मी हुए हैं। फ़िलिस्तीन की ख़बरों के बाद अमरीका, ईरान, इराक़ और दूसरे मुल्कों की ख़बरें आने लगीं। उसी के साथ सीं-सीं

की आवाज़ों के साथ गाना आने लगा। "दुनिया बनाने वाले तूने काहे को दुनिया बनाई।" कभी ख़बरें आने लगतीं और कभी गाना बजने लगता। हाफ़ी जी ने रेडिया हिलाया तो गाना और ख़बरें दोनों ग़ायब हो गए और खड़खड़ाहट की आवाज़ सुनाई देनी लगी। हाफ़ी जी ने रेडिया को ठोंका तो खड़खड़ाहट चली गई और फिर ख़बरें आने लगीं।

मेरा जी चाह रहा था कि हाफ़िज़ जी गाना लगाएँ मगर उन्हें ख़बरें सुनने में मज़ा आ रहा था। देर तक ख़बरें आती रहीं उसके बाद रेडियो फिर खड़खड़ाने और सीटियाँ बजाने लगा। इसी के साथ हाफ़ी जी के ख़र्राटों की आवाज़ें आने लगीं।

मैं देर तक ये सोचता रहा कि मालूम नहीं नुसरत सो रही होगी या जाग रही होगी और अगर जाग रही होगी तो पता नहीं क्या सोच रही होगी। हो सकता है कोई किताब पढ़ रही हो या फिर चचा जान की वो डायरी पढ़ रही हो जिस पर चचा जान बीमारी के दिनों में उल्टे हाथ से टेढ़े-मेढ़े हुरूफ़ में अपनी बातें लिखा करते थे। चचा जान के मरने के बाद नुसरत ने वो डायरी अपने पास रख ली थी और किसी-किसी दिन रात को हम लोग उसे पढ़ा करते थे। डायरी में लिखी हुई कुछ बातें जो समझ में नहीं आई थीं, अब आने लगी थीं।

* * *

दीवार के क़रीब लगाया गया दरख़्त
कभी सीधा नहीं उगता।

उस दिन मैंने ख़्वाब में देखा कि मरघट के पास क़ितमीर की लाश पड़ी है, उसे गिद्ध नोच-नोच कर खा रहे हैं और मैं ढेले मार कर उन्हें भगाने की कोशिश कर रहा हूँ। जब मैं ढेला फेंकता हूँ तो गिद्ध लाश के पास से हट जाते हैं और फिर उचकते और किलकारियों की सी आवाज़ें निकालते हुए लाश के पास आकर लाश को नोचने लगते हैं। ख़्वाब में ही मुझे अज़ान सुनाई दी और उसी के साथ ये आवाज़ आई कि जिब्रान उठो नमाज़ का वक़्त हो गया है। मेरी आँख खुल गई और मुझे ताक़ में एक जलता हुआ चराग़ दिखाई दिया जिसकी लौ हल्की-हल्की हवा से थरथरा रही थी। एक बड़े से मेहराबी दर से सुर्ख़ होता हुआ आसमान भी दिखाई दे रहा था। मैं ये समझ नहीं पा रहा था कि कहाँ सोया था और कहाँ जागा हूँ। जब हाफ़ी जी ने दोबारा आवाज़ दे कर कहा - "बहुत सो लिए, अब उठ जाओ।" तब जा के ये ख़याल आया कि मैं मदरसे में हूँ और जल्दी से उठ कर बैठ गया।

हाफ़ी जी शायद नहा चुके थे। वो ज़रा आड़ में होकर लुंगी-कुर्ता पहन रहे थे। लुंगी-कुर्ता पहन कर उन्होंने अपने बिस्तर के सिरहाने से टोपी उठाई और जल्दी से पहन कर ख़ुद से बात करते हुए कहा - "आज शैतान मरदूद ने देर करा दी।"

इसके बाद मुझसे कहा - "अब सोच-विचार मत करो। जल्दी से उठ कर वज़ू करो और नमाज़ पढ़ कर सिपारा पढ़ने बैठ जाओ। मैं वापस

आकर देखता हूँ कि क्या याद रहा और क्या भूल गए।"

अज़ान की आवाज़ के साथ कुत्तों के हू हू हू हू करने की आवाज़ें आ रही थीं। हाफ़ी जी ने कहा - "मालूम नहीं ये मरदूद अज़ान के वक़्त हू हू हू हू क्यों करने लगते हैं।" और लाहौल पढ़ते हुए बाहर चले गए।

उस वक़्त मुझे अब्बा याद आ गए। हमारे मोहल्ले की मस्जिद में भी अज़ान लाउड स्पीकर से दी जाती थी और हम लोगों को घर में उसकी आवाज़ साफ़ सुनाई देती थी। फ़ज्र के वक़्त अज़ान की आवाज़ के साथ कुत्तों के हू हू हू हू करने की आवाज़ें भी आने लगती थीं।

एक दिन अज़ान के वक़्त अब्बा बाहर से दौड़ते हुए आए और तख़्त के नीचे से पलंग की पट्टी उठा कर ये कहते हुए बाहर जाने लगे कि आज इन शैतान की औलादों को अज़ान देना सिखा ही दूँगा। अम्माँ ने घबरा के पूछा - "किसको अज़ान देना सिखा देंगे?" अब्बा कोई जवाब दिए बिना बाहर निकल गए तो अम्माँ भी उनके पीछे गईं। मैं और नुसरत भी दौड़ कर गए।

हम लोग ये समझे कि शायद अज़ान देने पर अब्बा का किसी से झगड़ा हो गया है। जब इमाम साहब मस्जिद में रहने के लिए नहीं आए थे तो अब्बा मस्जिद में पाँचों वक़्त की अज़ान देते थे। एक दिन मस्जिद जाने में अब्बा को ज़रा देर हो गई तो ज़ाकिर चचा ने अज़ान दे दी। इस पर अब्बा ने उनसे कहा कि तुमने अज़ान क्यों दी तो ज़ाकिर चचा ने कहा - "क्या तुम्हारा इन्तिज़ार सूरज निकलने तक किया जाता।" बात बढ़ती चली गई और नौबत धक्का-मुक्की तक पहुँच गई। ये कहिए कि नमाज़ियों ने बीच-बचाव करा दिया और मुअज़्ज़िन फ़ौरन तकबीर कहने लगा वर्ना नमाज़ का वक़्त ही निकल जाता।

ख़ैर! हम लोग जब दरवाज़े के बाहर गए तो देखा कि मस्जिद से ज़रा दूरी पर दो-तीन कुत्ते आसमान की तरफ़ मुँह उठाए इमाम साहब के सुर में सुर मिला कर हू हू हू हू कर रहे हैं। कुत्तों ने अब्बा को पलंग की पट्टी ले कर आते हुए देखा तो पहले कुछ समझ नहीं पाए और ख़ामोश

होकर अब्बा को देखते रहे मगर जब अब्बा ने पूरा ज़ोर लगा के पट्टी कुत्तों की तरफ़ फेंकी तो वो कीं कीं की आवाज़ें निकाल के क़ब्रिस्तान की तरफ़ भागने लगे और कुछ दूर जाने के बाद अब्बा की तरफ़ देख कर ज़ोर-ज़ोर से भौंकने लगे। ज़ोर से फेंकने की वजह से पट्टी के दो टुकड़े हो गए थे। अब्बा ने दोनों टुकड़े उठाए और कुत्तों को दिखाते हुए एक मोटी-सी गाली दे कर कहा - "जिस दिन हत्थे चढ़ गए तुम्हारी टाँगों के ऐसे ही टुकड़े करूँगा।"

अम्माँ ने कहा - "तौबा है, मैं तो समझी थी आज फिर किसी से झगड़ा हो गया।" और वो अन्दर चली गईं।

जब अब्बा पलंग की टूटी हुई पट्टी ले कर घर में आए तो अम्माँ ने कहा - "अच्छी भली पट्टी थी मैंने पलंग की टूटी पट्टी बदलवाने के लिए इसे सँभाल के रखा था और आपने टुकड़े कर दिए।"

अब्बा ने कहा - "दूसरी आ जाएगी और फिर तख़्त तो हैं ही, अब पलंग की क्या ज़रूरत है।"

अम्माँ ने कहा - "अगर कभी कोई मेहमान आ गया तो कहाँ लिटाएँगे?"

अब्बा ने कहा - "जब आएगा तो देखा जाएगा।"

अम्माँ ने कहा - "किसी-किसी वक़्त आपको क्या हो जाता है। बिला वजह की बातों में पड़ जाते हैं। भला बेज़ुबान जानवरों से क्या उलझना और फिर वो भी तो अल्लाह ही की मख़लूक़ है। उनके दिलों का हाल तो अल्लाह ही जानता है। हो सकता है वो भी इबादत करते हों।"

"ला-हौला-वला-क़ुव्वता" अब्बा ने कहा - "तुम जहालत की बातें न किया करो। नापाक जानवर नऊज़ु बिल्लाह तुम्हारे पाकिस्तान में करते होंगे।"

अम्माँ ने कहा - "आप हर बात में पाकिस्तान की टाँग क्यों खींच लेते हैं?"

"और क्या करूँ? तुम्हारी बेतुकी बातों का जवाब और क्या हो सकता है? किसी दिन कहोगी उन्हें अपने साथ तबलीग़ के लिए लेते जाइए।"

"आप बात का बतंगड़ बना देते हैं। बात क्या हो रही थी और आप पाकिस्तान और तबलीग़ को खींच लाए।" ये कहती हुई अम्माँ रूहाँसी होकर कमरे में चली गईं और अब्बा बड़बड़ाते हुए बाहर चले गए। अब्बा के कई बार दौड़ाने के बावजूद कुत्ते फ़ज्र की अज़ान के वक़्त हू हू हू हू करते रहे। बाद में अब्बा ने उन्हें दौड़ाना छोड़ दिया। अब वो ये करते थे कि जैसे ही कुत्तों की आवाज़ें आतीं, पाँव धपक कर उन्हें धमकाते और लाहौल पढ़ते हुए मस्जिद चले जाते।

हाफ़ी जी मस्जिद चले गए तो मेरा जी चाहा कि ज़रा देर और सो लूँ मगर ये सोच कर नहीं सोया कि अगर उनके आने के पहले आँख न खुल पाई तो डाँटेंगे और यही कहेंगे कि तुमने नमाज़ भी छोड़ दी, अब तुम वाक़ई इबलीस हो चुके हो, इसलिए उठ कर वुज़ू किया और नमाज़ पढ़ने के लिए खड़ा हो गया।

हाफ़ी जी के बाहर जाते ही बकरी इस तरह चिल्लाने लगी जैसे कोई उसे काटने के लिए छुरी तेज़ कर रहा हो। उसकी आवाज़ों ने मेरा नमाज़ पढ़ना मुश्किल कर दिया। आयत पढ़ते-पढ़ते बीच में अटक गया। बहुत कोशिश की। जब याद नहीं आई तो दूसरी रकात में भी पहले वाली आयत पढ़ कर जल्दी से नमाज़ ख़त्म की और बकरी के पास जा कर उसका सर सहलाने लगा तो उसने चिल्लाना बन्द कर दिया मगर मिमिया-मिमिया कर मेरे हाथों की तरफ़ इस तरह लपकने लगी जैसे मेरे हाथों में खाने की कोई चीज़ हो। मुझे सबक़ भी याद करना था, इसलिए मैं उसके पास से चला आया और वही सबक़ याद करने लगा जो हाफ़ी जी ने बहुत दिन पहले दिया था। बकरी फिर चिल्लाने लगी। एक तो सबक़ ठीक से याद नहीं था, दूसरे बकरी की में-में। समझ में नहीं आ रहा था कि सबक़ याद करूँ कि बकरी का सर सहलाऊँ। ख़ैर कुछ ही देर बाद हाफ़ी जी आ गए। वो कहीं से गूलर के पत्ते ले आए थे। उन्होंने पत्ते बकरी को दिए तब वो

ख़ामोश होकर खाने लगी। हाफ़ी जी ने कुछ देर वज़ीफ़ा पढ़ा, उसके बाद मुझसे कहा - "हाँ भई अब सबक़ सुनाओ।"

जब मैं सबक़ सुनाने लगा तो उन्होंने कहा - "ये तो वही सबक़ है जो मैंने तुम्हें आख़िरी बार दिया था, क्या उसके बाद तुमने सिपारा उठा कर ताक़ पर रख दिया था। अगर यही हाल रहा तो तीसवें सिपारे तक पहुँचते-पहुँचते तुम्हारा बुढ़ापा आ जाएगा।"

सबक़ मुझे याद ही कहाँ रहा था जो उन्हें सुनाता। किसी तरह अटक-अटक कर और कनखियों से उनकी तरफ़ देख-देख कर पढ़ने लगा और वो इस्लाह करते रहे। मैं समझ रहा था कि एक-आध कण्टाप मारेंगे या कान नोचेंगे मगर उन्होंने कण्टाप मारा न ग़ुस्सा किया। बस ये कहा फ़ज्र और मग़रिब की नमाज़ के बाद रोज़ाना पाबन्दी से पढ़ोगे तो याद हो जाएगा।

जब सबक़ सुना चुका तो हाफ़ी जी ने पूछा - "क्या तुमको दलिया बनाना आता है?"

"नहीं।" मैंने जवाब दिया।

हाफ़ी जी ने कहा - "तुमने ज़िन्दगी में कुछ सीखा भी है या सिर्फ़ नटों के तमाशे देखते रहे। सीख लो काम आएगा, जल्दी से चूल्हे में आग जलाओ, मैं बताता हूँ किस तरह बनाया जाता है।"

जब मैं चूल्हे में आग जलाने के लिए जाने लगा तो उन्होंने पूछा - "आग जलाना आता है या वो भी नहीं आता।"

"आता है।" मैंने कहा।

जब चूल्हे में आग जल गई तो हाफ़ी जी ने उस पर पतीली चढ़ा कर दो गिलास दलिया पतीली में डालते हुए कहा - "देखो, मैंने ये दो गिलास दलिया पतीली में डाल दिया। अब मैं इसे कुछ देर तक भूनूँगा। जब ये भुन कर लाल हो जाएगा तो इसमें इतना पानी डालूँगा कि ये न ज़्यादा गाढ़ा रहेगा न पतला होने पाएगा। उसके बाद ज़रूरत के हिसाब से शकर डाल

दूँगा। जब शकर दलिए में घुल जाएगी तो उसे लौंग और घी से बघार दूँगा। अगर दलिया भूनते या पकाते वक़्त तुम इधर-उधर की बातें सोचने लगे जैसे सिपारा पढ़ते वक़्त सोचने लगते हो तो जल जाएगा और उसका मज़ा ख़राब हो जाएगा।"

दलिया बनाने के बाद उन्होंने चाय बनाना सिखाई। ये ज़्यादा मुश्किल काम नहीं था। घर में नुसरत के साथ कई बार बना चुका था। जब मैं दलिया खा के चाय पी चुका तो हाफ़ी जी ने पुछा कि क्या तुम बकरी का दूध दुह लेते हो? मैंने उन्हें बताया कि दुह तो लेता हूँ मगर ठीक से नहीं दुह पाता।

"कटोरे में पानी लेकर आओ, मैं बताता हूँ कैसे दुहा जाता है"- यह कह कर हाफ़ी जी बकरी के पास जा कर मेरा इंतज़ार करने लगे। मैं कटोरे में पानी लेकर गया तो उन्होंने पहले थनों को ठीक से धोया, उसके बाद दूध दुहते हुए कहा- "देखो इस तरह दुहा जाता है। लो अब तुम दुहो।"

मैंने धीरे से थन पकड़ कर दुहने की कोशिश की तो दूध निकला ही नहीं। हाफ़ी जी ने कहा- "थन को ज़रा ज़ोर से दबा कर उँगलियाँ नीचे की तरफ़ लाओ।" और वो उकड़ूँ बैठ कर मुझे दुहते हुए देखने लगे। मैंने थन को ज़ोर से दबा कर उंगलियों से नीचे कि तरफ़ करने कि कोशिश की तो थन टेढ़ा हो गया और दूध कि पिचकारी निकल कर हाफ़ी जी के मुंह और कपड़ों पर जा गिरी। हाफ़ी जी ने मेरे सर पर चपत लगाई और जल्दी से खड़े हो कर मुंह पोंछते हुए कहा- "निरे गधे हो! तुम्हें बकरी का दूध दुहना भी नहीं आता, थन को सीधा रख कर दुहो।" मैंने थन को सीधा रख कर दुहने कि कोशिश की तो दूध "शरशरशरशर" की आवाज़ के साथ तेज़ी से कटोरे में गिरने लगा और ज़रा सी देर में कटोरा दूध और फेने से भर गया। हाफ़ी जी ने मेरे सर पर हाथ रख कर शाबाशी देते हुए कहा - "शाबाश! अगर तुम कोशिश करो तो सब काम कर सकते हो। अब रोज़ सुबह दुह लिया करना।"

- "अब तुम बकरी को जंगल से चरा लाओ और ये ध्यान रखना कि

किसी के खेत में न जाने पाए और भेड़िए का भी ख़याल रखना। कुछ ही दिन पहले नासिर की बकरी ले जा चुका है और जब जाने लगना तो हिफ़ाज़त की दुआ पढ़ लिया करना, क्या तुमको हिफ़ाज़त की दुआ याद है?"

"नहीं।" मैंने कहा।

"पढ़ो।" हाफ़ी जी दुआ पढ़ने लगे और मैं दोहराने लगा।

अऊज़ु बिकलिमा-तिल्ला-हित्ताम्माति मिन शर्रि मा ख़लक़ा

(मैं अल्लाह के तमाम कलिमात के साथ पनाह माँगता हूँ उस चीज़ के शर से जो उसने पैदा की है)

* * *

मैं हिफ़ाज़त की दुआ याद करता हुआ बकरी को ले कर मोहल्ले के अन्दर से नहीं बल्कि मदरसे के पीछे वाले खेतों की पगडण्डी पर से जंगल की तरफ़ जा रहा था ताकि मोहल्ले का कोई आदमी बकरी ले जाते देख न सके। शायद हाफ़ी जी और नासिर बकरी को इसी पगडण्डी से चराने ले जाते थे, इसलिए उसे रस्ता मालूम था और वो मुझे खींचती हुई आगे-आगे चल रही थी। किसी-किसी जगह पगडण्डी के किनारे लगी हुई घास और दरख़्त पौधों पर मुँह भी मारती जा रही थी।

जब मैं क़ब्रिस्तान के पास पहुँचा तो मेरी नज़र अम्माँ और चचा जान की क़ब्रों पर पड़ी। दोनों की क़ब्रें क़रीब-क़रीब हैं। बारिश की वजह से क़ब्रों की मिट्टी कहीं-कहीं से खिसक गई थी और उन पर काँटों वाली घास निकल आई थी। बकरी की रस्सी बग़ल में दबा कर मैं अम्माँ की क़ब्र पर फ़ातिहा पढ़ने खड़ा हो गया। अभी मैंने फ़ातिहा के लिए हाथ ऊपर ही थे कि बकरी मेरे बग़ल से रस्सी छुड़ा कर जंगल की तरफ़ भागने लगी। मैं फ़ातिहा छोड़ कर बकरी के पीछे दौड़ पड़ा। मुझे दौड़ाने के बाद वो उस जगह पर पकड़ में आई जहाँ ख़ूब घास थी।

जंगल में सन्नाटा था। शायद परिन्दे खेतों में दाना चुगने गए थे। मैं

बकरी की रस्सी को मज़बूती से पकड़े हुए था। जब हवा चलती और सूखे पत्ते खड़खड़ाते या दरख़्तों की शाखें हिलतीं तो मेरा दिल धड़कने लगता और मैं जल्दी से ज़मीन पर बैठ कर जंगल के चारों तरफ़ ये देखने लगता कि कहीं भेड़िया तो नहीं आ रहा है और हिफ़ाज़त की दुआ पढ़ने लगता।

उसी वक़्त राम सेवक अपनी गाय ले कर आता हुआ दिखाई दिया। मैं उसे जानता हूँ। वो क़रीब के मोहल्ले में रहता है। उसके अब्बा की आटे की चक्की है। मैं अब्बा के साथ एक बार वहाँ गेहूँ पिसाने जा चुका हूँ।

राम सेवक को देख कर मुझे बहुत ख़ुशी हुई। उसके आने से भेड़िए का डर भी नहीं रहा। वो गाय को घास की तरफ़ हाँक कर मेरे पास आया और कहने लगा - "तुम बकरी चराने यहाँ आते हो?"

मैंने कहा - "हाँ, अब मैं रोज़ाना बकरी को चराने के लिए आऊँगा। यहाँ घास भी है और क़ब्रिस्तान भी है। यहाँ मेरी अम्माँ और चचा जान की क़ब्रें हैं।"

"भैया मुझे तो मुसलमानों के क़ब्रिस्तान से बहुत डर लगता है, इसलिए यहाँ नहीं आता, दूसरी तरफ़ चराता हूँ। तुमको देख लिया तो आ गया।" राम सेवक ने कहा।

वो मेरे पास मुण्डेर पर बैठ कर इधर-उधर की बातें करने लगा। ज़रा देर के बाद उसकी गाय दूर चली गई तो मैंने उससे कहा - "कहीं तुम्हारी गाय को भेड़िया न उठा ले जाए तो उसने कहा - "तुम बेवक़ूफ़ हो, इतनी बड़ी गाय को भेड़िया कैसे ले जा पाएगा। मगर वो तुम्हारी बकरी को आसानी से ले जा सकता है।"

मैंने कहा - "मैं बकरी को ज़्यादा दूर जाने ही नहीं देता, उसके पास ही रहता हूँ।"

राम सेवक ने कहा - "अगर भेड़िया आ ही गया तो तुम क्या करोगे?"

मैंने कहा "मैं जल्दी से दरख़्त पर चढ़ जाउँगा।"

राम सेवक ने कहा - "तुम तो दरख़्त पर चढ़ जाओगे मगर तुम्हारी

बकरी नहीं चढ़ पाएगी।"

"हाँ ये तो है"- मैंने कहा। मैं सोचने लगा अगर भेड़िया वाक़ई में आ गया और मेरी बकरी को ले कर चला गया तो फिर मैं क्या करूँगा, किसे चराने आया करूँगा, मदरसे में किस्से बातें किया करूँगा।

उसी वक़्त राम सेवक ने कहा - "आओ ढेले फेंकने का खेल खेला जाए जिसका ढेला दूर जा के गिरेगा वो जीत जाएगा।" और हम लोग ढेले फेंकने लगे। राम सेवक मुझसे थोड़ा लम्बा है इसीलिए उसके ढेले मेरे ढेले से दूर जा-जा के गिरे और वो जीत गया।

जब ये खेल ख़त्म हुआ तो राम सेवक ने कहा -"आओ! दरख़्तों पर ढेले मारकर पत्ते गिराए जाएँ, जो ज़्यादा गिरा लेगा वो जीत जाएगा" और हम लोग दरख़्तों पर ढेले मार-मार कर पत्ते गिराने लगे। जिसके ढेले से पत्ता गिरता वो उस पत्ते को उठा कर जेब में रख लेता। जब हम लोग पत्ते गिराते-गिराते थक गए तो मेड़ पर बैठ कर अपने-अपने पत्ते गिनने लगे, मैं आठ पत्ते ही गिरा पाया था जबकि रामसेवक ने तेरह गिरा लिए थे। राम सेवक फिर जीत गया।

इसके बाद राम सेवक ने कहा - "आओ अब दरख़्त पर चढ़ने का खेल खेला जाए। जो ज़्यादा ऊँचाई पर चढ़ेगा वो जीत जाएगा।"

मैंने कहा - "मैं बहुत थक गया हूँ अब ये वाला खेल कल खेला जाएगा।"

"हाँ कल खेलेंगे"- ये कह कर राम सेवक मेरे पास बैठ गया। कुछ देर तक ऊटपटाँग बातें करने के बाद राम सेवक ने मेरी बकरी की तरफ़ देखते हुए पूछा "क्या तुम्हारी बकरी मुसलमान है?"

मैंने कहा - "क्या तुम बेवक़ूफ़ हो? बकरी भी कहीं हिन्दू और मुसलमान होती है?"

राम सेवक ने कहा "अगर मुसलमान नहीं है तो फिर इसके दाढ़ी क्यों है?"

मैंने कहा - "अगर तुम्हारी गाय के तिलक लगा दिया जाए तो क्या वो हिन्दू हो जाएगी?"

राम सेवक ने कहा - "गाय तो हिन्दू होती ही है इसीलिए तो हमलोग उसे गौ-माता कहते हैं।

मैंने कहा - "तुम लोग कहते होगे, जानवर तो बस जानवर ही होते हैं।"

राम सेवक ने कहा - "तुम लोग कटुए होते हो, इसीलिए हमारी गौ-माता को जानवर समझते हो।"

मुझे ग़ुस्सा आ गया और मैंने राम सेवक को धक्का दे दिया। उसने मुझे ज़्यादा ज़ोर से धक्का दिया और मैं मेड़ के पीछे गिर गया। मैंने जल्दी से उठकर राम सेवक के ढेला मार दिया। राम सेवक ने भी मेरे ढेला मारा और कटुआ-कटुआ कह कर चिढ़ाने लगा। कुछ देर तक ढेला मारने के बाद राम सेवक ने नेकर नीचे सरकाई और छुनिया दिखा-दिखा कर गालियाँ देने लगा तो मैंने भी पाजामे का इज़ारबन्द खोल कर एक हाथ से पाजामा सँभाला और दूसरे हाथ से अपनी मुसलमानी हिला-हिला कर उसे गालियाँ देने लगा। कुछ देर तक यही होता रहा उसके बाद राम सेवक गाय को हाँकता हुआ वहाँ से चला गया।

जब ये सब हो रहा था तो मेरी बकरी क़ब्रिस्तान की तरफ़ भाग खड़ी हुई। मैं इज़ारबन्द बाँधता हुआ उसके पीछे दौड़ा। वो अभी ज़्यादा दूर नहीं गई थी। मैं उसकी रस्सी पकड़कर उसे खींचता हुआ जंगल में उस जगह ले आया। जहाँ पर उसे चरा रहा था, उससे ज़रा सी दूरी पर जंगल जलेबी का दरख़्त था। बारिश के बाद जंगल जलेबियाँ कुछ बड़ी हो गई थीं। सोचा जंगल जलेबियाँ ही तोड़ कर खाई जाएँ। पहले मैंने ज़मीन पर बैठ कर ये देखा कि कहीं भेड़िया तो नज़र नहीं आ रहा है, जो मैं इधर दरख़्त पर चढ़ूँ और वो उधर बकरी को ले कर निकल ले। जब दूर-दूर तक भेड़िया नज़र नहीं आया तो मैंने दरख़्त के नीचे जा कर देखा। अभी जंगल जलेबियाँ पकी नहीं थीं और हरे रंग की थीं। किसी लकड़ी से शाख़ों को

झुका के जंगल जलेबियाँ तोड़ी जा सकती थीं मगर मैंने सोचा दरख़्त पर चढ़ के तोड़ ली जाएँ। शाखें पतली और लचकदार थीं। मैं उन्हें एहतियात से पकड़-पकड़ के अभी ज़रा ऊपर चढ़ा ही था कि वो शाख़ टूट गई जिस पर मैं पाँव रखे था। मैं शाख़ के साथ धड़ाम से नीचे आ गिरा और कुछ देर तक ज़मीन पर पड़ा रहा। मेरे कूल्हे और सर में चोट लगी थी। पहले तो मैं समझा कि कूल्हे की हड्डी टूट गई है क्योंकि कूल्हे में बहुत दर्द हो रहा था। ज़रा देर के बाद दर्द कम हो गया और मैं उठ कर खड़ा हो गया। मुझे अपनी बेवक़ूफ़ी पर ग़ुस्सा आ रहा था और सोच रहा था कि अगर हड्डी टूट गई होती तो मालूम नहीं जंगल में कब तक पड़ा रहता और भेड़िया आ के बकरी के साथ मुझे भी खा जाता।

दलिया खा के पेट नहीं भरा था और बकरी ने दौड़ाया भी बहुत था, इसलिए भूख लगने लगी थी। जब मैंने देखा कि बकरी का पेट फूल गया है तो उसे खींच कर ले जाने लगा। उसका तो वापस जाने का जी ही नहीं चाह रहा था। बड़ी मुश्किलों से खींच कर पगडण्डी पर लाया। पगडण्डी पर पहुँच कर मदरसे की तरफ़ चल तो पड़ी मगर पगडण्डी के किनारे वाली घास और दरख़्तों पर मुँह मारती रही।

जब मदरसे के पास पहुँचा तो मुझे बच्चों के सिपारे पढ़ने की आवाज़ें सुनाई दीं। मैं बकरी को खूँटे में बाँध कर जल्दी से हुजरे में चला गया। दरवाज़े की झरी से झाँक कर मदरसे में देखा। हाफ़ी जी गद्दे पर बैठे हमेशा की तरह ऊँघ रहे थे और बच्चे एक-दूसरे को मुँह चिढ़ा-चिढ़ा कर और हिल-हिल कर ज़ोर-ज़ोर से सिपारे पढ़ रहे थे। ये देखने के लिए कि खाने में क्या-क्या चीज़ें आई हैं चुपके से नाश्तेदान का ढक्कन खोला। एक डिब्बे में रोटी थी, एक में सालन और एक में चावल। तीनों डिब्बे ऊपर तक भरे हुए थे। सालन की ख़ुशबू बहुत अच्छी थी। मेरा जी चाहा कि सालन में भिगो के दो-तीन निवाले जल्दी-जल्दी खा लूँ मगर ये डर भी लग रहा था कि अगर हाफ़ी जी आ गए और उन्होंने देख लिया तो यही कहेंगे कि तुम्हारी चोरी चकारी की आदत अभी गई नहीं इसलिए डिब्बे

बन्द कर के नाश्तेदान वहीं पर रख दिया, जहाँ रखा था। बहुत ज़ोर की भूख लग रही थी समझ में नहीं आ रहा था कि क्या करूँ। कुछ देर तक टहलता रहा फिर तख़्त पर लेट कर सोचने लगा कि मालूम नहीं नुसरत इस वक़्त क्या कर रही होगी। आज कल कहानियों की कौन सी किताब पढ़ रही होगी। दादी माँ ने उससे पूछा होगा कि जिब्रान कहाँ गया तो मालूम नहीं उसने क्या जवाब दिया होगा। यही सब सोच रहा था कि बच्चों का शोर सुनाई दिया और उनके दौड़ने-भागने की आवाज़ें आने लगीं मैं समझ गया कि मदरसे में छुट्टी हो गई है। कुछ देर के बाद हाफ़ी जी कमरे में आ गए। वो भी भूखे थे। उन्होंने आते ही कहा - "भाई जिब्रान! जल्दी से खाना लगाओ। बहुत ज़ोर की भूख लग रही है।"

मैंने तख़्त पर प्लास्टिक बिछा के खाना लगाया और हम लोग खाना खाने लगे। खाना खाते वक़्त मेरे कानों में मक्खियाँ भिनभिनाने लगीं। मैंने कान में उँगली डाल के उन्हें ख़ामोश करने की कोशिश की तो हाफ़ी जी ने देख लिया और कहा - "ये क्या हरकत कर रहे हो, खाना खाते वक़्त कान में उँगली डाली जाती है?"

मैंने जल्दी से उँगली कान से निकाल ली और उनसे कहा कि मेरे कानों में मक्खियाँ घुस गई हैं और थोड़े-थोड़े दिनों के बाद भिनभिनाती रहती है तो हाफ़ी जी ने हैरत से मेरी तरफ़ देख कर पूछा - "मक्खियाँ कानों में घुस गईं? कब घुसीं?"

मैंने कहा - "जब चचा जान का कुत्ता मरा था तो उसके मुँह पर बहुत सी मक्खियाँ भिनभिना रही थीं उन्हीं में से कुछ मक्खियाँ मेरे कानों में घुस गई थीं।"

"और इतने दिनों से वो मक्खियाँ तुम्हारे कानों में रह रही हैं? फिर तो अब तक उन्होंने अण्डे-बच्चे भी दे दिए होंगे और कुछ दिनों के बाद तुम्हारे कान में मक्खियों की फ़ौज तैयार हो जाएगी, जब नहाओ-धोओगे नहीं तो और क्या होगा। कुछ दिनों के बाद कहोगे बदन में पिस्सू भी हो गए हैं। चलो जाओ हाथ धो के आओ।" हाफ़ी जी ने ज़ोर से डाँट के कहा।

खाना खाने के बाद हाफ़ी जी ने कहा - "मैं ज़रा देर के लिए सो जाता हूँ, तुम भी सो जाओ और अस्र की नमाज़ के बाद बकरी को एक बार फिर चरा लाना। एक वक़्त की चराई में उसका भला नहीं होता। रात भर चिल्लाती रहती है। सोना मुश्किल कर देती है। और हिफ़ाज़त की वो दुआ तुमको याद रही जो मैंने बताई थी?"

"जी याद रही।" मैंने कहा तो हाफ़ी जी ने कहा - "सुनाओ।" मैंने दुआ सुनाई तो कहने लगे - "भई वाह तुम तो बहुत अच्छे बच्चे हो गए हो। इसी तरह हर काम की दुआएँ याद कर लो। अब तुम्हारा दिमाग़ खुल रहा है। मुझे लगता है तुम क़ुरान भी जल्दी याद कर लोगे।"

हाफ़ी जी इधर लेटे और उधर सो गए। ज़रा सी देर में उनका मुँह टेढ़ा हो गया और ख़र्राटों की आवाज़ें आने लगीं। मुझे दोपहर को नींद ही कहाँ आती है। चुपके से बाहर निकल गया। खेत में बच्चे क्रिकेट खेल रहे थे और ख़ूब शोर मचा रहे थे। मैं वहाँ चला गया और आम के दरख़्त के नीचे खड़े होकर क्रिकेट देखने लगा। जावेद दूसरे दरख़्त के नीचे खड़ा था वो क्रिकेट नहीं खेल पाता है क्योंकि उसकी एक टाँग में पोलियो है और बैसाखी के सहारे चलता है। मुझे देख कर मेरे पास आ गया और पूछने लगा कि क्या अब तुम मदरसे में रहते हो? मैंने कहा - "हाँ मदरसे में रहता हूँ।"

"चचा जान के घर में क्यों नहीं रहते?" उसने पूछा।

"मुझे वहाँ अच्छा नहीं लगता।" मैंने जवाब दिया।

"मगर अमान तो ये कह रहा था कि तुम्हारी चची जान ने तुमको मार के घर से निकाल दिया।" जावेद ने कहा।

"अमान झूठ बोलता है।" मैंने कहा।

"और तुम्हारे अब्बा जेल से छूट कर कब आएँगे?" जावेद ने पूछा।

मुझे उसकी इस बात पर ग़ुस्सा आ गया और मैंने कहा - "उनका जब जी चाहेगा आ जाएँगे। तुमसे मतलब?"

जावेद ने कहा - "अब वो कभी नहीं आ पाएँगे। मेरे अब्बा बतला रहे थे कि अब वो सारी ज़िन्दगी जेल में रहेंगे या उन्हें फाँसी हो जाएगी।"

मेरा जी चाहा कि जावेद के मुँह पर मुक्का मार दूँ मगर ये सोच कर नहीं मारा कि वो लँगड़ा है और हाफ़ी जी को पता चल गया तो वो मदरसे से निकाल देंगे। इस लिए मैंने जावेद से कहा कि मैं तुमसे बात करना नहीं चाहता। इस पर उसने कहा कि मैं ख़ुद तुमसे बात नहीं करना चाहता और वो मेरे पास से हट गया। मैं भी वहाँ से चला आया।

बकरी ज़ोर-ज़ोर से चिल्ला रही थी। जल्दी-जल्दी नमाज़ पढ़ के मैं उसके पास जा कर उसका सर सहलाने लगा तो उसे ज़रा तसल्ली हो गई मगर धीरे-धीरे मिमयाती रही। मैंने कहा - "ज़रा और सब्र करो, धूप कम हो जाए तो चलते हैं।" वो मेरी बात समझ गई और हूँ हूँ कर के कहने लगी - "हाँ ठीक है, धूप कम हो जाने दो।"

मुझे वो गाना याद आ गया जो चचा जान के घर में टी०वी० और हाफ़ी जी के रेडियो पर सुना था और मैं गाने लगा।

"दुनिया बनाने वाले तूने काहे को दुनिया बनाई क्या तेरे मन में समाई।"

बकरी ने मुस्कुरा के मेरी तरफ़ देखते हुए कहा - "हूँ हूँ हूँ हूँ" यानी अच्छा गा रहे हो।

उसी वक़्त हाफ़ी जी आकर पीछे खड़े हो गए और मेरे सर पे हल्की सी चपत लगा के कहने लगे - "क्या वाहियात गाने गाते हो, अब तुम अल्लाह मियाँ से ये पूछोगे कि उन्होंने दुनिया क्यों बनाई? इससे तो बेहतर है 'सूरह रहमान' याद कर लो, उसे लहन के साथ पढ़ा करो।"

* * *

शाख़ को झुका के फल तोड़े जा सकते हों तो दरख़्त पर चढ़कर तोड़ना बेवक़ूफ़ी है।

बकरी को ले कर जंगल की तरफ़ जा रहा था। जावेद ने मुझे देख लिया और ज़ोर से चिल्ला कर कहा - "वो देखो हाफ़ी जी का चरवाहा जा रहा है।"

मैंने पलट कर ये देखा ही नहीं कि और कौन-कौन बच्चे मुझे देख रहे हैं। बकरी के पीछे दौड़ता रहा। जिस वक़्त बकरी के साथ जंगल पहुँचा परिन्दे दाना-दुनका चुग कर बसेरे के लिए दरख़्तों पर उतर रहे थे। उनकी आवाज़ें अच्छी लग रही थीं और उन आवाज़ों की वजह से डर भी कम लग रहा था। बकरी की रस्सी जंगल के किसी दरख़्त या झाड़ी में बाँध कर अम्माँ और चचा जान की क़ब्रों के पास जा सकता था मगर ये डर था कि कहीं भेड़िया आकर मेरी बकरी को उठा न ले जाए। इसलिए मैं उसे छोड़ कर नहीं गया, रस्सी पकड़ कर चराता रहा दरख़्तों पर बसेरा करते परिन्दों को देखता और उनकी घुँघरुओं की सी आवाज़ें सुनता रहा। ज़रा-ज़रा देर के बाद ज़मीन पर बैठ कर जंगल के चारों तरफ़ ये भी देखता जाता था कि कहीं दबे पाँव भेड़िया तो नहीं आ रहा है। मुझसे झगड़ा होने के बाद शायद राम सेवक किसी और जगह गाय चराने लगा इसीलिए नज़र नहीं आता। वो आ जाता तो मज़ा भी आता और डर भी नहीं लगता।

बकरी सुब्ह पेट भर के चराई कर चुकी थी इसलिए उस वक़्त वो मर-भुक्कों की तरह घास नहीं चर रही थी। घास और पौधों को सूँघ कर और एक-आध बार मुँह मार कर आगे बढ़ जाती। शायद उसे किसी ऐसी

चीज़ की तलाश थी जो उसने पहले न खाई हो। परिन्दों के अलावा जंगल में और कुछ ऐसा नहीं था जिससे मेरा दिल बहलता। हाँ किसी-किसी वक़्त कोई ख़रगोश ज़रूर दिखाई दे जाता मगर वो उचकता हुआ इक ज़रा सी देर में ग़ायब हो जाता।

जब सूरज ज़रा सा डूब गया तो घड़घड़ाहट की सी आवाज़ आई। मैंने देखा आसमान में एक रॉकेट जा रहा था और वो सूरज की रौशनी से ऐसा चमक रहा था जैसे कोई शोला लपकता हुआ जा रहा हो और उसके पीछे धुएँ की पगडण्डी सी बन गई थी जो आहिस्ता-आहिस्ता फैल कर धुँधली होती जा रही थी।

मैं सूरज के डूब जाने से पहले अम्माँ और चचा जान की क़ब्रों के पास जाना चाहता था ताकि उनकी क़ब्रों को ठीक कर के उन पर उगी घास नोच सकूँ। जब अंधेरा होने लगता है तो बकरी की रस्सी ज़ोर से नहीं खींचना पड़ती। वो ख़ुद समझ जाती है कि अब जंगल में रुकना ठीक नहीं। इसलिए जब मैंने उसकी रस्सी को ज़रा सा झटका दिया तो वो मेरे साथ चल पड़ी।

क़ब्रिस्तान में पहुँच कर मैंने रस्सी को अम्माँ की क़ब्र के पास एक झाड़ी में बाँध दिया और बकरी से कहा कि मैं अम्माँ और चचा जान की क़ब्रों की मिट्टी बराबर कर के क़ब्रों के ऊपर उग आने वाली घास नोच दूँ तो चलता हूँ। बकरी मेरी बात मान गई। उसने एक बार हूँ हूँ हूँ कहा यानी कि हाँ ये काम कर लो और ख़ामोशी के साथ मेरी तरफ़ देखने लगी।

मैंने पहले अम्माँ की क़ब्र से खिसक जाने वाली मिट्टी को इधर-उधर से कस दिया ताकि दोबारा आसानी से न खिसकने पाए। इसके बाद क़ब्र पर उगी हुई काँटेदार घास नोच कर फेंकी। बकरी कुछ देर तक तो ख़ामोशी से ये सब देखती रही मगर जैसे ही सूरज डूबा और अंधेरा हुआ तो वो इस तरह में में करने लगी जैसे उसने भेड़िया देख लिया हो।

उसकी आवाज़ सुन कर मुझे भी डर लगने लगा। मैंने अम्माँ की क़ब्र पे जल्दी-जल्दी फ़ातिहा पढ़ी और झाड़ी से रस्सी खोल कर बकरी के साथ

मदरसे की तरफ़ चल पड़ा। बकरी चिल्लाती हुई इस तरह मेरे आगे-आगे दौड़ने लगी जैसे हमारे पीछे भेड़िया आ रहा हो।

जिस वक़्त मैं मदरसे में दाख़िल हुआ, अंधेरा हो चुका था और मदरसे से हाफ़ी जी के गाना गाने की आवाज़ आ रही थी। बकरी की आवाज़ सुन कर हाफ़ी जी ख़ामोश हो गए। बकरी को खूँटे में बाँधने के बाद जब मैं हाथ-मुँह धो कर हाफ़ी जी के पास गया तो उन्होंने कहा - "सुब्ह तुमने ठीक से तिलावत नहीं की थी। इस वक़्त कुछ देर कर लो और कल से सब बच्चों के साथ मदरसे में बैठ कर ख़ुद भी पढ़ना और बच्चों का उर्दू का सबक़ भी देखते रहना। अटकें तो बताते जाना।"

"मैं बच्चों के साथ नहीं पढ़ूँगा।" मैंने कहा।

"क्यों?" हाफ़ी जी ने पूछा।

मैंने कहा - "बच्चे मुझसे मेरे अब्बा की बातें करेंगे।"

हाफ़ी जी ने कहा - "इससे क्या फ़र्क़ पड़ता है? ये दुनिया है, यहाँ लोग बातें तो करेंगे ही तुम उनकी बातों से और उनसे कहाँ तक भागोगे?"

मैं ख़ामोश हो गया तो हाफ़ी जी ने कहा - "ख़ैर उनके साथ नहीं पढ़ना चाहते तो न पढ़ो यहीं पढ़ो मगर दिल लगा के पढ़ो। सुब्ह जो सबक़ दिया था सुनाओ। देखूँ याद रहा या भूल गए।"

मैं सबक़ सुनाने लगा मगर मुझे भूख लग रही थी और ध्यान इस बात पर लगा हुआ था कि मालूम नहीं आज ज़ाहिद के घर से क्या पक कर आएगा। कल उसकी मम्मी ने शायद जल्द-बाज़ी में लौकी की तरकारी पका कर भेज दी थी और उसमें नमक भी कुछ ज़्यादा था।

कुछ ही देर के बाद ज़ाहिद खाना ले कर आ गया। आज उसके घर से क़ीमा बन कर आया था और बहुत मज़ेदार था। मैंने तो इतना खाना खा लिया कि बैठ भी नहीं पा रहा था। हाफ़ी जी सोने के लिए लेटे तो मैं भी लेट गया और नींद आ गई। फ़ज्र की नमाज़ के बाद जब हाफ़ी जी ने आवाज़ दी तब मेरी आँख खुल सकी।

नाश्ता करने के बाद बकरी का दूध दुहा उसके बाद उसे ले कर जंगल की तरफ़ चल पड़ा। ये तो मैं बता ही चुका हूँ कि बकरी को जंगल ले जाने के लिए कोशिश नहीं करनी पड़ती है। सुब्ह के वक़्त तो वो मुझे खींचती हुई मेरे आगे-आगे दौड़ती है। ज़रा सी देर में हम लोग जंगल पहुँच गए। मैंने सोचा बकरी को जल्दी-जल्दी चरा लिया जाए। फिर अम्माँ की क़ब्र पे फ़ातिहा पढ़ने के बाद चचा जान की क़ब्र बराबर कर के उसकी भी घास नोच दी जाए। मगर बकरी को घास चरने से फ़ुरसत ही नहीं मिल रही थी। उसमें एक ख़राबी ये है कि पेट भरा हुआ हो तब भी उसकी नीयत नहीं भरती और जब तक डर न लगने लगे, घास और दरख़्तों की तरफ़ लपकती रहती है। किसी-किसी वक़्त तो डरती भी जाती है और चरती भी रहती है। उसके पास खाने के अलावा कोई काम ही नहीं है। पहले भी उसका यही हाल था। जब हम लोग मदरसे में दाख़िल होते थे वो ये समझ कर कि हमारे जुज़दानों में खाने-पीने की कोई चीज़ है, जुज़दानों की तरफ़ लपकने लगी थी। इसलिए हम लोग मदरसे में दाख़िल होते वक़्त अपने जुज़दान दाहिने हाथ में पकड़ लेते क्योंकि वो बाईं तरफ़ होती थी और जब घर जाने लगते तो बाएँ हाथ में पकड़ लेते।

एक दिन नुसरत को इस बात का ख़याल नहीं रहा और वो मदरसे जाते वक़्त अपना जुज़दान बाएँ हाथ में पकड़े रही। बकरी तो इसी मौक़े की तलाश में थी ही, उसने लपक कर जुज़दान नुसरत के हाथ से खींच लिया और जल्दी-जल्दी चबाने लगी। जब तक हम लोग उसके दाँतो से छुड़ा पाते जुज़दान के साथ-साथ सिपारे का कोना चबा चुकी थी।

नुसरत बकरी का चबाया हुआ जुज़दान और सिपारा देख कर रूहाँसी हो गई। उसने कहा - "जुज़दान तो अम्माँ सी देंगी मगर दूसरा सिपारा कहाँ से लाऊँगी?"

मैंने कहा - "जब तक तुम्हारा दूसरा सिपारा नहीं आ जाता तुम मेरा सिपारा पढ़ लिया करना।"

"जब ईद में मुझे पैसे मिलेंगे तो तुम मुझसे उधार माँगोगे।" नुसरत ने

कहा तो मैं ख़ामोश हो गया।

जब नुसरत सबक़ लेने गई तो हाफ़ी जी ने पूछा तुम्हारा सिपारा कैसे फट गया। नुसरत ने उन्हें बताया कि बकरी ने चबा डाला। इस पर हाफ़ी जी ने कहा - "जानवर को क्या मालूम कि सिपारा क्या है और हदीस क्या है मगर तुमको इस बात का ख़याल रखना चाहिए। सिपारा ले कर उसके क़रीब क्यों गईं। जानवर तो जानवर, आदमी भूख में अल्लम-गल्लम चबा डालता है।" हाफ़ी जी ने सिपारे को उलट-पलट के देखते हुए कहा - "कई सफ़हे चबा डाले, अब कल से दूसरा सिपारा ले कर आना।"

जब बकरी का पेट फूल गया तो उसे खींचता हुआ क़ब्रिस्तान ले गया और रस्सी झाड़ी में बाँध कर पहले अम्माँ की क़ब्र पे फ़ातिहा पढ़ी, उसके बाद चचा जान की क़ब्र के पास गया। चचा जान की क़ब्र की मिट्टी ज़्यादा नहीं खिसकी थी। चूहों या किसी और जानवर ने उनकी क़ब्र में दो-एक जगह छोटे-छोटे बिल बना लिए थे। मैंने इधर-उधर की मिट्टी समेट कर उन बिलों को बन्द किया। क़ब्र पर उगी हुई घास नोची।

इन कामों से फ़ुरसत मिल गई तो ख़याल आया कि मालूम नहीं दादा जान और फूफी की क़ब्रें कहाँ पर होंगी। कुछ क़ब्रें तो लगभग ज़मीन के बराबर हो गई थीं और कुछ घास-पतवार और दरख़्त-पौधों में छुप गई थीं। हो सकता है मेरे दादा जान और फूफी की क़ब्रें भी अब न रही हों। वैसे भी क़ब्रें सब एक जैसी होती हैं और ज़्यादा दिनों के बाद ये पहचान पाना कि हमारे किस रिश्तेदार की क़ब्र कौन सी है, बहुत मुश्किल होता होगा। हाँ जिन मरने वालों के रिश्तेदार उनकी क़ब्रों पर फ़ातिहा पढ़ने के लिए जाते रहते होंगे वही याद रख पाते होंगे कि उनके रिश्तेदार की क़ब्र कौन सी है या फिर वो पक्की क़ब्रें पहचान में आती रहती होंगी, जिन पर कतबे होते हैं।

अम्माँ और चचा जान की क़ब्रों के पास जो क़ब्रें बाक़ी रह गई थीं, उनमें कुछ छोटी क़ब्रें थीं। ये शायद बच्चों की क़ब्रें थी। एक कच्ची क़ब्र अच्छी हालत में थी। ये नई लग रही थी। चूने से उसकी पुताई कर दी गई

थी। इसलिए ये धूप में चमकती थी। उस पर लकड़ी का एक कतबा भी लगा था जो शायद तेज़ बारिश की वजह से एक तरफ़ को झुक गया था। ज़रा दूरी पर दो-चार पक्की क़ब्रें भी थीं। उन पर कतबे लगे थे मगर बहुत दिनों से उनकी रंगाई-पुताई न होने की वजह से काली हो गई थीं। उनके तकियों और दीवारों पर काई जम गई थी। एक क़ब्र के कतबे पर हुदहुद बैठा हुआ था। वो ज़रा-ज़रा देर के बाद चोंच ऊपर कर के बोलता था फिर कुछ सोचने लगता था।

क़ब्र के पास जा कर कतबे पर लिखी हुई तहरीर पढ़ने की कोशिश की मगर पढ़ नहीं सका शायद किसी जानवर के सर खुजाने या मिट्टी गीली हो जाने की वजह से कतबा लटक गया था। उसके बाद पक्की क़ब्रों के पास जा कर कतबों को पढ़ने की कोशिश की। परिन्दों ने उन पर बैठ-बैठ कर बीट कर दी थी, जिसकी वजह से कुछ हुरूफ़ और नुक़्ते छुप गए थे मगर उन्हें अन्दाज़े से पढ़ा जा सकता था। एक क़ब्र के कतबे पर लिखा था - "वक़्त हमेशा एक जैसा नहीं रहता। परिन्दा जब ज़िन्दा होता है तो च्यूँटियों को खाता है मगर जब मर जाता है तो वही च्यूँटियाँ उसे खा जाती हैं।"

दूसरी क़ब्र के कतबे पर लिखा था - "अल्लाह ने ये कभी नहीं कहा कि ज़िन्दगी आसान होगी मगर ये वादा ज़रूर किया है कि वो सब्र करने वालों के साथ है।"

उन कतबों को पढ़ने के बाद मैंने सोचा कि क्यों न मैं भी अपनी अम्माँ और चचा जान की क़ब्रों पर कतबे लगा दूँ।

* * *

हाफ़ी जी अस्र की नमाज़ के लिए मस्जिद गए तो मैंने उनके काठ-कबाड़ से आमों का एक पुराना बक्स निकाला और उसे बड़ी वाली छुरी से काट के दो तख़्तियाँ बना दीं और बक्स से निकलने वाली कीलों से तख़्तियों में दो लकड़ियाँ इस तरह जड़ दीं कि उनके सहारे कतबों को क़ब्रों पर खड़ा किया जा सके। ये ज़्यादा ख़ूबसूरत और सुडौल तो नहीं बन सकीं मगर ऐसी हो गईं थीं कि उन पर तहरीर लिख कर उन्हें कतबों

की तरह क़ब्रों पर लगाया जा सकता था।

अम्माँ और चचा जान की क़ब्रों के कतबे तो तैयार हो गए थे मगर ये समझ में नहीं आ रहा था कि उन पर ऐसी क्या बातें लिखी जाएँ जो पढ़ने वालों को अच्छी लगे और वो ऐसी हों जो पहले किसी ने न लिखी हों। बहुत सोच-विचार के बाद मैंने अम्माँ की क़ब्र के कतबे पर ये तहरीर लिखी - "तुमको जो चीज़ें दुनिया में नहीं मिल सकीं वो सब चीज़ें अल्लाह मियाँ जन्नत में देंगे।"

और चचा जान की क़ब्र के कतबे पर लिखा - "अच्छे लोग मरने के बाद अपनी लाइब्रेरी में अच्छी किताबें छोड़ जाते हैं।"

तहरीरें लिखने के बाद दोनों कतबे तख़्त के पीछे छुपा दिए ताकि उन्हें हाफ़ी जी न देख सकें। जब मैं उन कतबों को क़मीज़ के नीचे छुपा के बकरी के साथ जंगल की तरफ़ जाने लगा तो हाफ़ी जी ने देख लिया और पूछा - "ये तुम छुपा के क्या चीज़ ले जा रहे हो?"

मैंने कहा - "कुछ नहीं।"

हाफ़ी जी ने कहा - "अगर कुछ नहीं है तो तुम्हारा पेट बकरी के पेट की तरह फूला हुआ क्यों है?"

"अम्माँ और चचा जान की क़ब्रों के लिए कतबे बनाए थे, वही ले कर जा रहा हूँ।" मैंने बताया तो उन्होंने कहा - "कतबे हैं तो उन्हें छुपा के ले जाने की क्या ज़रूरत थी? लाओ ज़रा देखूँ।"

मैंने क़मीज़ के अन्दर से कतबे निकाल के उन्हें दिखाए तो वो दोनों कतबों की तहरीरों को इस तरह पढ़ने लगे जैसे आइना देख रहे हों। ज़रा देर तक पढ़ने के बाद कतबे मेरी तरफ़ बढ़ाते हुए कहा - "इनको कौन पढ़ेगा। कुछ दिनों के बाद क़ब्रें रहेंगी न ये कतबे रह जाएँगे। और इन बातों से तुम्हारी अम्माँ और चचा जान को क्या मिलेगा, अगर फ़ायदा पहुँचाना चाहते हो तो उनकी बख़्शिश के लिए फ़ातिहा और क़ुरान पढ़ो।"

* * *

मैं बकरी चराने से पहले अम्माँ और चचा जान की क़ब्रों पर कतबे लगा देना चाहता था मगर बकरी बहुत भूखी थी और वहाँ रुकना नहीं चाह रही थी। मैंने दोनों कतबे अम्माँ की क़ब्र पर रख दिए और बकरी को ले कर जंगल चला गया। बकरी को चराते वक़्त जब मैं बैठ कर ये देख रहा था कि कहीं भेड़िया नज़र नहीं आ रहा है, मुझे बरगद के दरख़्त पर फ़ाख्ता के चीख़ने की आवाज़ सुनाई दी। पहले तो मैं समझ नहीं पाया कि ये किस परिन्दे की आवाज़ है क्योंकि चीख़ते और कराहते वक़्त सब परिन्दों की आवाज़ें एक जैसी लगती हैं। बरगद के नीचे जा कर मैंने उसकी सब शाख़ों पर नज़र डाली मगर परिन्दा दिखाई नहीं दिया। मैंने ढेले उठा कर बरगद की शाख़ों पर फेंके तो आवाज़ें आना बन्द हो गईं मगर ज़रा देर के बाद फिर आने लगीं। फिर फेंके तो आवाज़ें आना बन्द हो गईं।

कुछ देर तक यही होता रहा। मैं ढेले फेंकता तो ख़ामोशी हो जाती और कुछ देर के बाद फिर आवाज़ें आने लगतीं। मेरी समझ में नहीं आ रहा था कि कौन सा परिन्दा है और क्यों चीख़ रहा है। कुछ देर के बाद बरगद से पहले छोटे-छोटे ख़ाकी पर, उसके बाद बड़े पर गोल-गोल नाचते हुए गिरने लगे। मैंने ज़मीन से उठा कर उन परों को देखा तो समझ गया कि ये फ़ाख़्ता के पर हैं और उसे शिकरा नोच-नोच कर खा रहा है। मैं जल्दी-जल्दी दरख़्त पर ढेले मारने लगा मगर कोई फ़ायदा नहीं हुआ। फ़ाख़्ता के पर नीचे गिरते रहे और उसकी आवाज़ धीमी होते-होते बन्द हो गई। मैं वहाँ से बकरी के पास चला गया और ज़मीन पर बैठ कर ये देखने लगा कि राम सेवक गाय चरा रहा है कि नहीं। वो मुझे जंगल में दूर-दूर तक नज़र नहीं आ रहा था। अगर राम सेवक गाय चरा रहा होता तो मैं सूरज डूबने तक जंगल में रुक सकता था मगर वो नहीं था तो भेड़िए के डर से बकरी को ले कर तेज़ी से क़ब्रिस्तान की तरफ़ चल पड़ा।

पहले अम्माँ की क़ब्र के पास गया। बकरी की रस्सी झाड़ी में बाँध कर कतबा अम्माँ की क़ब्र पर लगा दिया। मेरी बेवक़ूफ़ी देखिए कि अम्माँ की क़ब्र पर कतबा लगाने के बाद जब मैं चचा जान की क़ब्र पर कतबा

लगाने बैठा तो देखा कि चचा जान की क़ब्र का कतबा तो मैं अम्माँ की क़ब्र पर लगा आया हूँ और अम्माँ की क़ब्र वाला कतबा चचा जान की क़ब्र पर लगाने बैठ गया हूँ। अम्माँ की क़ब्र से चचा जान का कतबा निकाल अम्माँ वाला अम्माँ की क़ब्र पर लगाया और चचा जान वाला चचा जान की क़ब्र पर लगा दिया। दोनों की क़ब्रों पर कतबे लगा देने के बाद ये ख़याल आया कि मैंने कतबों पर अम्माँ और चचा जान के न तो नाम लिखे थे और न ये लिखा था कि वो कब पैदा हुए और कब मरे। उनके मरने की तारीख़ें तो मुझे याद भी नहीं थीं। हाँ दिन याद थे। उस वक़्त मेरे पास कोयला नहीं था, इसलिए सोचा कि कल लिख दूँगा और बकरी को ले कर वहाँ से चल पड़ा।

ज़रा दूर आने के बाद बेवक़ूफ़ी का ख़याल ज़ेहन में आया कि क्यों न आज बकरी पर बैठ कर चला जाए और उचक कर बैठ गया। अभी मैंने सींग मज़बूती से पकड़े भी नहीं थे कि बकरी ने ख़रगोश की तरह उछल कर मुझे गिरा दिया। ये कहिए कि मैं कच्ची ज़मीन पर गिरा। अगर पक्की सड़क पर गिरता तो कमर की हड्डी टूट जाती।

* * *

क़ब्र के कतबे पर अच्छी-अच्छी बातें लिख देने से मुर्दे के आमाल अच्छे नहीं हो जाते।

रात को जब मैं हाफ़ी जी के पाँव दबा रहा था तो उन्होंने पूछा - "अम्माँ और चचा की क़ब्रों पर कतबे लगा दिए?"

"जी।" मैंने कहा।

हाफ़ी जी ने पूछा - "कतबे लगाने के बाद उनकी क़ब्रों से कोई आवाज़ आई थी?"

मैं हाफ़ी जी की बात नहीं समझ सका और उनका मुँह देखने लगा तो उन्होंने मुस्कुराकर कहा - "उन लोगों ने तुम्हारा शुक्रिया अदा नहीं किया?"

मैं समझ गया कि हाफ़ी जी मेरा मज़ाक़ उड़ा रहे हैं तो मैं भी मुस्कुराने लगा। उसके बाद हाफ़ी जी ने क़ब्रिस्तान और मुर्दों के बारे में हदीसें सुनाईं। हाफ़ी जी हदीसों की जो बातें बता रहे थे वो उन बातों से अलग थीं जो मुझे चचा जान ने बताई थीं।

* * *

हाफ़ी जी में ये बड़ी ख़राबी है कि जब मैं उनके पाँव दबा रहा होता हूँ तो कभी ख़ामोशी से और कभी तेज़ आवाज़ के साथ गैस छोड़ देते हैं। जिस दिन अच्छा खाना आता है और ज़्यादा खा लेते हैं, बहुत जल्दी-जल्दी और बदबूदार गैस छोड़ते हैं। आज नोमान के घर से क़ीमा आया था। खीर भी थी जिसमें मेवे पड़े हुए थे, इसीलिए ज़रा देर के बाद छोड़ रहे थे। मेरा जी मतला रहा था और साँस रोकनी पड़ रही थी। ये गैस भी

कितनी बुरी चीज़ है। आदमी सो रहा होता है और बे-ख़याली में निकल जाती है।

एक बार तो छोटी मस्जिद में नमाज़ के वक़्त किसी की निकल गई थी और नमाज़ के बाद इमाम साहब ने उस पर तक़रीर भी की थी। उन्होंने कहा था कि आज किसी ने बड़ी ना-ज़ेबा हरकत की है। इस तरह की हरकत करते वक़्त इंसान को ये तो देखना चाहिए कि वो कहाँ है और क्या काम कर रहा है। इसमें शक नहीं कि ये क़ुदरती है और इसे ज़्यादा वक़्त तक रोका नहीं जा सकता लेकिन अगर इंसान थोड़ा खाए तो महफ़िलों और इबादतगाहों में तो इसे रोका ही जा सकता है। इसीलिए बुज़ुर्गान-ए-दीन और वली-अल्लाह एहतियात और कनाअत के साथ ग़िज़ा का इस्तेमाल करते थे ताकि ग़िज़ा रूह का बोझ न बन जाए और इबादत में ख़लल न पड़े।

सब नमाज़ियों ने इमाम साहब की तक़रीर ख़ामोशी और तवज्जो से सुनी। उस दिन मस्जिद में बहुत से नमाज़ी थे। मालूम नहीं किसने ये हरकत की थी। पता नहीं अल्लाह मियाँ ने ये गैस बदबूदार क्यों बना दी। ख़ुशबूदार बना देते तो कितना अच्छा होता। महफ़िलों और मस्जिदों में किसी को रोकना न पड़ती। नमाज़ पढ़ते वक़्त मस्जिदों में ख़ुशबुएँ आती रहतीं। हाफ़ी जी गैस छोड़ते तो मुझे साँस न रोकनी पड़ती। मज़े से पाँव दबाता रहता। हाफ़ी जी ख़र्राटे लेने लगे तो मैं चुपके से उठ कर तख़्त पर आया और अपनी बातें लिखने बैठ गया।

* * *

फ़ज्र की नमाज़ और क़ुरान पाक पढ़ने के बाद हाफ़ी जी ने कहा - "चलो आज मैं तुमको साइकिल चलाना सिखा दूँ। सीख जाओगे तो बाज़ार जाने में आसानी हो जाएगी।" साइकिल सीखने के ख़याल से मुझे बड़ी ख़ुशी हुई।

एक बार अपने घर के आँगन में अब्बा की साइकिल चलाने की कोशिश कर रहा था कि साइकिल के साथ सिरके के घड़े पर गिर पड़ा।

सब सिरका नाली में बह गया। घड़ा टूटने और साइकिल के गिरने की आवाज़ सुन कर अम्माँ आँगन में आईं और टूटा हुआ घड़ा देखा तो सर पकड़ के घड़े के पास इस तरह बैठ गईं जैसे घड़ा न टूटा हो, कोई रिश्तेदार मर गया हो। उन्होंने मेरे मुँह पर दो-तीन चाँटे मारे और कहा कि अगर आइन्दा तुमने साइकिल को हाथ लगाया तो हाथ काट के रख दूँगी। उस दिन के बाद मैंने साइकिल को हाथ नहीं लगाया।

सड़क पर पहुँच कर हाफ़ी जी ने मुझे साइकिल थमाई और पीछे से कैरियर पकड़ के कहा - "हैंडल को मज़बूती से पकड़ के पहले बायाँ पाँव पैडल पर रखो, उसके बाद दाहिना पाँव डण्डे के ऊपर से ले जा कर दूसरे पैडल पर रखो।"

जब मैंने दोनों पैडलों पर पाँव रख लिए तो हाफ़ी जी ने कहा -"अब सामने देखते रहना, नीचे मत देखना।"

हाफ़ी जी पहले धीरे-धीरे साइकिल को धक्का देते रहे फिर तेज़-तेज़ देने लगे। दो-तीन बार साइकिल लहराई और मैं गिरने को हुआ मगर हाफ़ी जी ने सँभाल लिया। कुछ देर तक यही होता रहा उसके बाद ख़ुद-ब-ख़ुद चलने लगी। मैं तो ये समझ रहा था कि हाफ़ी जी कैरियर पकड़े हैं मगर जब उन्होंने ज़ोर से पुकार के कहा - "शाबाश!" तब मुझे पता चला कि मैं साइकिल चलाना सीख गया हूँ। मैं दूर निकल गया और साइकिल से उतर कर पीछे देखा तो हाफ़ी जी नज़र नहीं आ रहे थे।

नदी के पुल तक जा कर जब मैं साइकिल को तेज़-तेज़ चलाता और लहराता हुआ हाफ़ी जी के पास पहुँचा। वो मेरी तरफ़ ही आ रहे थे और पैदल चल-चल के थक गए थे। उनका कुर्ता पसीने से भीग गया था। उन्होंने हाँपते हुए कहा - "तुम तो इस तरह चला रहे हो जैसे पहले से चलाना जानते हो। मगर अभी ज़रा एहतियात से चलाओ। ज़्यादा जोश मत दिखाओ वर्ना लूले-लंगड़े हो के बैठ जाओगे और बजाए साइकिल के बैसाखी हाथ में आ जाएगी। और अभी गद्दी पर बैठने की कोशिश मत करना, तवाज़ुन बिगड़ जाएगा। दो-चार महीने में पाँव ज़रा और लम्बे हो

जाएँ तब गद्दी पर बैठ के चलाना।"

हाफ़ी जी को क्या पता कि मैं उचक कर दो बार गद्दी पर बैठ भी चुका था।

* * *

सुब्ह जब हाफ़ी जी कहीं गए हुए थे और मैं क़ुरान पाक पढ़ रहा था, मुझे नुसरत की आवाज़ सुनाई दी। वो गेट पर खड़ी मुझे पुकार रही थी। जैसे ही मैंने गेट खोला, वो जल्दी से अन्दर आ गई और मुझसे चिपट कर रोने लगी। उसके रोने से मेरी आँखों में भी आँसू आ गए। कुछ देर रो लेने के बाद उसने कहा - "चची जान मुझे आने नहीं दे रही थीं। जब बहुत ज़िद की तो उन्होंने कहा कि अगर तुमको उससे मिलने जाना ही है तो चली जाओ मगर वहाँ ज़्यादा देर तक मत रुकना, जल्दी चली आना।"

वो मेरे तख़्त के पास भी नहीं गई। गेट के पास खड़े होकर उसने चची जान, यूसुफ़ भाई, रुख़सार बाजी और दादी माँ की थोड़ी-थोड़ी बातें कीं। उसने बताया कि दादी माँ अब बहुत भूलने लगी हैं। किसी-किसी वक़्त तो मुझे भी नहीं पहचान पाती हैं। मुझसे पूछती हैं कि नुसरत कहाँ हैं? उसको बुला कर लाओ। खाना खा चुकी होती हैं और ज़रा देर के बाद कहती हैं खाना लाओ। नुसरत ने ये भी बताया कि चची जान ने उसे चचा जान की लाइब्रेरी में जाने की इजाज़त दे दी है और अब वो वहाँ से ख़ूब अच्छी-अच्छी किताबें ले कर पढ़ती है। आज कल अल्फ़-लैला की कहानियाँ पढ़ रही है। वो मेरे लिए भी एक किताब लाना चाहती थी मगर चची जान के डर से नहीं लाई और हाँ आख़िर में उसने ये भी बताया कि यूसुफ़ भाई ने एक ख़ूबसूरत पिल्ला पाल लिया है जो तन्दुरुस्त और मोटा होता जा रहा है। वो क़ितमीर की तरह सबसे चिपटता है और ख़ूब खेल-तमाशे करता है।

जल्दी-जल्दी ये सब बातें करने के बाद उसने कहा - "अब मैं जा रही हूँ। अगर ज़रा देर और हो गई तो चची जान दरवाज़ा नहीं खोलेंगी।" और वो चली गई।

नुसरत का नाक-नक़्शा कुछ बदल सा गया है। वो लम्बी और दुबली हो गई है। उसकी पतली-पतली कलाइयों से चूड़ियाँ गिरी जा रही थीं और आँखें धँस गई थीं। वो कपड़े तो अच्छे और साफ़ सुथरे पहने हुए थी मगर उस पर ज़्यादा अच्छे नहीं लग रहे थे।

* * *

रात को जब हाफ़ी जी सोने के लिए लेटे तो उन्होंने कहा - "भाई जिब्रान! कभी-कभार अपनी मर्ज़ी से भी अल्लाह मियाँ को ख़ुश कर दिया करो।"

मैं समझ गया कि हाफ़ी जी पाँव दबवाना चाहते हैं और जा कर दबाने लगा। पाँव दबवाते वक़्त हाफ़ी जी सहाबा कराम की ज़िन्दगी के क़िस्से, जन्नत और दोज़ख़ की बातें और कभी-कभी अपने बचपन की शरारतों के क़िस्से सुनाते हैं। मुझे ख़ास तौर पर उनके बचपन की शरारतों के क़िस्से सुन कर बड़ा मज़ा आता है। किसी-किसी दिन वो मेरी बातें भी करते हैं। आज उन्होंने मुझसे पूछा कि तुम बड़े होकर क्या बनना चाहते हो तो मैंने कहा - "मैं टीचर बनना चाहता हूँ।"

हाफ़ी जी ने कहा - "मगर तुम्हारे अब्बा तो तुमको हाफ़िज़-ए-क़ुरान बनाना चाहते थे। टीचर बनने के लिए तो स्कूल में पढ़ना ज़रूरी है। अब तो स्कूल में दाख़िले की तुम्हारी उम्र भी निकल गई और मुस्तक़बिल में ये उम्मीद भी नहीं। मालूम नहीं तुम्हारे अब्बा की रिहाई कब तक हो सकेगी। और वैसे भी अब यहाँ के मआशी हालात रोज़-ब-रोज़ ख़राब होते जा रहे हैं। तालीम हासिल भी कर लोगे तो सरकारी नौकरी तो मिलने से रही। उर्दू और अरबी की तालीम हासिल कर के मद्रसों ही की नौकरियाँ मिल सकेंगी। और मद्रसों की नौकरियों में इतनी आमदनी नहीं है कि उससे ख़ुशहाली के साथ गुज़र-बसर हो सके।" यही सब बातें करते-करते उनके हलक़ से खर्राटों की आवाज़ें निकलने लगीं।

* * *

क़ब्र की मिट्टी को चाहे जितना कसा जाए एक दिन पानी के साथ बह जाती है।

रात को तेज़ हवा के साथ ख़ूब बारिश हुई थी। खेतों की मिट्टी गीली हो गई थी और दरख़्तों के पत्ते धुल कर चमक रहे थे। जब मैं बकरी को ले कर क़ब्रिस्तान पहुँचा तो मैंने देखा कि अम्माँ और चचा जान की क़ब्रें कुछ नीची हो गई थीं और उनके कतबों पर लिखी हुई तहरीरें ऐसी हो गई थीं जैसे आँसुओं से भीग कर आँखों का काजल फैल जाता है। अब इन तहरीरों को पढ़ पाना मुश्किल था। अम्माँ की क़ब्र का कतबा तो एक तरफ़ झुक भी गया था।

बकरी को चरा लेने के बाद पहले अम्माँ की क़ब्र का कतबा सीधा करने की कोशिश की मगर क़ब्र के सिरहाने की मिट्टी इतनी गीली हो गई थी कि कतबे की लकड़ी उसमें रुक ही नहीं रही थी और कतबा बार-बार एक तरफ़ को झुका जा रहा था। अम्माँ की क़ब्र भी तो ऐसी जगह पर थी जहाँ बारिश का पानी रुक जाता था। पूरी लकड़ी क़ब्र में खोंस देने पर कतबा छोटा और बुरा लग रहा था। पाएँती की मिट्टी ज़रा सख़्त थी मगर कतबा पाएँती नहीं लगाया जा सकता था। मैंने घास-फूस की मदद से कतबे को टिका तो दिया था मगर मुझे उम्मीद नहीं थी कि वो ज़्यादा देर तक टिका रहेगा। हाँ, अगर दोबारा तेज़ बारिश न हुई और धूप निकलने के बाद मिट्टी सख़्त हो गई तो टिका भी रह सकता है।

कोयला तो मैं ले कर गया था मगर कतबे की लकड़ी इतनी गीली थी कि उस पर कुछ लिखा नहीं जा सकता था। चचा जान की क़ब्र का

कतबा टेढ़ा तो नहीं हुआ था मगर पानी से भीग कर उसका रंग धुँधला हो गया था और तहरीर मिट गई थी।

जब मैं बकरी को ले कर मदरसे पहुँचा तो हाफ़ी जी ने मेरे कपड़ों की तरफ़ देख कर कहा - "ये क्या हाल बना रखा है? क्या किसी से कुश्ती लड़ कर आ रहे हो?"

मैंने उन्हें बताया कि अम्माँ की क़ब्र का कतबा गिर गया था, उसी को लगाने में कपड़े मैले हो गए तो उन्होंने कहा - "मैं तुमसे पहले भी कह चुका हूँ कि इन सबसे कोई फ़ायदा नहीं। तुम्हारे लगाए हुए कतबे न तो तुम्हारी अम्माँ और चचा जान पढ़ सकेंगे और न दूसरे लोग पढ़ने जाएँगे। वहाँ अब तुम्हारी अम्माँ रह गई हैं न चचा जान। उनकी रूहें आसमानों में अल्लाह के पास चली गई हैं लिहाज़ा उनकी मग़फिरत के लिए यहाँ बैठ कर भी फ़ातिहा और क़ुरान पढ़ा जा सकता है। जाओ जा कर हाथ-मुँह धो और कपड़े बदल कर मेरे साथ चलो। तुमको बाज़ार से बक़रीद के कपड़े दिलवा दूँ।"

नए कपड़ों के ख़याल से मुझे बहुत ख़ुशी हुई। जल्दी-जल्दी हाथ-मुँह धो कर दूसरे कपड़े पहने। कपड़ों पर प्रेस नहीं की गई थी इसलिए ज़रा गुंजले थे। हाथों से रगड़ के शिकनें बराबर की। आईने के सामने पंजों पर खड़े होकर कंघी की और जाने के लिए हाफ़ी जी के पास गया तो उन्होंने मेरे सर की तरफ़ देखते हुए कहा - "तुम्हारे सर पर हर वक़्त शैतान क्यों बैठा रहता है?"

मैं समझ गया कि हाफ़ी जी मेरे नंगे सर की बात कर रहे हैं। टोपी पहनने का ख़याल तो आया था मगर जान-बूझ कर इसलिए नहीं पहनी थी कि मुझे हवा में बालों का उड़ना अच्छा लगता है। मैंने जल्दी से पहन ली।

साइकिल बाहर निकालने के बाद हाफ़ी जी ने कहा - "क्या तुम मुझे बिठा कर साइकिल चला सकते हो?"

मालूम नहीं वो मज़ाक़ कर रहे थे या सचमुच कह रहे थे। मैंने कहा

- "नहीं चला पाऊँगा। गिर जाऊँगा।"

हाफ़ी जी ने कहा - "ठीक है ज़रा रवानी आ जाए तब चलाना।"और उन्होंने गद्दी पर बैठ कर साइकिल आगे बढ़ाई तो मैं दौड़ कर कैरियर पर बैठ गया।

हाफ़ी जी ने ज़रा दूर तक तो साइकिल आहिस्ता-आहिस्ता चलाई और जब पक्की सड़क पर पहुँचे तो तेज़-तेज़ चलाने लगे। उन्होंने गर्दन घुमा कर पीछे देखते हुए कहा - "और तेज़ चलाऊँ?"

"जी और तेज़ चलाइए।" मैंने कहा तो हाफ़ी जी उचक-उचक कर साइकिल ख़ूब तेज़ चलाने लगे। बारिश हो जाने की वजह से हवा ठण्डी हो गई थी और उसका बदन में लगना अच्छा लग रहा था। हाफ़ी जी पीछे मुड़ कर ये तो देख नहीं सकते थे कि मैं सर पर टोपी लगाए हूँ या नहीं लगाए हूँ, इसलिए मैंने टोपी उतार के जेब में रख ली। अब मेरे बाल हवा में ख़ूब उड़ रहे थे। हाफ़ी जी के इतनी तेज़ साइकिल चलाने से मुझे ये डर भी लग रहा था कि कहीं गिर न जाऊँ इसलिए मैंने उनकी कमर ज़ोर से पकड़ ली।

हाफ़ी जी पहले मुझे कपड़े की दुकान पर ले गए और कहा यहाँ से तुम अपने लिए कुर्ते और पाजामे का कपड़ा पसन्द कर लो। दुकानदार ने जो थान दिखाए उनमें मुझे पीले रंग का क़मीज़ का कपड़ा और सफ़ेद रंग का पाजामा का कपड़ा पसन्द आया। हाफ़ी जी ने अपने लिए सफ़ेद कुर्ते और सफ़ेद पाजामे का कपड़ा पसन्द किया। उसके बाद उन्होंने चप्पलों की दुकान से मेरी पसन्द की मोटे तलों वाली चप्पलें और एक रूमाल दिलाया। मैं दुकान में टँगे हुए रंगीन चश्मों की तरफ़ देखने लगा तो उन्होंने पूछा - "चश्मा लोगे?"

"हाँ!" मैंने कहा तो हाफ़ी जी ने मुझे गुलाबी रंग का चश्मा भी दिला दिया उसके बाद वो मुझे दर्ज़ी की दुकान पर ले गए। मैंने चचा जान के घर में टी०वी० पर एक फ़िल्म में सलमान ख़ान को जिस तरह की पाकिस्तानी क़मीज़ पहने देखा था, वैसी ही दो जेबों वाली क़मीज़ सिलवाना चाहता

था। जब मैंने दर्ज़ी को ये बात बताई तो उसने दुकान में टँगी हुई क़मीज़ों की तरफ़ इशारा करते हुए कहा - "इनमें देख लो। जो डिज़ाइन तुमको अच्छा लग रहा हो वैसी ही सी दूँ।"

मुझे उनमें कोई डिज़ाइन अच्छा नहीं लग रहा था। मैंने दर्ज़ी से कहा - "ये इस तरह की नहीं है जैसी मैं सिलवाना चाहता हूँ।" दर्ज़ी को बताने की बहुत कोशिश की कि मैं किस तरह की सिलवाना चाहता हूँ। लेकिन वो समझ ही नहीं पाया। जब मैंने उससे कहा कि जैसी सलमान ख़ान पहनता है तो हाफ़ी जी ने कहा - "वो लोग मालूम नहीं क्या-क्या पहना करते हैं। शरीफ़ों का सा लिबास बनवाओ।"

मैं समझा नहीं पाया और दर्ज़ी समझ नहीं पाया तो उसने कहा - "अच्छा मुझे अपने हिसाब से सी लेने दो। तुमको पसन्द आएगी।"

मैंने दर्ज़ी से ये कहा कि मेरी क़मीज़ में दो जेबें लगाइएगा तो उसने हँस कर कहा - "जेबों का क्या है जितनी चाहे लगवा लो।"

हम दर्ज़ी की दुकान से बाहर निकले तो हाफ़ी जी ने कहा - "चलो तुम्हारे बाल भी कटवा दूँ।"

वो मुझे नाई की दुकान पर ले गए। हाफ़ी जी तो चाहते थे कि मेरे बाल इतने छोटे कर दिए जाएँ कि माथे पर न आएँ मगर मैं ये नहीं चाहता था। नाई ने न मेरी बात मानी न हाफ़ी जी की। उसने अपनी मर्ज़ी से ऐसे काट दिए कि वो बड़े रह पाए न ज़्यादा छोटे हुए। बाल कटने के बाद जब मैंने आईने में ग़ौर से अपनी शक्ल देखी तो मुझे बड़ी बुरी लगी। कान खड़े हो गए थे और आँखें बन्दरों की आँखों जैसी लग रही थीं।

जब मेरे बाल कट गए तो हाफ़ी जी ने बाल कटाने वाली कुर्सी पर बैठ कर नाई से कहा - "बाल छोटे कर दो और थोड़ी दाढ़ी भी तराश दो।"

मैं कुछ देर तक आईने में हाफ़ी जी के बाल कटते हुए देखता रहा। उसी वक़्त मुझे किताबों की दुकान का ख़याल आया। किताबों की दुकान ज़्यादा दूर नहीं थी। मैं हाफ़ी जी से पूछ कर दुकान पर चला गया। कुछ देर

तक किताबों को देखता रहा। दुकान में मुझे हदीसें, क़ुरान पाक, सिपारे, पंजसूरह और दुआओं वग़ैरा की किताबें ही दिखाई दे रही थीं।

"क्या देख रहे हो?" दुकानदार ने पूछा।

मैंने कहा - "कहानियों की किताबें।"

दुकानदार ने कहा - "यहाँ शेख़ चिल्लियों की किताबें नहीं मिलती।"

मैं किताबों की दुकान से हट कर बाज़ार की और चीज़ें देखने लगा। एक जगह फ़ुटपाथ पर मुझे एक आदमी दिखाई दिया। वो अपने सामने प्लास्टिक बिछाए हुए था जिस पर छोटी-बड़ी शीशियाँ और कुछ जड़ी-बूटियाँ रखी हुई थीं। वहीं पर जलता हुआ एक स्टोव रखा था। स्टोव पर चढ़े हुए भगौने में तेल खौल रहा था और उसके पास धूप में गिलहरियों के जितने बड़े आठ-दस जानवर उल्टे लेटे मोटे पपोटों वाली आँखों से टुकुर-टुकुर आसमान की तरफ़ देख रहे थे। तेल बेचने वाले ने शहादत वाली उँगली हिला के मुझे दिखाते हुए कहा - "क्या कोई परेशानी है?"

मैं उसकी बात समझ नहीं पाया तो उसने ज़रा तेवर बदल कर कहा - "चलो जाओ किसी दुकान पर जा कर खिलौने देखो। यहाँ तुम्हारे मतलब की कोई चीज़ नहीं है।"

मैं वहाँ से नाई की दुकान पर चला गया। हाफ़ी जी के बाल कट चुके थे। दाढ़ी भी थोड़ी छोटी हो गई थी। वो अपने सर को घुमा-घुमा के और झुका-झुका के आईने में देख रहे थे।

वापसी पर मैंने गुलाबी चश्मा लगाया तो रास्ते के किनारे पर लगे हुए पेड़ उड़ते हुए परिन्दे और आसमान सब रंगीन और ख़ूबसूरत दिखाई देने लगे।

"चश्मा कैसा है?" हाफ़ी जी ने मुड़ कर ज़ोर से पूछा।

"बहुत अच्छा है। इससे सब चीज़ें बड़ी ख़ूबसूरत दिखाई दे रही हैं।"

मैंने हाफ़ी जी को बताया तो उन्होंने कहा - "अब इसे हर वक़्त न लगाए रखना वर्ना ख़ूबसूरती देखने के चक्कर में ठोकर खा के गिर

जाओगे।"

जब हम लोग मदरसे के गेट पर पहुँचे तो हमें बकरी के ज़ोर-ज़ोर से चिल्लाने की आवाज़ सुनाई दी।

हाफ़ी जी ने कहा - "इस बदज़ात को घर में भी भेड़ियों से डर लगता है।"

बकरी ने जैसे ही हम लोगों को देखा चिल्लाना बन्द कर दिया और हूँ हूँ हूँ कर के हमारी तरफ़ लपकने लगी। हुजरे में पहुँच कर हाफ़ी जी आईने के सामने खड़े हो गए और अपने बाल देखने लगे। ज़रा देर देखने के बाद उन्होंने कहा - "जिब्रान! ज़रा देखो क्या मेरे सर में ज़्यादा बाल सफ़ेद हो गए हैं?"

और अपना सर मेरे आगे झुका दिया। उनके सर के सफ़ेद बाल तो मैं नाई की दुकान पर ही देख चुका था।

मैंने कहा - "जी हाँ कई सफ़ेद हो गए हैं।"

* * *

अगर बकरी भूखी है तो चुमकारने से उसका भला नहीं होगा।

नुसरत से मिलने को बड़ा जी चाह रहा था। मैं उसे ये बताना चाह रहा था कि हाफ़ी जी ने मुझे कपड़े, चप्पल और रूमाल दिलाए हैं। अपना रंगीन चश्मा भी दिखाना चाहता था। बकरी को चराई पर ले जाने से पहले मैंने हाफ़ी जी से कहा कि मैं नुसरत से मिलने जाना चाहता हूँ तो उन्होंने कहा - "तुम्हारी चची तुमको घर में घुसने देंगी?"

मैंने कहा - "उनके घर में नहीं जाऊँगा। जब नुसरत कूड़ा फेंकने बाहर आएगी तो मिल लूँगा।"

हाफ़ी जी ने कहा - "क्या उसके कूड़ा फेंकने का कोई वक़्त मुक़र्रर है?"

मैंने बताया कि रोज़ाना इसी वक़्त फेंकने निकलती है तो हाफ़ी जी ने कहा "जाओ देखो, अगर मिल सके तो मिल लो।"

मैंने जल्दी से चश्मा लगाया। पंजों पर उचक कर आईने में अपनी शक्ल देखी और बालों को ठीक कर के चचा जान के घर की तरफ़ चल पड़ा।

चचा जान के घर से ज़रा दूरी पर एक दीवार की आड़ में खड़ा हो कर नुसरत के बाहर निकलने का इन्तिज़ार करने लगा। देर तक इन्तिज़ार करने के बाद भी जब नुसरत नहीं निकली तो ये सोच कर वापस आ गया कि बकरी भूख से परेशान होकर चिल्ला रही होगी। मक्खियों ने भी कान

में भिनभिनाना शुरू कर दिया था।

बकरी को ले कर शहीद बाबा के मज़ार के पास पहुँचा था कि मुझे आबिद चचा दिखाई दिए। उनकी साइकिल के कैरियर पर आटे की बोरी लदी हुई थी। शायद वो राम सेवक की चक्की से आटा पिसा के ला रहे थे। उन्होंने मुझे दूर से ही देख लिया और साइकिल मेरे क़रीब रोक कर कहने लगे - "बहुत दुबले हो गए हो। क्या हाफ़ी जी ठीक से खाना नहीं खिला रहे हैं?"

मैंने आबिद चचा की बात का कोई जवाब नहीं दिया और आगे बढ़ गया तो उन्होंने कहा - "सुनो!" साइकिल से उतर कर साइकिल स्टैंड पर खड़ी की और जल्दी से मेरे क़रीब आकर कहने लगे - "तीतर के बच्चे तो बड़े होकर उड़ चुके हैं। अब अगले सीज़न में ही मिल सकेंगे। अगर लाल बटेर के बच्चे पालना हो तो बताओ।"

बकरी मुझे खींच रही थी और वैसे भी मैं आबिद चचा से बात नहीं करना चाहता था। जब से रुख़साना ख़ाला ने ये बताया था कि आबिद चचा बदमाश हैं, मुझे उनसे चिढ़ हो गई थी और ये भी पता चल गया था कि वो झूठ बोलते हैं। सुर्ख़ परों और नीली आँखों वाले तीतर होते ही नहीं। मैं उनकी बात का कोई जवाब दिए बग़ैर आगे बढ़ गया तो उन्होंने कहा - "आटे की बोरी रख कर आता हूँ, जंगल में मिलना।"

मैंने ज़ोर से कहा - "मैं हाफ़ी जी से आपकी शिकायत कर दूँगा।"

आबिद चचा कुछ देर मेरी तरफ़ देखते रहे, फिर उन्होंने माथे का पसीना पोंछा और साइकिल पर बैठ कर चले गए।

बकरी तेज़ तेज़ चलती है और किसी एक जगह देर तक नहीं रूकती। मुझे भी उसके साथ तेज़ तेज़ चलना पड़ता है, इसीलिए भूख और प्यास लगने लगती है। उस वक़्त भी लग रही थी। सोचा दूध पी लिया जाये तो ज़रा भूख कम हो जाएगी और प्यास भी कम हो जाएगी। जंगली अंजीर का एक बड़ा पत्ता तोड़ा और काँटों से उसके किनारे जोड़ कर कटोरा

बना दिया। बकरी उस वक़्त झरबेरी की पत्तियां खा रही थी। मैंने उससे कहा तुम यहीं खड़ी रह कर आराम से पत्तियां खाती रहो, हिलना डुलना नहीं, मैं तुम्हारा दूध दुहने जा रहा हूँ। बकरी ने ख़ुशी से कहा... हूँ हूँ हूँ... यानी हाँ दुह लो।

बकरी के थनों में ज्यादा दूध होता है तो वह कच्ची शकरक़ंद के जैसे दिखते हैं और सख़्त हो जाते हैं। उस वक़्त भी ज़्यादा था इसलिए सख़्त और चिकने हो गए थे। मैं ख़ूब दबा दबा कर दुहने लगा मगर इतनी ज़ोर से नहीं कि उसके थनों में दर्द होने लगे। वह आराम से एक ही जगह पर खड़ी पत्तियां खाती रही और दुहाती रही। जब ख़ुशी-ख़ुशी दुहाती है तो दूध जल्दी और आसानी से दुह लेता हूँ। कटोरा दूध से भर गया तो उसमें दूध जमाने वाली घास का रस मिला दिया और ज़रा सी देर में दूध दही जैसा बन गया। ये तरकीब मुझे ज़ाहिद ने बताई थी। उसके घर में बहुत सी बकरियाँ थीं, इसलिए वो भी बहुत अच्छे से दुह लेता था।

जब दूध जम गया तो मैनें आम का पत्ता तोड़ा और उसका चम्मच बना कर उससे जमा हुआ दूध खा लिया। भूख प्यास ख़त्म तो नहीं हुई मगर ज़रा सा सुकून मिल गया। बकरी पत्तियां खाती जा रही थी और ये भी देखती जा रही थी कि मैं क्या कर रहा हूँ। जब मैं जमा हुआ दूध खा चुका तो मैंने उसकी रस्सी पकड़ी और आगे आगे चलते हुए कहा... चलो... और उसे ऐसी जगह पर ले गया जहाँ ज़्यादा हरी और नर्म घास थी। वह ख़ूब मज़े ले-ले कर जल्दी जल्दी घास चरने लगी।

* * *

जिस वक़्त मैं बकरी चरा कर वापस आया। हाफ़ी जी अपनी अम्माँ का ख़त पढ़ रहे थे। मैं समझ रहा था ख़त पढ़ने के बाद खाना खाने के लिए उठेंगे मगर उन्होंने कहा - "तुम खाना खा लो।" और मुँह दूसरी तरफ़ कर के लेट गए।

मुझे ख़ूब ज़ोर की भूख लग रही थी। जल्दी से हाथ धोए और खाने के लिए बैठ गया। अपने हिस्से की रोटी खाने के बाद मेरा जी चाहा कि

हाफ़ी जी की रोटियों में से भी एक रोटी खा लूँ मगर ये सोच कर नहीं खाई कि अगर हाफ़ी जी ने ये पूछ लिया कि क्या आज दाऊद के घर से एक रोटी कम आई थी तो क्या बताऊँगा।

खाना खाने के बाद जब मैं हाफ़ी जी के पास आया तो मैंने देखा वो अब तक उसी एक करवट लेते हुए थे। मैं भी अपने तख़्त पर लेट गया। लेटे-लेटे मुझे ख़याल आया कि क्यों न रंगीन चश्मा लगाके बकरी को दिखाया जाए और उससे बातें की जाएँ। बकरी अब मेरी बहुत सी बातें समझ लेती है और मैं भी उसकी कुछ बातें समझ लेता हूँ। जब वो हलक़ से रूहाँसी आवाज़ें निकालती है तो मैं समझ जाता हूँ कि उसे भूख लग रही है और मैं पूछता हूँ कि क्या तुमको भूख लग रही है तो वो कहती है, हूँ हूँ हूँ। यानी कि हाँ मुझे भूख लग रही है। जब प्यास लगती है तो कहती है। पाहा हा हा, और जब डर लगता है तो नाक से ऐसी आवाज़ें निकालती है जैसे किसी रिश्तेदार के मरने पर रो रही हो।

मैं चश्मा लगा के उसके पास गया तो पहले उसने मुस्कुरा कर कहा - "अच्छा हे हे हे। यानी अच्छे लग रहे हो।" और मेरे हाथों को सूँघने लगी।

बकरी से कुछ देर बातें करने के बाद जब मैं उसके पास से जाने लगा तो वो मेरी तरफ़ लपक-लपक के ज़्यादा ज़ोर-ज़ोर से चिल्लाने लगी। जब मैंने उससे कहा चुप हो जाओ हाफ़ी जी सो रहे हैं, जग जाएँगे तो वो कहने लगी- "भु हू हू।"

मैंने उससे कहा कि अभी तो अस्र की नमाज़ में इतना वक़्त बाक़ी है और तुमको अभी से भूख लगने लगी तो उसने कहा - "में हें हें हें।"

उसके कहने का मक़सद ये था कि मैं क्या करूँ।

आख़िर में जब मैंने उससे पूछा कि तुम रात में इतनी ज़ोर-ज़ोर से चिल्लाती क्यों रहती हो तो उसने कहा। "डा हा हा हा।" यानी मुझे डर लगता है।

रात को डर तो मुझे भी लगता है। बल्कि दिन में भी भेड़िए के ख़याल

से डर लगता है। और जानवरों को सब बातें मालूम ही हो जाती है। मेरी बकरी को भी पता चल गया होगा कि मुझे डर लगता है इसलिए जब मैंने उससे ये कहा कि हमें अल्लाह मियाँ के सिवा किसी से भी नहीं डरना चाहिए तो मेरी तरफ़ देख कर मुस्कुराने लगी।

हाफ़ी जी सो कर उठे तो कुछ सुस्त थे। उनके चेहरे पर ऐसी परेशानी दिखाई दे रही थी जैसे उन्होंने कोई डरावना ख़्वाब देख लिया हो। खाना भी नहीं खाया। वज़ू कर के ख़ामोशी से अस्र की नमाज़ के लिए मस्जिद चले गए। नमाज़ पढ़ के वापस हुए तो मुझसे पूछा - "सुब्ह तुमने बकरी को किस दरख़्त की पत्तियाँ खिला दीं?"

मैंने हाफ़ी जी की तरफ़ देखा तो उन्होंने कहा - "जा कर देखो, किस क़दर पोक रही है?"

मैंने जा कर देखा। बकरी की टाँगों पर और ज़मीन पर पीला-पीला पाख़ाना ही पाख़ाना था। बकरी ज़रा मिमयाने लगी तो मैंने उससे कहा - "अभी कुछ देर पहले तो तुम कह रही थीं कि मुझे भूख लग रही है।"

बकरी ने ज़रा शर्मिन्दगी के साथ मेरी तरफ़ देखते हुए कहा। "में हें हें हें (मैं क्या करूँ)।"

हाफ़ी जी ने कहा - "इसका एक ही इलाज है इस वक़्त चराने न जाना। सुब्ह तक ख़ुद-ब-ख़ुद पेट ठीक हो जाएगा। और ज़रा मेरे पास आओ।"

मैं हाफ़ी जी के पास गया तो उन्होंने अपना सर एक बार फिर मेरे सामने झुका के कहा - "मेरे सर के सफ़ेद बाल नोच दो।"

मैंने एक-एक कर के उनके सर के कई बाल नोच के फेंके। इन सफ़ेद बालों के साथ दो-एक काले बाल भी नुच गए।

"क्या अभी और हैं?" हाफ़ी जी ने पूछा।

मैंने कहा - "अब नहीं हैं।"

हाफ़ी जी ने कहा - "अब हैं नहीं या तुमको दिखाई नहीं दे रहे हैं?"

मैंने कहा -"दिखाई नहीं दे रहे हैं।"

हाफ़ी जी ने कहा - "तुमको ऐनक की ज़रूरत है।"

वो क़ुरान पाक पढ़ने बैठ गए और मुझसे कहा तुम भी पढ़ो। मैं भी पढ़ने बैठ गया।

* * *

रात को हाफ़ी जी दो-चार निवाले खा के सोने के लिए जल्दी लेट गए। शायद उन्हें नींद नहीं आ रही थी और वो बार-बार करवटें बदल रहे थे।

जब बकरी ज़्यादा चिल्लाने लगी तो हाफ़ी जी ने झुँझला के कहा - "ये बकरी की ज़ात है बदबख़्त। जब तक खा नहीं लेगी, ख़ुद सोएगी न सोने देगी। जाओ जा कर दो रोटियाँ उसके आगे डाल आओ।"

दोपहर की कुछ रोटियाँ बची हुई थीं और रात का खाना भी दाऊद के घर से आ गया था। मैंने दो के बजाए तीन रोटियाँ ले जा कर बकरी को खिला दीं। रोटियाँ खाने के बाद उसकी आवाज़ ज़रा धीमी हो गई। मगर चुप नहीं हुई। ज़रा-ज़रा देर के बाद यही कहती रही - "पे हे हे हे।" (अभी पेट नहीं भरा।)

दिन में लाइट आ चुकी थी इसलिए रात में नहीं आ रही थी। शाम से आसमान में बादल आ गए थे। अंधेरा और बढ़ गया था। मैंने चराग़ को दरवाज़े के पास ऐसे रुख़ पर रख दिया था कि वो हवा से बुझे भी नहीं और उसकी रौशनी बकरी को दिखाई देती रहे ताकि उसका डर कुछ कम हो जाए। ज़रा देर करवटें बदलने के बाद हाफ़ी जी उठ कर बैठ गए और उन्होंने पूछा - "जिब्रान! क्या सो गए?"

"अभी नहीं।" मैंने कहा।

हाफ़ी जी ने कहा - "ज़रा चराग़ और क़लम-काग़ज़ ले कर मेरे पास आओ।"

मैं चराग़ और क़लम-काग़ज़ ले कर उनके पास गया तो उन्होंने कहा

- "मैं बोल रहा हूँ, तुम लिखो।"

चराग़ को तख़्त के किनारे पर रख कर मैं लिखने बैठ गया। हाफ़ी जी ने दोनों कोहनियाँ पकड़ कर अपने हाथ बाँधे और आँखें बन्द कर के बोलना शुरू किया।

क़िब्ला मम्मी जान!

अस्सलामो अलैकुम व रहमतुल्लाहि व बरकातुहू

आपके इरसाल-कर्दा ख़त से अब्बा के इन्तिक़ाल की ख़बर मिली। अफ़सोस हुआ। मगर इतना नहीं जितना बाप के मरने पर बेटे को होना चाहिए। उनके मरने की इत्तिला का तार मुझे नहीं मिल सका। शायद डाक की बद-नज़्मी की नज़्र हो गया। अगर मिल भी गया होता तो वहाँ आकर क्या करता। बहरहाल, आपके ख़त से उनकी बाबत बहुत सी बातें मालूम हुईं। ये भी पता चला कि आख़िर वक़्त में उन्होंने उसरत और बेचारगी में दिन गुज़ारे। ये तो होना ही था। इंसान जो बोता है वही काटता है और उसके गुनाहों की सज़ा इसी दुनिया में उसे मिल जाती है। ये भी अच्छा ही हुआ कि उनके बहुत से गुनाह यहीं धुल गए। अल्लाह ग़फ़ूरुर्रहीम है। वो अपनी ना-फ़रमानियों को तो मुआफ़ कर देता है मगर इंसान के हक़ में की गई ना-इंसाफ़ियों और कोताहियों को मुआफ़ करने या न करने का इख़्तियार उसने इंसान को दे रखा है। उन्होंने हम लोगों के साथ जो सुलूक किया, उसके लिए उन्हें उनकी ज़िन्दगी में तो मुआफ़ नहीं किया जा सकता था मगर अब इन बातों को भुला कर उन्हें मुआफ़ कर दिया जाए तो बेहतर है। आप भी पुरानी बातें भूल कर उनकी मग़फ़िरत के लिए दुआ कीजिए।

ये भी पता चला कि भाई जान भाभी के इशारों पर नाच रहे हैं। वो मेरी तो सुनेंगे नहीं। आप ही किसी दिन तन्हाई में अपने पास बिठा कर उन्हें समझाइए कि अगर इस छोटे से मकान के हिस्से-बखरे हो गए तो दरबों में रहना कितना मुश्किल हो जाएगा।

साजिद अभी तक नूर जहाँ को लेने नहीं आया। नूर जहाँ से कहिए कि वो ख़ुद क्यों नहीं चली जाती। अना रिश्ते नहीं रखने देती। जब तक वो अपनी ज़ुबान को क़ाबू में नहीं रखेगी और छोटी-छोटी बातों से दर-गुज़र नहीं करेगी, बात बिगड़ती चली जाएगी।

मैं अभी उसी मदरसे में पढ़ा रहा हूँ। तनख़्वाह अभी तक उतनी ही है। महँगाई बढ़ती जा रही है और अब यहाँ का माहौल भी पहले जैसा नहीं रहा। इसलिए मैंने फ़ैसला कर लिया है कि इंशा-अल्लाह बक़रीद के बाद मुस्तक़िल तौर पर वहीं आकर कोई और काम-धन्धा करूँगा।

आपसे एक ज़रूरी बात ये करनी थी कि ख़ाला अम्माँ से बात कर के जमीला से मेरी निस्बत पक्की कर दीजिए।

बाक़ी बातें वहाँ आकर करूँगा।

दुआओं का तालिब

आपका फ़रमाँ-बरदार

हाफ़िज़ अब्दुर्रहमान

ख़त लिखवाने के बाद हाफ़ी जी ने कहा - "लाओ, देखूँ क्या लिखा।"

मैंने उन्हें ख़त दिया तो उन्होंने देखते ही कहा - "तुमने तो क़िब्ला ही टेढ़ा कर दिया। क़िब्ला अलिफ़ से नहीं छोटी 'हे' से लिखा जाता है। इसे ग़ौर से देख लो। ये लफ़्ज़ बार-बार आएगा। आइन्दा ग़लती मत करना। बरकातुहु भी ग़लत लिखा है। देखो इस तरह लिखा जाता है," उन्होंने लिख कर दिखाया। उसके बाद कहा - "तुमने उसरत अलिफ़ से लिखा है। अलिफ़ से नहीं ऐन से लिखा जाता है। उसरत का मतलब जानते हो? उसरत कहते है तंगी, दुश्वारी और मुफ़लिसी को मुफ़लिसी के माने तो मालूम ही होंगे।"

मैंने कहा - "जी मालूम हैं।"

पूरा ख़त पढ़ लेने के बाद उन्होंने कहा - "बाक़ी तो सब ठीक है। मुझे उम्मीद नहीं थी कि तुम इतनी जल्दी लिखना सीख लोगे। लिखते भी

ख़ुशख़त हो। अब इसे दूसरे काग़ज़ पर नक़्ल कर लो।"

"और ये क्या है?" हाफ़ी जी ने कॉपी के दूसरे सफ़हे पर बनी हुई चचा जान की तस्वीर की तरफ़ देख कर कहा।

मैंने जवाब नहीं दिया तो उन्होंने मुझे घूर कर देखते हुए पूछा- "ये तुमने बनाई है?"

"जी" मैंने कहा।

"किसकी है?" हाफ़ी जी ने पूछा।

मैंने कहा - "चचा जान की।"

हाफ़ी जी ने कहा - "तुमको पता नहीं कि ये अल्लाह की नक़्क़ाली है और इसे अल्लाह पसन्द नहीं करता। आइन्दा जानदारों की तस्वीरें मत बनाना। अगर बनाने का शौक़ ही है तो फूल-पत्तियाँ बनाओ। दरख़्त बनाओ। चाँद सितारे बनाओ। अल्लाह तआला ने और न मालूम कैसी-कैसी ख़ूबसूरत चीज़ें बनाई हैं। आदमी और जानवर ही थोड़े रह गए हैं दुनिया में।"

मैं हाफ़ी जी से कहना चाहता था कि फूल-पत्तियाँ, दरख़्त और चाँद सितारे भी तो अल्लाह मियाँ ने बनाए हैं। अगर इनको बनाऊँगा तो वो भी अल्लाह मियाँ की नक़्क़ाली होगी लेकिन डर था कि अगर ये कहूँगा तो कहेंगे कि तुमने फिर बेवक़ूफ़ी की बात की। ये तो अच्छा हुआ कि उन्होंने अम्माँ, अब्बा, नुसरत और क़ितमीर की तस्वीरें नहीं देखीं। अगर ये देख लेते तो अच्छी तरह ख़बर लेते और अगर अपनी तस्वीर देख ली होती तो मुर्ग़ा ही बना देते क्योंकि उनकी जो तस्वीर बनाई है उसमें वो तकिए की टेक लगाए सो रहे हैं और ख़र्राटे लेने की वजह से उनका मुँह इस तरह टेढ़ा हो गया है जैसे मुँह पर लकवा हो गया हो। मैंने ठहर-ठहर कर ज़्यादा ख़ुशख़ती के साथ ख़त लिख कर हाफ़ी जी को दिया। उन्होंने उस पर एक नज़र डालते हुए कहा - "शाबाश!" और ख़त तह कर के तकिए के नीचे रख लिया।

ख़त लिखते वक़्त मेरा सारा ध्यान इमला और ख़ुशख़ती की तरफ़ था इसलिए इस बात पर ग़ौर ही नहीं कर सका कि हाफ़ी जी बक़रीद के बाद मुस्तक़िल तौर पर अपने घर चले जाएँगे। बाद में ख़याल आया तो दिल धक से हो गया। मैंने उनसे पूछा कि क्या घर जा के आप वापस नहीं आएँगे। तो उन्होंने कहा - "हाँ, अब मैं वापस नहीं आऊँगा। अब यहाँ दूसरे हाफ़ी जी आएँगे।"

मैं ख़ामोश हो गया तो उन्होंने कहा - "परेशान होने की ज़रूरत नहीं है। वो भी तुमको इसी तरह पढ़ाएँगे जिस तरह मैं पढ़ाता हूँ। तुम भी उनके साथ तमीज़-ओ-तहज़ीब से पेश आना। मैं दुआ करूँगा कि वो तुम्हारे हक़ में बेहतर साबित हों और अच्छा सुलूक करें। और हाँ, मैंने कहा था सूरह-रहमान याद कर लेना। क्या तुमने याद की?"

"जी।" मैंने कहा। हाफ़ी जी ने कहा - "सुनाओ!"

मैंने सुनाई तो उन्होंने शाबाशी दे कर कहा - "तुम्हारी याददाश्त अच्छी होती जा रही है। अब ज़रा लहन के साथ सुनाओ।"

मैं हाफ़ी जी की बात नहीं समझ पाया तो उन्होंने कहा - "लहन के साथ जैसे गाना गाते हो।"

मैं लहन के साथ सुना चुका तो उन्होंने कहा - "तुम्हारी आवाज़ अच्छी है और क्या तुमने इसका तर्जुमा भी पढ़ा।"

"नहीं।" मैंने कहा।

"वो भी पढ़ा करो ताकि ये समझ में आ सके कि अल्लाह तआला ने अपने बन्दों के लिए क्या-क्या पैग़ामात और कैसी-कैसी निशानियाँ भेजी हैं।"

ये कहते-कहते हाफ़ी जी ख़ामोश हो गए और कुछ देर के बाद ख़र्राटे लेने लगे।

मैंने इतने दिनो में पहली बार हाफ़ी जी को ग़ौर से देखा। चराग़ की हल्की रौशनी में उनका चेहरा नूरानी लग रहा था।

* * *

सुब्ह रोने की सी आवाज़ से मेरी आँख खुल गई और मैं घबरा के उठ बैठा। हाफ़ी जी अपने तख़्त पर बैठे इस तरह क़ुरान पाक की तिलावत कर रहे थे जैसे रो रहे हों। उस वक़्त तक फ़ज्र की अज़ान नहीं हुई थी और बाहर अंधेरा था। हाफ़ी जी ने कहा - "अभी अज़ान होने में वक़्त है। चाहो तो ज़रा देर के लिए और सो जाओ।"

मैं फिर लेट गया मगर नींद नहीं आई। हाफ़ी जी की तिलावत सुनता रहा और ये सोचता रहा कि हाफ़ी जी चले जाएँगे तो क्या होगा। नए हाफ़ी जी मालूम नहीं कैसे हों, उनकी शक्ल-ओ-सूरत कैसी हो। मालूम नहीं वो मेरे साथ कैसा सुलूक करें। अगर मारने-दहाड़ने वाले हुए तो क्या करूँगा। कहाँ जाऊँगा। यही सब बातें सोच रहा था कि फ़ज्र की अज़ान होने लगी।

फ़ज्र की नमाज़ के बाद हाफ़ी जी ने कहा - "जा कर देखो अगर बकरी मेंगनियाँ गिरा रही हो तो चराने लेते जाना और अगर पोक रही हो तो न ले जाना। थोड़ी बहुत रोटी दे देना।"

बकरी के पास जा कर मैंने देखा। मेंगनियाँ तो दिखाई नहीं दे रही थीं। हाँ ज़रा सा पोका हुआ पाख़ाना उसकी टाँगों पर गिर कर सूख गया था।

मैंने हाफ़ी जी को ये बात बताई तो उन्होंने कहा - "लगता है अब इसका पेट ख़ाली हो गया है। चराने ले जाओगे तो हवस में फिर हलक़ तक ठूँस लेगी। अगर ज़्यादा चिल्लाए तो एक-आध रोटी दे देना।"

पोकने के बाद बकरी को मालूम नहीं क्या हो गया था। उसकी आवाज़ ऐसी हो गई थी कि जैसी बीमारी के दिनों में अम्माँ की हो गई थी। उसने खाने की भी ज़िद नहीं की मगर मैं चुपके से उसे एक रोटी दे आया।

* * *

दोपहर का खाना खाने के बाद हाफ़ी जी क़ैलूला करने लेट गए और मुझसे कहा - "दोपहर भर तिनके चुनते रहते हो। खाना खा के ज़रा देर आराम कर लिया करो।"

मैं उनके कहने पर लेट तो गया मगर नींद नहीं आई। ज़रा-ज़रा देर के बाद बकरी के पास जा कर ये देखता रहा कि वो पोक रही है या मेंगनियाँ गिरा रही है। जब अस्र की अज़ान से पहले वो मेंगनियाँ गिराने लगी तो मुझे बड़ी ख़ुशी हुई। मैंने हाफ़ी जी को बताया कि अब बकरी मेंगनियाँ गिरा रही है तो उन्होंने कहा - "ठीक है। अब अस्र की नमाज़ पढ़ के उसे चराने ले जाओ मगर ज़्यादा देर तक मत चराना। वापसी पर उसके लिए गूलर के पत्ते लेते आना और ऊँचे दरख़्त पर न चढ़ना।"

बकरी रोज़ाना ख़ुशी-ख़ुशी मेरे आगे दौड़ती थी मगर आज मालूम नहीं उसे क्या हो गया था कि इस तरह साथ-साथ चल रही थी जैसे अस्पताल जा रही हो।

जंगल पहुँच कर उसने थोड़ी बहुत घास चरी उसके बाद साफ़ जगह पर बैठ गई और मिन-मिना के इस तरह मेरी तरफ़ देखने लगी जैसे कह रही हो अब मुझसे नहीं चरा जा रहा, मुझे यहाँ से ले कर चलो।

मैंने उसकी रस्सी पकड़ के ज़रा खींची तो वो जल्दी से उठ गई। मैं उसे ले कर अम्माँ की क़ब्र के पास गया। वो भाग नहीं रही थी, इसलिए रस्सी झाड़ी में नहीं बाँधी, ऐसे ही छोड़ दी। अम्माँ की क़ब्र की मिट्टी छूकर देखी। दो दिन पहले होने वाली तेज़ बारिश के बाद दोपहर की तेज़ धूप ने क़ब्र की मिट्टी को सुखा दिया था और उस सूखी मिट्टी ने कतबे को ऐसा जकड़ लिया था कि अब वो हिलाने से हिल नहीं रहा था। मैंने जेब से कोयला निकाल के अम्माँ के कतबे पर वही बातें लिखीं जो पानी से धुल कर मिट गई थीं। उसके बाद उस घास को देखने लगा जो बारिश के बाद क़ब्र से दोबारा ज़रा-ज़रा ऊपर आ गई थी कि उसी वक़्त मुझे अम्माँ की आवाज़ सुनाई दी। वो कह रही थीं - "बेटा जिब्रान! तुम ये बेकार के काम क्यों करते हो। क़ब्र पर कतबा लगाने और घास नोचने से तुम्हारा कोई फ़ायदा होगा न मुझे कुछ हासिल होगा। इससे अच्छा तो ये है कि तुम क़ुरान पढ़ कर बख़्श दिया करो। मुझे इस बात की बहुत ख़ुशी है कि तुम दिल लगा के पढ़ रहे हो और तुम्हें लिखना-पढ़ना भी ख़ूब आ

गया है। इसी के साथ अगर स्कूल में तुम्हारा दाख़िला हो जाता तो मुझे और ख़ुशी होती।"

जब मैंने अम्माँ को ये बताया कि मेरे हाफ़ी जी मुझे छोड़ कर हमेशा के लिए अपने घर जा रहे हैं तो उन्होंने कहा - "अल्लाह तुम्हारे साथ है। उस पर भरोसा रखो और अब जाओ ज़रा देर चचा जान से भी बातें कर लो।"

मैंने बकरी से कहा - "आओ, चचा जान की क़ब्र के पास चलें।" तो वो ख़ामोशी से चल पड़ी।

चचा जान की क़ब्र के कतबे पर एक फ़ाख़्ता बैठी कबूतर की तरह ग़ुटर ग़ूँ ग़ुटर ग़ूँ कर रही थी। मेरे और बकरी के वहाँ पहुँचते ही परों से तालियों की सी आवाज़ें निकालती हुई उड़ गई। पहले मैंने कतबे से फ़ाख़्ता की सूखी बीट खुरच कर गिराई। उसके बाद वही बातें लिख दीं जो पहले लिखी थीं। अभी मैं कतबा लिख कर उठा ही था कि चचा जान ने कहा - "मेरी क़ब्र पर कतबा लगाने और इतनी अच्छी बातें लिखने का बहुत शुक्रिया। मैं तुम्हारा कतबा अक्सर पढ़ता हूँ। इस कतबे का एक फ़ायदा ये हुआ कि इस पर रोज़ाना परिन्दे आकर बैठते हैं और उम्दा-उम्दा आवाज़ों में मुझे नग़में सुनाते हैं। तुम अपनी सुनाओ, क्या हाल है? आज-कल क्या कर रहे हो?"

मैंने बताया कि आज-कल दिल लगा के सिपारा और उर्दू पढ़ रहा हूँ। हदीसें पढ़ता हूँ और हाफ़ी जी की ये बकरी चराता हूँ जो आपकी क़ब्र के पास खड़ी है तो चचा जान ने कहा - "ये सब तो ठीक है मगर कुछ दुनियावी तालीम भी हासिल कर लो।"

मैंने बताया कि मेरे पास अंग्रेज़ी और हिन्दी की किताबें नहीं हैं। अब्बा अभी तक जेल से नहीं आए हैं और अगर वो आ भी गए तो अब स्कूल में मेरा दाख़िला नहीं हो सकेगा क्योंकि मेरी उम्र निकल गई है।

चचा जान ने कहा - "ये तुमसे किसने कह दिया, पढ़ने-पढ़ाने की भी कोई उम्र होती है। मैं ये बात अच्छी तरह जानता हूँ कि तुम ज़हीन

और समझदार बच्चे हो। मुझे यक़ीन है एक दिन अपने ख़ानदान का नाम रौशन करोगे।"

जब मैंने चचा जान से पूछा कि क़ितमीर कहाँ है तो उन्होंने कहा - "यहीं मेरे पास बैठा मुझे किताब पढ़ते हुए देखता रहता है। क्या तुमको उसकी आवाज़ सुनाऊँ?"

"जी हाँ सुनवाइए।" मैंने कहा तो चचा जान ने क़ितमीर से कहा - "क़ितमीर! देखो जिब्रान तुमसे मिलने आया है।"

चचा जान की ये बात सुनते ही क़ितमीर इस तरह कूँ कूँ कूँ कूँ की आवाज़ें निकालने लगा जैसे मेरे पास आने के लिए बेचैन हो रहा हो।

चचा जान से बातें कर लेने के बाद मुझे अल्लाह मियाँ का ख़याल आ गया। मैंने सोचा उन्हें पुकार के देखा जाए आते हैं या नहीं आते हैं। अम्माँ ने बताया था कि अगर सच्चे दिल से अल्लाह को याद किया जाए तो वो आ जाते हैं। मैंने सच्चे दिल से कई बार याद किया मगर नहीं आए। सोचा कि हो सकता है ज़ोर से पुकारने पर आ जाएँ। इस ख़याल से डर भी लग रहा था कि अगर आ ही गए तो क्या होगा। हाफ़ी जी ने तो ये बताया था कि वो नूर का एक हाला हैं। अगर नूर का हाला न हुए और उनकी शक्ल डरावनी हुई तो क्या करूँगा। तब तो मुझे यहाँ से भागना पड़ेगा। मैंने रस्सी का सिरा बग़ल में दबाया और दोनों हाथों का भोपू बनाकर ख़ूब ज़ोर से पुकारा। अल..........लाह मि.........याँ।

मेरी आवाज़ क़ब्रिस्तान में गूँजने लगी और बदन में झुरझुरी दौड़ गई। दरख़्तों पर बसेरा करते हुए परिन्दे चीख़ते हुए उड़ गए और बकरी मेरे बग़ल से रस्सी छुड़ा के मदरसे की तरफ़ भागने लगी। मैंने दौड़ कर उसकी रस्सी पकड़ ली। उसी वक़्त मुझे अल्लाह मियाँ की आवाज़ सुनाई दी।

उन्होंने कहा - "लो, मैं आ गया।"

डर के मारे मेरा बदन लरज़ने लगा। मैं जल्दी से चचा जान की क़ब्र पर बैठ गया।

चचा जान ने कहा - "अल्लाह मियाँ को सलाम करो।"

मेरी आवाज़ निकल तो पा नहीं रही थी। बड़ी मुश्किल से कहा - "अस्सलामो अलैकुम अल्लाह मियाँ।"

"व-अलैकुम-अस्सलाम।" अल्लाह मियाँ ने मेरे सलाम का जवाब उसी तपाक से दिया जैसे चचा जान देते थे। उसके बाद पूछा - "तुमने मुझे इतनी ज़ोर से क्यों पुकारा?"

मैंने डरते-डरते उनसे कहा कि आप आसमानों में, ऊँचाई पर रहते हैं इसीलिए इतनी ज़ोर से पुकारा था। इस पर अल्लाह मियाँ ने कहा - "क्या तुमको तुम्हारे माँ-बाप और हाफ़ी जी ने ये बात नहीं बताई कि मैं हर वक़्त हर जगह मौजूद हूँ। मैं ज़मीन पर भी रहता हूँ, आसमान की बुलन्दियों पर भी रहता हूँ। मैं उन सभी जगहों पर रहता हूँ जहाँ का इंसान को इल्म है और उन जगहों पर भी रहता हूँ जहाँ का उसे इल्म नहीं। और मुझे सब मालूम है कि कहाँ क्या हो रहा है। मेरी मर्ज़ी के बग़ैर एक पत्ता भी हिल नहीं सकता। तुम ये बताओ कि तुमने मुझे पुकारा क्यों था?"

मैंने अल्लाह मियाँ से पूछा - "आपने मेरी अम्माँ को, चचा जान को और क़ितमीर को अपने पास क्यों बुला लिया?"

अल्लाह मियाँ ने कहा - "वो मेरी अमानतें थीं, मैंने उन्हें दुनिया में भेजा था और मैंने बुला लिया। मैं जिसको चाहता हूँ दुनिया में भेज देता हूँ और जब चाहता हूँ अपने पास बुला लेता हूँ। दुनिया में रह कर परेशानियाँ ही तो उठाते। जन्नत में आराम से रह-रहे हैं। मज़ेदार खाने खा रहे हैं। उम्दा कपड़े पहन रहे हैं। मैंने तुम्हारी अम्माँ को सोने के कंगन भी बनवा दिए हैं। तुम्हारे चचा जान के लिए एक लाइब्रेरी क़ायम कर दी है और वो आराम कुर्सी पर बैठ कर किताबें पढ़ते रहते हैं। रोज़ाना सुब्ह के वक़्त क़ितमीर के साथ सैर को जाते हैं। क़ितमीर भी ख़ुश है और हर वक़्त उछलता-कूदता रहता है।"

मैंने पूछा - "मेरे अब्बा जेल से छूट कर कब आएँगे?"

अल्लाह मियाँ ने कहा - "दुआ करते रहो अगर बेगुनाह होंगे तो जल्दी आ जाएँगे।"

"और आप मेरी बहन नुसरत को डरावने ख़्वाब क्यों दिखाते हैं?" पूछा तो अल्लाह मियाँ ने कहा - "मैं किसी को डरावने ख़्वाब नहीं दिखाता। इंसान बुरी बातें सोचता है तो बुरे ख़्वाब देखता है और अच्छी बातें सोचता है तो अच्छे ख़्वाब देखता है। बेहतर यही है अगर बुरे ख़्वाब आएँ तो उन्हें भुला दिया जाए अच्छे ख़्वाब आएँ तो उन्हें याद रखा जाए। और क्या पूछना चाहते हो?" अल्लाह मियाँ ने कहा।

अल्लाह मियाँ से कुछ और पूछने को जी नहीं चाहा। उन्होंने मुझे जो बातें बताईं वो सब तो अम्माँ, चचा जान और हाफ़ी जी बता ही चुके थे। इसलिए मैंने कहा - "अंधेरा हो रहा है। मुझे डर लग रहा है और मेरी बकरी को भी डर लग रहा है। अब मैं जा रहा हूँ।"

अल्लाह मियाँ ने कहा - "हाँ जल्दी जाओ वर्ना भेड़िया तुम्हारी बकरी को उठा ले जाएगा।"

मैंने ख़ूब ज़ोर से रस्सी थाम ली और बकरी के पीछे मदरसे की तरफ़ दौड़ने लगा।

क़ब्रिस्तान से कुछ दूर जाने के बाद ख़याल आया कि हाफ़ी जी ने बकरी के लिए गूलर के पत्ते मँगवाए थे। ज़रा दूरी पर सड़क के किनारे गूलर का एक दरख़्त था मगर वो ऊँचा था और हाफ़ी जी ने ऊँचे दरख़्त पर चढ़ने से मना किया था। सोचा कौन सा हाफ़ी जी देखने आ रहे हैं। बकरी की रस्सी गूलर के तने में बाँधी। दरख़्त पर चढ़ कर कुछ शाखें तोड़ीं और तने के दोनों तरफ़ हाथों का घेरा बना के फिसलता हुआ नीचे आ गया।

हाफ़ी जी दर्ज़ी की दुकान से कपड़े ले आए थे। जब मैं मदरसे पहुँचा तो उन्होंने तख़्त पर रखे हुए मेरे कपड़ों की तरफ़ इशारा करते हुए कहा - "कपड़े पहन कर देख लो, कैसे सिले हैं।"

मैंने क़मीज़ खोल कर देखी। ये वैसी तो नहीं थी जैसी मैं सिलवाना चाहता था मगर अच्छी लग रही थी। उसके दोनों तरफ़ दो जेबें थीं और जेबों पर बटन लगे हुए थे। पाजामा टाँगों पर रख कर देखा। पाजामे की लम्बाई भी ठीक थी।

हाफ़ी जी ने कहा - "कपड़ों को पहन कर ही समझा जा सकता है कि वो ठीक सिले हैं या नहीं। पाजामे में इज़ारबन्द डालो और पहन कर देख लो।"

हाफ़ी जी ने मुझे नया इज़ारबन्द दिया। मैंने पाजामे में इज़ारबन्द डाला और आड़ में जा कर कपड़े पहन लिए। नए कपड़े पहन कर मैं कैसा लग रहा हूँ ये तो बड़े आईने के सामने खड़े होकर ही पता चल सकता था या फिर दूसरा आदमी देख कर बता सकता था। जब मैं हाफ़ी जी के पास आया तो उन्होंने मुझे नीचे से ऊपर तक देखते हुए कहा - "अच्छे लग रहे हो।"

हाफ़ी जी जिस आईने में अपना चेहरा देखते हैं, वो ऊँचाई में दीवार पर इस तरह जड़ा हुआ है कि उसे उतारा नहीं जा सकता। मुझे उसमें अपना चेहरा देखने के लिए पंजों पर उचकना पड़ता है या फिर हाफ़ी जी के तख़्त पर खड़े होकर ज़रा झुकना पड़ता है। पंजों पर उचक-उचक कर दो-तीन बार अपनी क़मीज़ देखने की कोशिश की मगर उसमें अपने कॉलर और जेबें ज़रा-ज़रा ही दिखाई दीं। अभी मैं उचक-उचक कर देख ही रहा था कि हाफ़ी जी ने कहा - "चलो बस हो गया। अब इन्हें तह कर के रख दो वर्ना गुंजल जाएँगे। कल त्यौहार है, मालूम नहीं लाइट आएगी भी या नहीं आएगी।"

* * *

रात को हाफ़ी जी के पाँव दबाते वक़्त मैंने उन्हें बताया कि आज मैंने अल्लाह मियाँ से बातें कीं तो हाफ़ी जी ने चौंक कर मेरी तरफ़ देखते हुए पूछा - "अल्लाह मियाँ से बातें कीं? वो तुमको कहाँ मिल गए?"

"क़ब्रिस्तान में।" मैंने बताया तो हाफ़ी जी ने हैरत से मेरी तरफ़ देखते

हुए पूछा - "अल्लाह मियाँ क़ब्रिस्तान में क्या कर रहे थे?"

मैंने कहा - "वो पहले से वहाँ नहीं थे। जब मैंने उन्हें पुकारा तो वो आ गए।"

हाफ़ी जी ने कहा - "अल्लाह मियाँ नऊज़ु बिल्लाह इतने गए गुज़रे हैं कि तुमने पुकारा और वो दौड़े चले आए। कोई गड़रिया छुप कर बोल रहा होगा और तुमने ये समझ लिया कि अल्लाह मियाँ आ गए।"

जब मैंने हाफ़ी जी से ये कहा कि अल्लाह मियाँ मेरे क़रीब बोल रहे थे तो उन्होंने डपट के कहा - "हिज़्यान मत बको, मुझे पहले ही अन्दाज़ा हो गया था कि तुम मालीख़ूलिया के मर्ज़ में मुब्तला होते जा रहे हो।"

जब मैं फ़ज्र की नमाज़ के लिए उठा, लाइट आ रही थी। मैंने लाइट जलाई तो मदरसे का बरामदा जगमगाने लगा। हाफ़ी जी ने कहा - "ख़ुदा का शुक्र है कि लाइट आ रही है। नमाज़ पढ़ने के बाद ज़रा देर क़ुरान पढ़ लो। उसके बाद नहा-धो कर तैयार हो जाओ। बड़ी मस्जिद में सात बजे बक़रीद की नमाज़ होगी।"

हाफ़ी जी फ़ज्र की नमाज़ के लिए मस्जिद चले गए।

फ़ज्र की नमाज़ और क़ुरान पाक पढ़ने के बाद दलिया और चाय बनाई। उसके बाद नहा कर नए कपड़े, नए चप्पल पहने। रंगीन चश्मा लगाया और हाफ़ी जी के तख़्त पर खड़े होकर आईने में अपनी शक्ल के साथ एक बार फिर कपड़े देखने की कोशिश की मगर पूरे कपड़े एक साथ नहीं दिखे, शक्ल अच्छी लग रही थी। अगर बाल ज़रा और बड़े होते तो ज़्यादा अच्छी लगती। ज़रा देर के बाद हाफ़ी जी आ गए और मुझे नहा-धो कर नए कपड़े पहने हुए देख कर पूछा - "तुमने नए कपड़े पहनने की दुआ पढ़ी थी?"

पढ़ना भूल गया था मगर कह दिया- "हाँ पढ़ी थी।"

हाफ़ी जी ने मुझे ग़ौर से देखते हुए कहा - "तो क्या अब तुम कार्टून बन के नमाज़ पढ़ने चलोगे?"

मैंने जल्दी से चश्मा उतार दिया।

हाफ़ी जी ने बक़रीद की नमाज़ पढ़ने का तरीक़ा बताया। उसके बाद हम लोग मस्जिद की तरफ़ चल पड़े।

* * *

जिस वक़्त हम लोग पहुँचे, मस्जिद नमाज़ियों से भर चुकी थी और इमाम साहब क़ुर्बानी की फ़ज़ीलत बयान कर रहे थे। सबने ज़रा खिसक-खिसक कर जगह बना दी और हाफ़ी जी को अन्दर जाने का रास्ता मिल गया। मुझे बच्चों के साथ धूप में बाहर उस चटाई पर बैठना पड़ा जो बक़रीद की नमाज़ के लिए वज़ू-ख़ाने के पास बिछा दी गई थी। मैंने अपने नए चप्पल उतार कर वज़ू-ख़ाने के पास खुली अलमारी में दूसरे नमाज़ियों के चप्पल-जूतों के पास रख दिए। यहाँ से मैं नमाज़ पढ़ते वक़्त कनखियों से उन्हें देख भी सकता था।

इमाम साहब ने हज़रत इब्राहीम अलैहिस्सलाम का वाक़िआ सुनाते हुए कहा जब हज़रत इब्राहीम अलैहिस्सलाम ने अपने बेटे इस्माईल अलैहिस्सलाम को बताया कि बेटे मैं ख़्वाब में तुमको ज़बह करते हुए देख रहा हूँ अब तुम बताओ कि तुम्हारा क्या ख़याल है तो इस्माईल अलैहिस्सलाम ने जवाब दिया कि बाबा आपको जो हुक्म दिया जा रहा है उस पर अमल करें। इंशा-अल्लाह आप मुझे सब्र करने वालों में से पाएँगे। हज़रत इब्राहीम अलैहिस्सलाम ने अपने बेटे इस्माईल अलैहिस्सलाम को ज़मीन पर लिटा कर उनकी गर्दन पर छुरी फेरी तो ख़ुदा ने हज़रत इस्माईल अलैहिस्सलाम की जगह पर दुम्बा भेज दिया और हज़रत इस्माईल अलैहिस्सलाम के बजाए दुम्बे की क़ुर्बानी हो गई।

ये वाक़िआ बयान करने के बाद इमाम साहब कुछ और बातें बताने लगे। मुझे उनकी बातें अच्छी नहीं लग रही थीं। गर्मी और उमस बहुत थी। सब अपनी क़मीज़ों के दामन हिला-हिला के पहलू बदल रहे थे। मेरा जी चाह रहा था कि इमाम साहब जल्दी से ये सब बातें ख़त्म कर के नमाज़ पढ़ाएँ और वहाँ से निकल भागूँ। बातें ख़त्म करने के बाद इमाम साहब

ने नमाज़ पढ़ने का तरीक़ा बता कर नमाज़ियों से कहा - "सफ़हें दुरूस्त कर लीजिए।"

जहाँ पर इमाम साहब खड़े थे, वहाँ पंखा चल रहा था, इसलिए उन्हें नमाज़ ख़त्म करने की जल्दी नहीं थी। उन्होंने ख़ूब लम्बी आयत पढ़ी।

नमाज़ के बाद सबने दुआ के लिए हाथ उठाए। इमाम साहब देर तक दुआएँ माँगने लगे और सब नमाज़ी ज़ोर-ज़ोर से आमीन कहने लगे। उसी वक़्त मेरे दोनों कानों में इतनी ज़ोर-ज़ोर से मक्खियाँ भिनभिनाने लगीं कि उनकी आवाज़ों के सिवा मुझे कोई दूसरी आवाज़ सुनाई नहीं दे रही थी और ऐसा महसूस हो रहा था जैसे मस्जिद हाथ से गेहूँ पीसने वाली चक्की की तरह घूम रही है। मेरा सर चकराने लगा। मैंने आँखे बन्द कर के कानों में उँगलियाँ डाल लीं।

नमाज़ के बाद सब लोग बाहर निकल कर गले मिलने लगे मगर मैं कानों में उँगलियाँ डाल कर मदरसे की तरफ़ भाग खड़ा हुआ।

मदरसे के गेट की चाबी हाफ़ी जी के पास थी। गेट के पास खड़े होकर हाफ़ी जी का इन्तिज़ार करने लगा। कुछ ही देर में हाफ़ी जी आ गए। उन्होंने कहा - "तुम किसी से गले मिले बग़ैर भाग खड़े हुए? आओ मुझसे तो मिल लो।" उन्होंने मुझे ख़ूब ज़ोर से चिपटा लिया।

अभी हम लोग मदरसे में दाख़िल ही हुए थे कि गेट पर दस्तक हुई। मैंने जा कर देखा वहाँ एक चिकवा हाथ में छुरी लिए खड़ा था। वो मुझसे पूछ ही रहा था कि हाफ़ी जी कहाँ हैं, उसी वक़्त हाफ़ी जी आ गए और उन्होंने चिकवे से कहा - "तुम अकेले आए हो?"

चिकवे ने कहा - "बकरी ही तो है कोई ऊँट थोड़ी है। एक झटके में चित हो जाएगी।"

पहले तो मेरी समझ में ही नहीं आया कि क्या होने वाला है। जब चिकवे को देख कर बकरी ज़ोर-ज़ोर से चिल्लाने और पछाड़ें खाने लगी तब समझ में आया कि उसकी क़ुर्बानी होने जा रही है। मेरा दिल ज़ोर-

ज़ोर से धड़कने लगा। मैं भागता हुआ आया और तख़्त पर लेट कर रोने लगा। हाफ़ी जी मेरे पास आए और कन्धे पर हाथ रख कर तसल्ली देते हुए कहा - "तुम कैसे मुसलमान हो, मुसलमान तो ख़ुशी-ख़ुशी क़ुर्बानी करते हैं। क्या तुमने कुछ देर पहले इब्राहीम अलैहिस्सलाम की ज़िन्दगी का वाक़िआ नहीं सुना। वो तो अल्लाह की रज़ा के लिए अपने चहीते बेटे की क़ुर्बानी किए दे रहे थे। और तुम अपनी बकरी की क़ुर्बानी से परेशान हुए जा रहे हो।"

मैं करवट बदल कर ज़्यादा रोने लगा तो हाफ़ी जी ने ज़ोर से डपट कर कहा - "चलो उठो।" तो मैं उठ कर उनके साथ चल दिया। उन्होंने मेरी तरफ़ देखते हुए कहा - "इतनी बुज़दिल तो लड़कियाँ भी नहीं होतीं।"

चिकवे ने हाफ़ी जी से पूछा - "क्या इसे खिला-पिला दिया है?"

हाफ़ी जी ने कहा - "दौड़ कर गूलर के पत्ते और इसके बर्तन में पानी ले आओ।"

मैं गूलर के पत्ते और पानी ले कर गया और बकरी के सामने रख दिए। बकरी ने दो-एक पत्ते नोचे मगर चबाए नहीं, ज़ोर-ज़ोर से चिल्लाने लगी। चिकवे ने बकरी की गर्दन से रस्सी खोल कर एक तरफ़ फेंकी और टाँगे पकड़ के बड़ी फुर्ती से गिराकर अपना घुटना उसकी पसलियों पर रख दिया। उसके बाद मुंह दबा कर गर्दन सामने कर दी। अब बकरी बोल नहीं पा रही थी मगर ख़ौफ़ से उसकी आँखें फटी जा रही थीं। हाफ़ी जी के एक हाथ में छुरी थी और दूसरे हाथ में दुआओं की किताब। उन्होंने मुझसे कहा - "मेरे साथ तुम भी छुरी फेरो।"

मैंने हाफ़ी जी के हाथ पर हाथ रख दिया। हाफ़ी जी क़ुर्बानी की दुआ पढ़ कर बकरी की गर्दन पर छुरी फेरने लगे तो मैंने जल्दी से अपना हाथ हटा लिया। बकरी की गर्दन से ख़ून के फ़व्वारे निकल पड़े और मुंह से ख़र-ख़र-ख़र-ख़र के साथ डरावनी आवाज़ें निकलने लगीं। फिर कुछ देर तक ज़मीन में टांगें रगड़ने के बाद उसका दम निकल गया। चिकवे ने सबसे पहले गर्दन अलग की और कान पकड़ कर सर डलिया में रख

दिया। बकरी की ख़ौफ़ से फटी आँखों का रुख़ अब आसमान की तरफ़ हो गया था।

गर्दन अलग करने के बाद चिकवे ने खुरों से ज़रा ऊपर की खाल छील कर पिंडलियों की हड्डियाँ तोड़ीं और और उस रस्सी में बकरी को उल्टा लटका दिया जिसे पकड़ कर मैं उसे चराने ले जाया करता था। जल्दी जल्दी खाल उतार कर किनारे फेंकी। पेट चाक कर के दिल, गुर्दे, और ओझड़ी पचौनी निकाली। दिल गुर्दे तो डलिया में रख दिए मगर ओझड़ी पचौनी ज़रा दूर पर रख दी क्यूंकि उनमें से बदबू आ रही थी। बकरी के थन जो पहले शकरकंद के जैसे दिखाई देते थे अब बासी गाजरों के जैसे हो गए थे। चिकवे ने उन्हें भी काट कर डलिया में रखते हुए हाफ़ी जी से कहा- "ये खीरी आप खाइएगा, बड़ी मज़ेदार होती है।"

हाफ़ी जी ने चिकवे की बात का कोई जवाब नहीं दिया। उसके बाद चिकवे ने गोश्त के बड़े बड़े टुकड़े काट कर डलिया में रखे और दो छोटी बोटियाँ हाफ़ी जी को दिखाते हुए पूछा- "इतनी बड़ी ठीक रहेंगी?"

हाफ़ी जी ने कहा - "हाँ, इससे बड़ी मत करना।"

चिकवे को और घरों में भी जानवर ज़बह करने के लिए जाना था, इसलिए उसने ज़रा सी देर में बड़े-बड़े टुकड़ों को काट के छोटी-छोटी बोटियाँ बना दीं।

काम ख़त्म करने के बाद चिकवे ने हाफ़ी जी से कहा - "आप पैसों के बजाए मुझे खाल दे दें।"

हाफ़ी जी ने कहा - "खाल तो मैं बैतुल माल में दूँगा। तुम पैसे ले लो।"

हाफ़ी जी ने चिकवे को थोड़ा गोश्त और पैसे दिए। चिकवे ने सब सामान अपने थैले में रखा और चला गया।

हाफ़ी जी कुछ देर तक डलिया में रखे हुए गोश्त को देखते रहे। शायद वो ये हिसाब लगा रहे थे कि कितने घरों में और किन-किन घरों में तक़सीम किया जाना चाहिए। इसके बाद डलिया के पास बैठ कर उन्होंने

गोश्त के हिस्से-बखरे किए और उन्हें काग़ज़ों में लपेट कर कहा - "अब तुम ये गोश्त तक़सीम कर आओ।"

हाफ़ी जी ने उन घरों में ज़्यादा गोश्त भिजवाया जहाँ से खाना आता था। कुछ ही देर में गोश्त बँट गया और वहाँ सिर्फ़ ओझड़ी और सिरी रह गई।

हाफ़ी जी ने कहा "कल्लू भाई ने सिरी माँगी थी। जा कर उनको दे आओ और वापस आकर ओझड़ी कहीं दूर ले जा कर दफ़्ना देना।"

मैंने बकरी की आँखों की तरफ़ से नज़र हटाकर उसका कान पकड़ा तो हाफ़ी जी ने कहा - "तुम तो ऐसे डरे जा रहे हो जैसे सिरी नहीं है, साँप-बिच्छू हैं।"

सिरी ले कर मैं दौड़ता हुआ कल्लू चचा के घर की तरफ़ चल पड़ा। बकरी का कान रबड़ की तरह नर्म और लचकदार था। मेरे दौड़ने से सिरी ऊपर-नीचे हो रही थी और महसूस हो रहा था कि अगर ज़्यादा झटके लगेंगे तो सिरी कान से टूट कर गिर जाएगी। इसलिए मैं ज़रा एहतियात से चलने लगा। कल्लू चचा अपने दरवाज़े के पास नासिर के अब्बा से गले मिल रहे थे। मैं जा कर उनके पास खड़ा हो गया। जब वो गले मिल चुके तो उन्होंने मेरे हाथ में लटकती हुई सिरी देख कर पूछा - "हाफ़ी जी ने भेजी है?"

"जी!" मैंने कहा तो उन्होंने दूसरा वाला कान पकड़ के सिरी मेरे हाथ से ले ली। जब मैं चलने लगा तो जेब से चवन्नी निकाल कर मेरी तरफ़ बढ़ाते हुए कहा - "ये लो, तुम्हारी ईदी है।"

मैं चवन्नी लिए बग़ैर वहाँ से चला आया।

मदरसे आकर मैंने बदबूदार ओझड़ी डलिया में रखी और ले जा कर उस खेत में दफ़्ना दी जिस खेत की पगडण्डी से बकरी के साथ जंगल जाया करता था।

* * *

हम जितनी तेज़ी से दुनिया की तरफ़ दौड़ते हैं दुनिया उतनी ही तेज़ी से पीछे छूटती जाती है।

हाफ़ी जी ये कह कर चले गए कि कुछ देर में आता हूँ। शायद किसी के घर में क़ुर्बानी कराने गए होंगे।

मेरे कानों में मक्खियाँ भिनभिना रही थीं और सर चकरा रहा था। दो बार मतलियाँ हुईं। उसके बाद अंधेरा होने लगा। कुछ देर में हाफ़ी जी आ गए और उन्होंने कहा - "जिब्रान ! आज तुम जल्दी लेट गए। सो न जाना, अभी दाऊद के घर से बिरयानी और सेवइयाँ आ रही होंगीं। खा के सोना।"

उसके बाद सामान उठाने-रखने की आवाज़ें आने लगीं। शायद वो अपना सामान समेट रहे थे। हदीस और दुआओं की किताब मेरे सिरहाने रखने की आवाज़ के साथ हाफ़ी जी की आवाज़ आई - "ये हदीस और दुआओं की किताब तुम्हारे लिए छोड़ जाऊँगा। क़ुरान के साथ-साथ हदीस भी पाबन्दी से पढ़ना और दुआओं की किताब हमेशा अपने साथ रखना। कोई दुआ याद न आए तो इसमें देख लिया करना। इन दुआओं से तुम्हारी ज़िन्दगी में बरकतें आएँगी और हर बला से महफ़ूज़ रहोगे। और हाँ, ये आईना भी छोड़े जा रहा हूँ। मगर इसमें हर वक़्त अपनी शक्ल न देखते रहना। मैंने देखा है तुम गौरैयों की तरह अक्सर आईने से उलझते रहते हो। टेढ़े-मेढ़े मुँह बना कर बुदबुदाते भी हो। तुम्हारी ये आदत बड़ी ख़राब है। इससे पीछा छुड़ाओ। नए हाफ़ी जी मालूम नहीं किस मिज़ाज के हों। शायद वो ये सब हरकतें बर्दाश्त न कर सकें।"

वो सामान बैग में रखते जा रहे थे और नसीहतें करते जा रहे थे।